新　潮　文　庫

はじめてのことがいっぱい

yoshimotobanana.com 2008

よしもとばなな著

新　潮　社　版

8654

目次

本文カット

山西ゲンイチ

はじめてのことがいっぱい
yoshimotobanana.com 2008

Banana's Diary

2008,1-2008,12

1,1 – 3,31

2008年1月1日

いろいろあって実家でおせちを食べたのが夕方の四時。

これはもはやあきらめて晩ご飯にするべきではないかな～と毎年思うんだけれど。

みんな風邪ひきでぐずぐずしているがチビは元気であった。

夜はヒロチンコさんが実家に帰ったので静かにゲームなどして過ごす。でもWiiの「おどる」がほんとうに過酷な踊りを強いてきたので、しかもそれを「ママやって、お願いクリアして」と頼まれたので、フラでもしないような猛練習をして踊りまくってクリアした。

ヒロチンコさんがいないと家の中が静かで特に猫がしょげている。東京全体がすごく静かで、そうか、夜って静かで早く寝てしまいたいものだったんだ、と思い出す。洗濯物とか、そうじをするとかって、夜にすると怖いから朝にばりばりやりたいものだったんだ。早く朝になるといいと思ったことはもうずっとないけれど、昔はそうだったのかもしれないとふと考えた。いつもなんとなく買ってしまうスカーペッタのシリーズ、今回もこわくてもう早く読み終えて忘れてしまいたい（?・）。あまりにも人物描写がすばらしすぎて、実際にいる人たちとしか思えない。あの人たちの人生の続きを知りたくて買っちゃうんだけれど、いつも夜中に読むので身動きとれないほどこわくなり、人を見たら犯罪者に見えるようになってしまい、仕事を休むといけないような気分になり、読んだことを深く後悔する。

1月2日

「運転手さんのお名前はこわそうなお名前ですね」とタクシーで言うチビの頭をびしっとたたいて黙らせながら実家へ。

チビはおとそをちょっと飲んで絵に描いたような酔っぱらいになりうふうふ笑っていておかしかった。帰宅して少し休んだら風邪がひいていったので、おつまみを持って結子《ゆいこ》の家に行き、ＴＶを見ながら小さな新年会をする。

「なんか……最近みんな決めたことに厳密すぎるよね！」という話をするいいかげんな中年女性たちであった。いいかげんでいいのだ。

1月3日

末次夫妻、おおしまさん、石森さん、たけしくんが来てにぎやかだった。チビはずっとゲームをやってエリザベートと語らっていた。途中どうしてもわからないことがあったので、ついにいっちゃんに電話した。

私「あけましておめでとう、ところで、たぬきちの店でバイトしてるんだけれど、チビが読まずに勝手にすすめてわからないところがあってさ、たぬきちがしきりに『あまりなやまずにさっさとかいてこい』みたいなことを言うんだけど、なにをするか覚えてる？」

いっちゃん（外に、たぶん友達といるのに、大声で）「たぬきちの店でバイトするのは最初だけですよ！　たぶん掲示板にたぬきちの店の宣伝を書くんじゃないかなあ？　役場のとなりに立ってる木の板みたいなの、わかります？」

ありがたかったけれど、いっちゃんは生まれも育ちも大都会なのに、どこの人だと思われただろう、気の毒だ……。

マルタン・マルジェラの店のバーゲンに駆け込み、バカほどセーターを買う。

1月4日

今年はまじめに仕事しよう……。

と思いながら、最近知人の間であったことについて少し考えた。

たとえばバンドをやっていたとする。みんな友達である。プロデビューの話がある。どう考えてもドラムの人だけが下手で、プロデューサーを含む全員にドラムの人はプロになるのはむりだと思う、と言われる。その場合できることはほとんどない。その人に辞めてもらうか、バンドを解散して新しいバンドを作るか、ドラムの人に正直に言って、猛練習につきあって、だめだとなったらあきらめることにするか。

私は中途半端《はんぱ》にいい人なので、だいたい最後の方策をとって、失敗して恨まれる。というのは、人間は猛練習したくらいではたいていの場合変わらないからだ。変わる人なら、すでに猛練習しているだろう。これに気づいたのはそうとう中年になってからであった。バカであった。

この場合、スピリチュアル的に言うと、下手なドラムの人をなんらかの理由で入れた時点である種の解消すべきカルマが生じているのだ。ただ、その人がありえないくらいすばらしいムードメーカーとか、百科事典みたいに頭がいいとか、作曲できるとか、福の神的存在だった場合は、残して別の道を考える手もある。ゆるさももちろん必要。そこはもちろんケースバイケースだ。

ただ、いちばんに考えるべきこと、それはバンドであれば当然「よい音楽をつくり演奏する」だろう。

しかし、日本ではそれはあまり重視されていない、そういう気がする。

そのあいだのもめごとや感情の揺れを楽しみ、元々いた人への愛着をいとおしみ、そこそこの真ん中のラインに落ち着いて丸く収まることがよいということになる。

あまりにもめているので見るに見かねてこの人ではどうでしょう？　と腕のいいドラムの人なんか呼んでこようものなら、大きなお世話になり、大ひんしゅくだ。

海外の仕事でよく「あなたはいらん」と全く情もなくばっさりと切り捨てられることがあるが、そういうときは「ああ、日本のあの優しくてぬるい感じってやはりよいところがあるんだな」と思うんだけれど、日本の中にずっといると多少うんざりしてくる。どうぞやっていてください、と思ってしまう。結果はどうでもいいのか？　と空《むな》しくなる。

イカ天を観《み》たせいで、例えがついついバンドになってしまったよ……。

それと似た話で、たとえばフラで突然「来月のイベントに、いちばんうまいクリちゃんとあゆちゃんといっしょに踊りなさい」とクムに言われたとする（言われへんって）。どんなに辞退しても絶対ダメだと言われたとする。そうしたら、仕方ないから心を無にして猛練習するだろうと思う。猛練習しても参加できるレベルに達しなくて他の人に出てもらった場合は、どんなにくやしくても、だらしない言い訳はたくさんしても、最終的には自分が悪いとあきらめる。だれも恨まない。

　これが「小説オリンピック」（なんじゃそりゃ）だったとしても同じことだ。恨まない。ベストをつくしたら仕方ないことだと思うし、つくせなかったら自分がなまけていたな、と思うだろう。

　それに、作家としては天職なのである程度のところまで行けるが、他のお仕事をしたら私のポジションは会社でもフラでもカフェのウェイトレスでも「実力は中の下、体が弱すぎて戦力外だがムードメーカーとしては上級である」というところだと冷静に判断できる。作家としてかなりがんばっているから、他のこともできると思ったら大間違いだとよく知っている。

　でも意外に、この冷静さを持ったメンタリティの人が少ない。自慢ではなくって。そして、成功していると言われる人に会うと、世界のどの国でも例外なくそういうムダのない人であると思う。人を恨まずうらやまない人は、見つめ合っただけでお互いにわかる。ということは、人を恨んだりうらやむ人はそういう人同士しか知り合わない。この感覚なくしてモテも成功も決してありえない。

1月5日

ちょっとゲーム内で小金がたまると、すぐコーヒーを飲んだり、意味なく穴を掘ったり、木を切ったりして散財してしまううちのチビ。村の人たちに頼まれごとをしても目新しいことがあるとすぐ忘れてしまい、怒られるときだけ「ママ聞いといて」と押しつけ、地道に増やしてお金をかせごうとして私が植えたお花をちょっと目を離すとすぐ切って裏のお姉さんの家に売りに行ってしまう……子供だからなのか、ヒモ体質なのか？　前者だと思いたい。いっちゃんの世界に通信で侵入してさっそく勝手に木を切っていたしなあ。

ヒロチンコさんのお誕生日なので、夜は三人でごはんを食べる。チビが赤ちゃんのときから行っている中華へ。最近チビがずいぶん食べるようになってきたので、少しずつ外食が楽しくなってきた。あとひといきという感じだ。見た目がとても大きく小学生くらいなので、それにしては異様にぐにゃぐにゃして礼儀正しくなく見えるのが、我が子ながら気の毒。

1月6日

六本木ヒルズにウルトラマン展を見に行き、大人だけが嬉《うれ》しい気持ちになる。だって、そうそうたるおじさんたちの記録が一挙に公開されているんですもの。

そしてついでと言ってはなんだが、飴屋《あめや》さんがちょっとだけ出展している上の階のいろんな人が作品を展示している展覧会も見る。玉石混交とはまさにこのことなり、という感じだった。飴屋さんはいつも考えていることが特異で考え方を見るだけでもいいので別として、新聞ドローイングもどう評価していいのかわからないがすごいので別として、クオリティとか遊び心とか全部を総合した上で、私が芸術に求めているものはある種の切実さであるな、ということがよくわかった。あくまで私が求めているものだが。たとえば、私の中では杉本博司《ひろし》さんは切実である。

で、その意味で言うと、できやよいさんがダントツで切実だった。生で見たのは初めてで、ぐっと胸打たれた。

「このことが頭を離れない」というタイプの作家は、技術さえ伴えば「こういうこと考えてみました」という作家と格段に違う、そう思った。

1月7日

チビが幼稚園で絵を描いたら、微妙にできやよいタッチだったので、子供は正直だなあと思う。面白いと思うともう影響を受けている。彼にとってあの世界観は今、ウルトラマンよりも面白かったわけだ。

夜は七草がゆを食べに実家へ。石森さんも来ていたので、ラ・テールでプリンを八個買った。予想したとおり、余った一個を石森さんがぺろりと食べた。あのプリンはあれについている専用スプーンでないと食べられないが、父が「このプリンはとてもおいしいけれど、瓶にこびりついてる部分を食べられなくてくやしい」みたいなことを言っていたので、かなり気にいったんだな、と判断した。

甲野先生の本を資料として何冊か読んでいるが、荻野《おぎの》アンナさんの書いた実用書「古武術で毎日がラクラク!」が秀逸だった。アンナさんには一度だけお会いしたことがあるが、作家とは思えないくらい(?)感じがよい人だったし、海外在住が長かったせいか、説明するのがものすごくうまい方だった記憶がある。体の使い方に関してとても勉強になった。

1月8日

お弁当を作ると眠い……というか目覚ましで起きると眠い。早寝してもしなくてもそう思う。意地になっておいしそうなお弁当を作ることにした。残されるのは料理人の宿命さ！

そう、たとえ人が何かのつごうや体調や好き嫌いで残してもとにかくおいしく作る、その心が料理をする人の第一歩だなと思う。もちろんあまりにも残すのは失礼だと思うけれど、私は「残すな！」と言うお店が苦手だ。残す気がなくても食欲がなくなるから。

タンスを買って運んでいたら次はぎっくり腰に。まだ続いているのかしら、ついてないのは。そう言いながらもタマネギを入れた鳥のつくねとぶり大根を作ったらものすごくうまくできたので、ごきげんになった。単純明快。

1月9日

ちほちゃんが来日していたので、おいしいスンドゥブを食べてから、溶岩浴へ行く。一時間でどっと汗をかいた。ちほちゃんがいると昔から時間の流れがなんとなく違う。ゆっくりしていて、少し甘くゆるやかな感じ。彼女はそのことを自分でわかってないんだろうな〜。あと、なにを話しても不幸な話では終わらない。最後はいつも笑顔だ。初めて会ったときから「福顔の人だな〜」と思っていたが、その印象は変わらない。かといって彼女がいつもいいことばかりだったということはない。たいていのハッピー人間がそうであるように、おそろしい目にあったり、大きな悲しいできごとを経験している。かといって顔に力が入ってるようなポジティブ人間では決してない。こういう人から学ぶものはとっても大きい。

汗をかいてほかほかになってから、ヘキサゴンカフェでスプマンテを飲んでチーズを食べて、おしゃべりした。

うしちゃんにも新年の挨拶《あいさつ》をした。昔、私の行きつけのお店を彼女が辞めたと聞いたとき、「もう会えないのか」ととても淋《さび》しく思った。しかし、私たちの縁はすごいのだ。彼女の新しい就職先でばったり会い、道でも四回くらいばったり会い、自然に縁をつないできたのである。変わらずセンスがよく働き者の彼女であった。そのうしちゃんのお友達が私の本をほとんど全部持っているので、いつでもいいからいつか彼女のいちばん好きな本を用意しておくので、サインをしてあげてもらえますか？　と聞かれた。こんな時間のかかる、謙虚な、美しい申し出ができる人って今時いるだろうか？　そしてそのお友達の家でそっと生きている私の本たちのことを思う。書いていてよかったな、そういう人がいるからよかった、と思う。

1月10日

穴八幡《あなはちまん》に行ってお札をいただいてくる。そしてキッチンミキで驚異の五百円ランチを食べて、しみじみとする。この街に住んだら貯金ができそうだ。

フラに行ったら、久しぶりにクムがいらした。クムの笑顔を見たとたんに、みんなのはりつめていた気持ちがゆるんで、少女みたいなかわいい顔で踊るようになった。みんなクムに思い切り歌ってほしいからとぐっとがまんしていた会いたい気持ちがあふれでた感じだった。みんなクリ先生に憧《あこが》れて大尊敬しているから教えてもらうのは幸せだけれど、クムは存在自体が奇跡なんだな、と感じた。少しの不在で、みんなみなしごみたいな気持ちになってしまった。

いつもでなくてもいい、直接の指導でなくてもいい、でもいないとどうしてもだめなんだ、クムは私たちにとても必要なのだと切実に、心から思った。

帰りはのんちゃんのお誕生会。いつでもクラスにのんちゃんがいるだけで誇らしく幸せな私だ。だって、昔は大好きでも雲の上の人だったんだもん。今ため口をきいているのが夢のようだ。心からのお祝いの言葉をかけ、聖子ちゃんなりきりグッズ天使の羽根をプレゼントする。

あとからあゆちゃん先生とクロサワさんもかけつけ、盛大な会になった。あゆちゃん先生がものすご～いセクシーな服をのんちゃんにあげていた。白くて首にふわふわの羽根がついたエロいニットにその場で着替えさせられるのりこ……。

そしてもう一着はスケスケの黒いニットで「これは夜十時以降に着るのよ」というアドバイスだったが、その時刻設定に異様なリアリティがあるな。

のんちゃんはお礼にママが買ってくれたピンクで胸にでっかくビーグルの絵がついている、フード付きのコットンパーカーをあげると言って、あゆちゃん先生に色っぽく美しくいやがられていた。

あゆちゃん先生「だって、私、袖《そで》がある服を着ないもの～」

そういう問題だけでは、ないと思います。

1月11日

さくら剛《つよし》くんがおごってくれるっていうので、壺井《つぼい》さんと出かけていく。

石原マーちゃんも一瞬顔を出して、おごられているのをいいことにいっぱい食べた。

「中国初恋」ほんとうに面白い本で、たいていの旅行する人がわざと書かないことがしっかりと書いてある。こういうのを読みたかったんだよなと思った。

彼の緻密《ちみつ》な考え方とユーモアのセンスは、世に出るべきものだろう。

でも壺井さんといっしょになって、正直な彼をついからかいたくなり、いっぱいいじめてしまった……フリーになって一年目ってほんとうにきついんだよね、私も当時死ぬかと思ったもの。でも彼は書いていくだろう、書くしかないんだから！

だれもが通る道、自分も通った道。上から教えるのではなくて、ただ、その気持ちを知っているよということしかできないのはもどかしいけれど、人は人にそれしかできないんだなあ。

1月12日

私の大好きなランちゃん、田口ランディさんの「キュア」を読む。

春菊さんにも感じることだが、見たことを、感情を入れずに正確に書く。その男らしさにしびれる。ガンという最もむつかしいテーマに真っ向から挑み、決して負けていない。ひるんでいない。目をそらしていない。スピリチュアリティにも逃げない。ものすごい力作で、手に汗を握って読んだ。主人公の気持ちがわかりすぎる。最後のところでは涙と共に拍手したい気持ちになった。

全く違う感触なのに坂本美雨ちゃんの「朧《おぼろ》の彼方《かなた》、灯りの気配」にも同じようなただ賞賛の拍手をもって、ものすごく感動した。すばらしい一枚だ。彼女にしか歌えない歌ばかり。特に一曲目は涙なくして聴くことはできなかった。今の日本人の創《つく》る音楽の中でもそうとうな高いレベルを彼女は創りだした。初めて会ったときはあんなに若い幼いおじょうさんだったのに……真の意味で心がきれいでないとあんな歌は歌えないと思う。

女子はみんな本気を出してきてるな、男子もがんばれ＆私も。たいしたことはできないけれどベストをつくそう。

今日はちゃんこ屋さんでの山本先生を囲む新年会。まなみなんて何年も会っていないのに、もねちんが大きくなったこと以外、なにも変わらない。懐《なつ》かしいけれど、ついさっきまで会っていたような感じもする。チビともねちんがふたりで仲良くゲームをしていて、とてもかわいかった。

私「ちゃんこと寄せ鍋《なべ》ってなにが違うんだろう？」

次郎「本来のちゃんこは、当然相撲の縁起かつぎで、四本の足が地面につくのを嫌うから、鶏以外は入ってないんだよ。だからこのだしも鶏だろう」

私「なるほど！　じゃあこれは本式ではないんだね……」
次郎「そう、一般の人向きにアレンジしてあるんだな、その鳥団子が本来の姿だろう」
私「ちょっと待てよ、これ、このあいだこの店にいっしょに来たときも次郎に質問して、同じ答えが返ってきたような……」
まなみ「だんだんそうなっていくんだよ、それで、その次は同じ会話をしたことを思い出せない段階に入っていくんだよ」
みんな「まあ、それはそれでいいか、毎回驚けるし」
平和だな〜。

1月13日

チビと新宿デート。これが売れ残っていたらもうおしまいだ、と覚悟して店に行ったら、究極的に好きなマルコムのリングがまだあって、買ってしまった。彼の性格のいちばん美しいところが出ているリングだった。散財！

ゼリちゃんが手術だったので、迎えに行った。悪性の腫瘍《しゅよう》とみなされるものは一個だけ、進行が遅そうだ。大きな脂肪腫は取ってもらった。これで動きやすい老後が送れるだろうと思う。ラブ子のことを最高に愛していたが、それは性格が甘えん坊ででこぼこしているからだった。飼った瞬間から「この子は大騒ぎして死ぬタイプ」（きっと私も）と気が合うのを感じた。ゼリちゃんはその点ほんものの名犬で、ぐっとこらえることを知っている。飼い主を守ることにかけてはプロだ。大事なゼリ子の老後のために、今年からはますます人々に不義理でのぞもう。残った人だけと親しくしよう、そう思った。

夜中にゼリ子ががんばってベッドに飛び乗ったら、ふとんを取られて寒いのにヒロチンコさんが「よく乗ったね～」とつぶやいてまた寝た。いい人だなあ、と感動した。

1月14日

吉祥寺への旅。

近くて遠い憧れの街だ。私にとって東京って吉祥寺なんですよね、なぜか。きっと大島弓子さんの影響をむちゃくちゃ受けているからだと思います。

渋谷などよりもほんの少し田舎なせいか、お店の人たちが優しくてせかせかしていない、そんな気がする。

ヨドバシカメラに行き、ヒロチンコさんにお誕生日祝いを買い「ポイントためてあげるからカード出して」と言っておきながら、うっかりポイントを全部使ってしまった。ヒロチンコさんが「だまされた」と大笑いして、私も泣くほど笑い、店員さんも笑っていた。

いつもポイントをためないで使うたちなので、ついうっかり……。

帰りに有名な「アテスウェイ」でケーキを買った。ほんとうによくできたお店で、ちょっと感動してしまった。

帰ってからチビと必死でマリオギャラクシーをやるが、これって……丸っきり「星の玉子さま」。まあアイディア同時派生の可能性はありうるし、大元は「星の王子さま」なので、とがめるような種類のものではないと思う。「星の王子さま」のいちばんすごいと思っていたところは、星と人間の大きさというか比率の描き方で、「玉子さま」がそれをぐっとつかんでいるのでものすごく感動したものだった。まあ進むにつれていつものマリオ界になっていくのですが、画面がきれいでとにかく楽しい。ヌンチャクをぐるぐる回しすぎて腱鞘炎《けんしょうえん》になった、ということにならないように気をつけよう。

1月15日

今いろいろ考えていることがあって、それにまつわる資料の本からふと思い立ち、その人となりを生で見てみようと思い、とある占い師さんのところへ行く。ええと、黄色っぽい本を二冊出している方です。とことん運が悪い人の小説を書いているので、運がよい感じを与える要素とはなにか、を調べているのだ。わかっていても目で見ないと書けないことっていうのがいくつかあるのだ。

世代の違いによる価値観のギャップは感じたが、びしばしと当ててくるので面白かった。彼女が表現するうちの母親の感じなんて最高に似ていた。なによりも私が面白いことを言うと、その人がきゃっきゃという感じで笑う、それがなんとも言えず人の心を明るく元気にさせた。うそではない笑いっていうのは、確かに開運っていう感じかも。あと部屋の全体的な雰囲気のきれいさ。彼女の身ぎれいさ、お肌の色つや。

ゼリちゃんが微妙におしっこをたれながしていて、切ないけれどもものすごく愛《いと》おしい。麻酔が切れてだんだん元気になってきて、散歩も嬉《うれ》しそうになってきたのでよかったと思う。たくさん食べて日ごとに回復していくのを見ると、動物のすごさを感じるし、人間もそうでありたいと思う。

1月16日

くろがねで新年会。お昼はドーナツを二個食べたきりなので、すき焼きをがんがん食べる。いつしかここのすき焼き以外をすき焼きと思えなくなっている私だ。根本さんは少しふっくらしてきた。かほりさんはだんだん弁護士っぽく美しく華麗になってきた。かほりさんがお父さんに「お父さん、もう一回学校に入って算数からやりなおしたら？」と優しい笑顔で言ったのが最高だった。チビが「ここはヘリコプターをもらったところですね、ヘリコプターをくれた人たちに会うの？」と言い出したので、去年のことを覚えているんだなあ、としみじみした。

根本さんに鋭い作品批評を言われる前にどんどん飲んでもらい、ダッシュで帰った。だって明日もお弁当作りだもん！

1月17日

ヘキサゴンカフェでおいしいお昼をばりばりと食べた。おいしいものが大好きな人が考えたごはんの味がした。

そして高橋みどりさんにばったり会った。私の家の夕食の70％くらいが「伝言レシピ」か「酒のさかな」の本からできていることを思うと、頭があがらない存在だ。なにかがちょっとのんちゃんに似ているので、好きなタイプの人ってパターンがあるなあ、と思う。みどりさんのお顔も文字も大好きだ。

ちょっとだけロルフィングを受けて突き指の後のうまく治らないところを調整してもらう。そうしたらなぜか頭がからっぽになってやるべきことがさっぱりわからなくなったので人の体の神秘におどろいて、そうっと帰った。

それでもフラへは行き、はげしく踊っていたらだんだん目が覚めてきた。

はじめのころ、さっぱりわからないし覚えられなかった踊りがたくさんあるのだが、それにしても必死で集中してついていこうとしていた。そうしたら、中盤に少しできるようになってだれてきた頃の踊りよりもなんとなく体が覚えているのである。大ショック。初心ってすごいものなんだ。忘れちゃいけないわ！

帰りにみんなで自分たちの方が年齢が上なのをいいことに偉大なクリ先生をぐいぐい追いつめてからかったりしていじめた。困惑してもそれがあまり表に出ない美しいクリ先生であった。そしてからかったまま「ああすっきりした！」とみんなで放置して、クリ先生に乾杯！　と乾杯してごはんを食べて帰った。すてきな生徒なのかいやなおばさんたちなのか、かなり微妙である。

1月18日

はるばる豊洲《とよす》までエステに行き、東急ハンズでバカほど買い物をしてしまい、あわててゲリーとの会食に走る。体調が悪くものすごい食事制限があるというので心配していたけれど、前に会ったときよりも元気そうでよかった。お見舞いにでっか〜い抱き枕《まくら》を持っていき「これをスーツケースに入れて持っていってくれないと一生呪《のろ》う」と言って渡した。「ダッチワイフだ」と言って喜んでいたので、よかった（？）。

そんなおちゃめで意地悪でひとつも和むところのない、おちは必ずひどい狩猟ネタやおそろしい死に方をしたペットの話を次々繰り出すゲリーだが、基本的には偉大な存在。今日本でスクールをやっていて、とても忙しそうだ。ゆりちゃんとえりちゃんも忙しそうだったけれど、このふたりはいつもコンスタントに身も心も美人さんなので会うとほっとする。気をつかわなくていいから、すごく楽な人たちだった。

帰宅してからチビとマリオをやったら、チビのほうが全然うまくなっていた。

子供にどのくらいゲームをやらせるかに関して、共同生活という観点から考えると案外自然に解決するように思う。深夜までこっそりふとんの中で昆虫図鑑を見ていたのは美談になり、ゲームをやっていたのはどのゲームであれ悪、となると少しおかしい。判断しているほうの問題ともなる。いっしょにソフトを選び、他の楽しい時間を尊重するように教え、これもまた日々調整していくしかない。もうこの世にあるものかをひとつずつ考えるしかない。

1月19日

WiiFitのあまりの重さに、これを持って帰るほうがよほど運動になるよ、と思った。まなみの言う通り、ゲームをしていて運動をしていない罪悪感を減らせる、いいところに目をつけた商品で、売れるに決まってると思った。

どこも在庫切れの昨今、いちかばちかで大量買い付けをしていた（推測だけど）さくらやはえらいなあと思う。

いっちゃんとチビが年齢を超えていっしょにゲームをして、抱き合って喜んだり、いっしょに問題を解決したりしているのを見ると、結局人はだれといてなにを話して過ごしているかなんだな、と思った。

1月20日

原さんのお母さんが亡《な》くなられた。確か九十になられていたと思う。

私は当時近所に住んでいたので、よくいっしょにごはんを食べたり、お茶をしたり、花札を（自分はできないので）見学したりした。そして夜道を歩いておしゃべりして帰った。やがてお母さんは足が不自由になり、いくら大量のガールフレンドにもててもてとはいえ独身の原さんでは無理だろうということで、月のうち半分をご長男の夫婦の家で、もう半分を別のお兄さんのご夫婦の家で暮らすことになった。そこへ遊びに行ったらお部屋もあって専用のＴＶもあったけれど、住むところが決まらないっていうのは、つらいことだなと正直に思った。子供さんもいるご夫婦二組だしまだ若いので、やることがたくさんあってどうしてもお母さんのことが後回しになる感も否《いな》めなかった。ひとりでトイレに行けなくなったことで、ひどい便秘になって入院したりしていた。原さんはそれが耐えられなくて、ひとりでお母さんを見ていく決心をした。この十年間彼にはほとんど自由がなく、お母さんははじめはおしゃべりできたがだんだん座ってＴＶを観《み》るだけになり、寝たきりになり、その頃にはもうどこにもショートステイができない状態になり、原さんは毎日つきっきりになり、そのまま亡くなった。もちろんヘルパーさんも周囲の人も手伝いはしたが、基本的に原さんは十年間ずっと下の世話をし、お風呂《ふろ》に入れ、ごはんを作り、仕事もしてきたのだ。偉大なことだと思う。

よその家のことなのにここまで書くのはかなり失礼だと思うが、友達の全員がひたすらに彼を偉大だと思っていたことを個人的に記しておきたい。

私がまだお話できる頃のお母さんと最後にしゃべったのは、私の着ていたコートがすてきだということと、私の赤ちゃんが大きいっていうことと、原さんが大事にしているアフリカの木像が「あれのどこが気にいったのかしらねえ、気味悪いし、足もないし。でもマスミが大事にしてるから、ないしょだけれどね」と大きい声で言って、おかあさん聞こえてるよ、と原さんが言っていた、その会話だ。お母さんはいつも原さんは優しい子だ、いちばん優しい子だとおっしゃっていた。

最後に会ったのは去年に引っ越した新しいおうちを訪ねたときで、もう寝たきりで意識がなかったけれど、暖かい部屋できれいな服を着てすうすう寝ていた。

霊安室でのお母さんはあまりにもきれいに寝ていて、チビには生きているときとの区別がつかなかったほど。でも触ったらいつもと違ってほっぺたが冷たくて、ああ、もうこの中にはいないんだ、と初めて私まで納得するほど自然だった。原さんは普通にお母さんに話しかけ、生前と変わらず世話をしていた。あと十年でも二十年でも平気だったのに、と言っていた。あまりにも愛されて世話されて死んだ人の姿だったので、不思議と泣けなかったけれど、家に帰ったらうちにはお母さんの作った花瓶とか袋がいっぱいあって、大泣きした。

彼の芸術の仕事は偉大だし、お母さんも「マスミは小さいときから絵がうまくて、近所のぼけたおばあさんが階段に座っている絵なんかああまりにもうまくって、いたたまれないほどだった」とよくおっしゃっていた。でもこれ以上に偉大な仕事はないような気がする。女が子育てして見返りを求めるのとはまるで違う。本来向いてないことを執念と言えるほどの愛情でえんえん十年間やり続けて全《まっと》うしたのだ。それにしてもうちのチビが産まれて初めて見た生きてない人が原さんのお母さんでよかったと思う。光栄なことだ。

しょんぼりしたので、夜は無理してでもりかちゃんのおうちの新年会に遊びに行った。なんとりかちゃんが目の前でチキンカツを揚げてくれたので、夢みたい、と思いながらおいしくいただいた。出てくるものがみんなきれいでおいしくて、ほんと〜にりかちゃんと結婚したキヨくんは幸せだなあ、と思った。りかちゃんがいっしょにいたらこわいものはないような気がする、そんな女性である。のんちゃんとソファでごろごろしながら、フラのDVDを観たり、オットマンの名称を覚えたり、あっちゃんの踊りを見たりしてよい時間を過ごした。そんな優しいおじょうさんたちがケーキを選ぶときだけ笑顔を見せず真剣になったので、すっごくおかしかった。

1月21日

ヒロチンコさんのパパといっしょに餃子《ぎょうざ》の旅に出かけた。

チビははじめ恥ずかしがっていたが、どんどん調子が出てきて人が振り向くほどのうるささになってきた。最後はほとんど引きずられて新幹線に乗っていた。

地元の明さんに教えてもらったので当然と言えば当然だが、正嗣《まさし》のちょっと離れたスーパーの前のある店舗の餃子がやはり最高だった。宇都宮餃子、私はみんみん派ではないかも。そのあと五軒くらい食べ比べをしたら、苦しくて餃子のことを考えるのもいやになってきたが、とても楽しかった。

みんな経験があると思うが、親といっしょに出かけても世代が違うからしたいことも違うし、ああ、早く解散にならないかな、自分の好きなことをしたいなあと子供の頃思ったものだ。でも、だんだん自分が大人になり中年になると、あの気持ちを懐《なつ》かしく思い出すし、頼りになる人と歩いているときの安心感ももう誰も与えてくれなくなる。

私に子供ができたときにはうちの両親はもう歩けなかったからあまりいっしょに外出できない。たまに車いすを二台出して巣鴨《すがも》や佃島《つくだじま》に行くのが限られた幸せの時間だ。

だからヒロチンコさんのパパといっしょにデパートを歩いたり、神社に行ったり、オリオン通りを歩いたり、チビがおじいちゃんと手をつないで歩いているのを見たら懐かしいのと楽しいので言い知れない幸せな気持ちがわいてきた。

帰りの新幹線に野村監督がかっこよく乗っていて、私はもう頭の中で小学校の時に熱烈に読んでいた「あぶさん」からの思い出で胸がいっぱいになっていたのに、ヒロチンコさんが「だって、間違いないよ、聞いた？　あのせきばらい、あんなの他の人にはできないね、完璧《かんぺき》だよ」などと言いながらひいひい笑っているのでムードがぶちこわしに。

そういえばこの間も狂言の和泉《いずみ》さんがあの有名なママと乗っていたとき、ご本人はサングラスに帽子をかぶっていたのに、きらびやかなママはなんの変装もしていらっしゃらなくて、ヒロチンコさんはげらげら笑いながら「本人を隠してもママを隠さないとなんの意味もない」と言っていたっけ。

1月22日

私がもし男だったら、どんな男だろう？　と思ったときに、はっと浮かんでくるのは残念ながらかっこいい人たち、例えば森先生とか安田隆《たかし》さんとか奈良くんとかではなくって、会田誠さんである。いや、会田さんのタイプのかっこよさには私はものすごく弱いので、もちろんほめているのです。で、彼の文章の書き方のある点が、ピンポイントでものすご～く私の情けない面に似ているのである。賢いけどしょ～もなく情けない、自分を笑うけれど、関西風ではない、その感じ。「青春と変態」はとんでもない内容の作品だったのに、全《すべ》ての光景がすばらしい描写として目に焼き付いて離れないし、「星星峡《せいせいきょう》」に連載しているエッセイなんかもうたまらない。たとえば彼のお母さんがどういう人か、もう手に取るようにわかる。虚飾だらけなのに、真実がぐいっと描かれているのだ。彼の美術の作品はこれまで興味がなかったのに、文章を読んだらがぜん好きになってきた。ふざけて描いてないだろうってことだけは、なんとなく知っていたけれど、あんなに文才があるなんて知らなかった……。

水柿《みずかき》助教授（っていうか森先生）と会田さんがいっぺんに書いている号のあの雑誌は私にとって一万円くらいの価値がある。ちょっと前まではうまくすると「メタボロ」まで読めた。幻冬舎って太っ腹～！

1月23日

朝から激烈な頭痛が続いて、吐き気までしてきたので病院に行こうかと思ったけれど、なんでだか体はお弁当を作ったりしている。母は強い。

チビを起こしながら「雪だよ！」と言ったら、まだほとんど寝ている感じなのにベッドに立ち上がって外を見て「わ〜い、雪だ！」と踊っていてかわいかった。子供ってほんとうにいいな。そのあとメールしたいっちゃんも「寒いけどワクワクします！」と書いていて、若さってすてき！　と思ったけれど、私も嬉《うれ》しかった。梅も咲いてるし、庭がきれいだし、なんといっても静かで明るいし。

窓の外は雪なのでバイトの人たちをお休みにしてあげて、お迎えに行って、チビといっしょにここぺりに行った。

あまりにも頭が痛くて、おしゃべりもろくにできない私だったが、マリコさんがマッサージの間チビとずっといっしょにゲームをしてくれたので、ものすごく助かった。リセットさんが出ると毎回マリコさんに抱きついてきゃあきゃあ言っているチビに「その人が君をこの世に出してくれたんだよ」と言いたいけれど、わけがわかってないんだろうな〜！　感慨深い光景であった。

ミナコさんの超絶技巧で、頭以外の部分がどんどんほぐれていった。頭が最後に残っていたが、一時的にもっと痛くなっても多分大丈夫だろうとふんで、そうっと帰った。帰りにいつもの焼き肉屋さんでサムゲタンを食べて風邪も吹き飛ばした。

頭痛だと世界がひたすらに悲しく見えてくるものだが、今日は会った人がいい人ばっかりで「みんないい人ばかりだなあ」と思えるラッキーな日だった。

そういえば自由が丘の駅の近くに全員がいい人でこわいくらいのおそばやさんがある。

ラブ子が死んだ次の週にひとりで入って、いい人ばっかりなので思わず涙が出たくらい、ふんだんに親切なのだ。ヒロチンコさんは一人暮らしのとき「いい人たちすぎてかえって入りづらかった」というくらいの感じのよさ。そこでおそばを食べていたら、トップオブザいい人のおかみさんが「あのねえ、きのう、お店のカードはないか、っていうお客さんがいたのね」と言っているのが聞こえてきた。聞いているのはベテランの従業員のこれまたいい人のおばさん。

おかみさん「それでね、カードはないからマッチをさしあげようと思ってね、下からさっとマッチの箱を出したら、なにかのひょうしに火がついて、ちょうど目の前で燃えたの！　びっくりしたわ～」

おばさん「それは……」

あぶなかったわね、もしくは大丈夫だった？　を想定して聞いていた私。

おばさん「マジック〜!?」
うふふと笑い合うふたり。思わずお茶を吹き出してしまった。

1月24日

頭痛がピークに。あとは坂を降りていく感じだろうと思い、太極拳《たいきょくけん》に行ったらまたじゅんじゅん先生の強烈ツボ押し攻撃にあい、一瞬倒れそうになったが、そのあとはじょじょに持ち直して来たので、実家へ行く。

どうしてうちのお姉さんは、七人しかいなくってそのうち三人はほとんど食べない年寄りふたり、幼児ひとりなのに、大きなお鍋《なべ》をふたつ並べて一方では鶏《とり》すき、一方では海鮮よせ鍋を山盛りに作ってるのですか？　と思ったけれど、みんなひたすらに食べた。あまり食べない両親さえもがんばって食べていた。目の前に広がる海のあまりの広さに、もしくは山のあまりの高さに、圧倒されて食べてしまったという感じであった。とてもおいしかったが。

1月25日

少し興味があったので、突然あいた時間にさっと「ペルセポリス」を観《み》に行った。

とてもとてもリアルだが特殊な階層に属している主人公なようなので、一般的なイランの女性とは違う人生を許されている感じがあった。でもそんな彼女でも国の状況にはどうしても影響を受ける。国の状態が自分たちの人生にいかに直結しているか、日本人は最近それにほんとうに気づいたように思う。意欲的に自覚を持って新しいサービスをする日本交通や病気のご家族の世話をしながら社長になった東レ経営研究所の社長さんや自警団を作る商店街の人たちなど、おじさんたちが「日本はこんなじゃなかった」と気概を見せている新しいケースも続出している。

映画の中でウィーンに留学した彼女が、戦争を経験していない若者たちと経験が違いすぎてみんなが浅薄に見えてしまい、どうしてもなじめないという描写はすばらしかった。それから主人公を支え続けたおばあちゃんの描き方も泣かせた。おばあちゃんのことを思い出すと、香りとかまで思い出すんだろうなって。

しかし！　映画よりもなによりもびっくりしたのは、私が座っている席のとなりに、なんの約束も前触れもなく、昨日晩ご飯を実家でいっしょに食べた石森さんと、そのおじょうさんがやってきたことである！　だってふたりは千葉とか板橋だか埼玉だかに別々に住んでいて、たまたまそのふたりが会っていて、たまたまそんなレアな映画を観ようと思ってシネマライズにやってきて、たまたま同じ回で、たまたま二階に座っていた私のとなりにやってくる……そんなことってあるのか？　私だって、今日の午後くらいまでこの映画を観る時間ができるなんて思っていなかったのだ。すごいなあ。

あまりにびっくりして、後から来たヒロチンコさんを交えて自然にいっしょにごはんを食べてしまったよ。なかなか会えないおじょうさんに会えて、ずっと言いたかった結婚のお祝いを言えたのと、久しぶりにしゃべれたのがすごく嬉しかった。

1月26日

その佐々木さんという東レ経営研究所の人が書いた「ビッグツリー」という本を読んだ。愛情を執念という形で表している。これは普通に考えたら親子ではいけても夫婦の中ではなかなか通じないだろうなあ。彼にとって愛とはひたすらに責任を取ること、人生とはひたすらに健全なもの。もし深く考えたら立ち止まってしまうので、考えずに命をかけて責任を取り続ける。彼女にとって愛とは深くせまく自分だけといっしょにいること。ううむ。夫婦って最終的にはお互いに「保護してくれる理想の親像」を相手に求めて必ず一度は失敗することになるけれど、そのすりあわせがうまくいくとうまくいくのだろうなあ。まあしかたなく女性のほうの力というかがまんというかそういうもので成り立つしかないような、そんなケースが多くて、このようなケースはまれという気がする。その代わり一般的に母親というものはものすごい権力を手にしているのよね。その当然の権力を手にできなかった母親というのは、ものすごく落ち込むものだし。この家と私の育った家には非常によく似たところがあったので、よくわかることがいろいろあった。

森田さんがぎっくり腰から復帰してきて、みんな喜ぶ。森田さんのいない土曜日はなにかが欠けているような感じだ。私は人と急に知り合うのが嫌いで、こんなふうにじっくりとちょっとずつ自然に親しくなっていくのが好き。仕事では静かに地味に確実に働いている人が好きだ。いっちゃんもそういう感じで、いつのまにかそばにいた。そういう人たちをいちばん信用できる。勢いよく自分から急に来た人はやりたいほうだいやって急に去っていく、これまでの経験だと、そんな感じがする。静かに、認められなくても自分の責任を全うしている人がいちばん強い。他の会社にもあてはまるのかな。

1月27日

風邪をおして岡本太郎記念館でのマヤちゃんのさよならパーティに行く。

ライブペインティングにとことん向いていない彼女、絵はかなり迷っている感があった。そりゃそうだろう。今迷ってなかったらそれは変だろう。ここをもう一段抜けないといけないから苦しいときだが、彼女ならやるだろう。これまでもどんなことにも耐えてきた人だ。ほっぺたにチュウをして別れる。もしかしたらもう一生会えないのかもしれないな、と思いつつ。

でもそういう人に限ってこれがまた会えるんだよな……！

敏子《としこ》さんについこのあいだまで会っていた場所に敏子さんはいない。この人こそに、もう会えない。敏子さんのいない敏子さんの生活空間はがらんとしていて淋《さび》しかった。いつもあの家に行けば会える、そう思っていたら会えなくなってしまった。

マヤちゃんの絵を見たらチビの絵描き欲が岡本太郎記念館にふさわしく爆発し、平野館長にいただいたスケッチブックに狂ったように絵を描き出した。しかも現役絵本作家であるヤマニシくんを台にして。なんというい身分であろうか。

1月28日

風邪が悪化し、寝込む。寝込むと気持ちがずっしりと暗くなって理屈っぽくなる。でもまあいいか、みたいな感じが今年は大切だと思い、またも寝た。単なるなまけものだ！

おべんとうも作ったし、おむかえも行ったし、晩ご飯も作ったし、仕事も少ししたし、まあよしとしよう。

寝込んでいるので養老先生と帯津《おびつ》先生の新刊を読む。驚くほど共通の要素がある。帯津先生と五木先生の新刊もそうだった。おじさん（おじいさんか？）たちも本気を出している。すばらしい底力のある人が本気を出している様子をみると、風が吹いているようないい気持ちがわきあがってくる。

最近、どんな親しい人の帯や解説の仕事もどんどん断っている。断るとたまに「日記を見るとずいぶん読書しているではないですか、時間はあるのではないですか？」という人がいる。でも、違う。ほとんどの本は次の作品に関係があるし、資料として読んでいるのです。こんなことを言うのって無粋かな？　と思うんだけれど、ここまで書かないと伝わらないなと思って、書いてみました。

私も元プロだから来る仕事はみんな受けたいんだけれど、収入も減るから苦しいけれど、今は節約してでもひとりの人間を育て親の人生の最後の時期を共にしていかなくてはいけない大事な時期なのです。半引退の覚悟である。どうか不義理をかんにんして、と思うけれど、伝わらない場合は縁を切られてもしかたない覚悟もしっかりした。

そんな中で蝶々《ちょうちょう》さんからたからものみたいなメールが来て、ちょっと泣いた。彼女は聖も俗もいっぱい見て、でも持たずに身を軽くしながら旅を続けていく。応援してあげたいな、と思う。ほんと、小学校のクラスだったら私は地味で風変わりでオタクなでもみょ〜に人気のある子、あの子はメジャーを走り続けるキラキラのトップスター。でもお互いがなんか大好き。やることが違うからちっともいっしょにいないけど、たまに会っておしゃべりするとなんかほっとする。そういう感じ。

1月29日

タイマッサージに行く。頭と首が痛いのをとにかくほぐしてもらう。自分ではのばせないところをのばしてもらうと、体が「こう見えても実はもっと柔らかいのですよ」と言うのがわかるような気がする。

すっぴんのままで藤谷くんのお店にちょっと寄り、いろんな話を聞く。小説を書いていくってほんとうに切ない仕事だ。見えなくていい変なものも見えてくるし、もうかりゃしないし、なのにみんなもうけてると思ってるし。でも、藤谷くんの人生は見えない貯金でいっぱいで、これが現実の利益にならないわけがないなあと思った。そんな藤谷くんが、歩いて行ける距離にいることがどんなに私の心を明るくしているか言葉にできないほどだ。

1月30日

日記を見るとすごくハッピーそうに見えるだろう俺だが、そんな人間が小説家なんかになるわけがないだろう！　と思いながらも、今日はすばらしいことがいっぱいあった。

まず「星星峡」に森先生の水柿助教授のシリーズ最高峰かと思われる原稿がばっちりと載っていて、楽しい犬の散歩のあと、買ったばかりのブレンダーで自分で作ったリンゴとジャガイモととうもろこしのポタージュスープを飲みながらしみじみと読んで「こんなすばらしいものをこんなに簡単に読んでもいいのだろうか」と幸せをかみしめた後で、同じその号の会田誠さんの首が振り切れそうなくらいうなずけるエッセイを読んで「自分は孤独ではなかった」と思い、なおかつこの本百九十円。ありえない！　再度書きます、幻冬舎太っ腹！

もうこれだけで私は一日は終わったわ〜、と思った。

しかし「どうも自分の特別企画には華がないわね〜」と思ってしょこたんぶろぐを

のぞいたら、スカシカシパンマンが出ていて、女の下着を透かし見ようとものすごいポーズをとったり、ソファの隙間《すきま》に落ちたりしている……もしこれがしょこたんの桂子《けいこ》お母さまの変身後の姿だとしたら、完全にもう神の域。負けて当然だと思い、はらわたがよじれるくらい笑ってさっき幸せに飲んだスープを出しそうになってしまった。

果敢に英会話に行って、今日もすてきなマギさん&バーニーさんに延長授業でみっちりと英語を仕込まれ、がんばったわと思いながら帰ったらやっぱり熱が出て、ヒロチンコさんまで倒れた。そんな不吉な家の中でヤマニシくんとチビがきゃあきゃあ遊んでいてうらやましかった。心はハッピーなのに！　風邪なんて！

1月31日

幼稚園まで休んで、ヒロチンコさんと私は寝たきりライフ。目を開けると同じ状態でヒロチンコさんがぐうぐう寝ていて、また寝てしまう。そして向こうが起きると私はぐうぐう寝ていて……そのくりかえしで最終的にお腹《なか》が減ってきた。

私「おじいさん、おなかがすきましたね、でもふたりともどうしても起きられませんね……いつかもっと体が動かなくなってこうやってふたりで餓死するのでしょうか」

ヒロチンコさんは返事もなくただ弱く微笑《ほほえ》むのみ。リアルな老後シミュレーション。でもチビは目を覚まして「わ～！　なんで幼稚園に行かなくていいの？　やった～！　もう二度と行かせないでね！」と言って喜んでいた。そこにいっちゃんがキッシュを差し入れてくれたので夫婦で餓死はまぬがれた。

夜になったら少し大丈夫になってきたので、フラへ遅刻して行ってみた。踊るとめまいがしてほんとうに倒れそう。立ってるのがやっとだった。でもじゅんちゃんとちはるさんのお誕生会にはなにがなんでも顔を出す。なんだかんだ言って馬刺とか鍋とかやけくそに食べて元気を出そうとしてみた。寒いからみんなと手をつないだり、ケツを触らせてもらったり、腕を組んだりしてくっついて帰ったらあたたかく柔らかくて幸せだった。

2月1日

まだ熱のようなものが頭だけに残っていて、足が冷え冷えなので自分に投資！　とばかりに今日はリフレクソロジーへ行く。がくっと寝てしまい十分くらいと思ったら一時間半たっていてびっくりした。リフレの天才たがみさんはいつも足を触っただけでなんでもわかってしまう。今日は「もうウィルスはないですね～、尿管でわかります」という名言を残していた。

プラーブダーくんが来日していて、とても忙しそうなのでちょっとだけでも会おうと言って、居酒屋さんにいっしょに行く。たづちゃんも来てタイが懐《なつ》かしいメンバーだった。ヴェジタリアンの彼を待たせて最後まで肉のたたきを食べまくる私たち。優しく微笑んで見守ってくれる彼。

帰りにおいしいコーヒーを飲んで、なんとなくあったかい気持ちになって帰る。タイの人たちの時間の流れってなめらかで柔らかくて露骨な意味ではなくて生命の力という意味でセクシーだという気がする。

彼からまたタイ名物アーヴのクリームをいただいた。嬉《うれ》しいな！　ここの製品はなんとタムくんのお姉さんが作っているのだ。はじめて使ったとき、こんな強い匂《にお》いのジャスミン知らないなあ、と思っていて、タイに行ったらほんとうにそっくりこのままの香りのジャスミンがいっぱいあった。それで帰って来たらますますこのクリームが好きになった。特におすすめなのはジャスミンとライスのボディクリームと、同じ香りのヘアトリートメントだ。髪の毛が驚くほどさらさらになる。だれもに一生一度は必ず使ってほしいっていうくらいのおすすめ度である。

2月2日

アレちゃん、恵さんという異様な取り合わせでリヴァ・デリ・エトゥルスキに行く。安定した味、北イタリア特有の魅力的考え方のお料理。やはり冬の方がしっくりくる。

このテーブルにいる三人の人生経験を合わせたらまじで多分百人分くらい行くだろうなあ、と思った。でもおだやかにアレちゃんがマリ（なんでそんなところに行くんだ、七十歳のおばさんと）に行って、遭難？　難破？　したおそろしい話を聞く。ほんとうに命がかかっていたのでびっくりした。次はハイチに行くそうだ。「ゾンビ伝説」（なんであんな学術的映画がこんなタイトルなの？）を観《み》るようにしつこくすすめた。あの原作「蛇と虹《にじ》」はハイチの文化を肌で生々しく理解できたすばらしい本だったが、読めば読むほど行く気は減っていったな〜。でもアレちゃんの思考回路を見ていたら、論文が優秀で机に向かうのが似合う文化人類学者ほどものすごい場所にフィールドワークに出かけて行く仕組みがわかってきた。

下北のナチュラルハウスに慣れきっているから青山のナチュラルハウスに行くと「弱肉強食」という言葉が浮かぶ。休日のこのお店では店員さんを含めてこの世で最もナチュラルではないせちがらくきびしくけわしい人間模様が多々見られる。おのぼりさん気分爆発で、おろおろしながら買い物をした。都会はこわいのう。でもここでこのあいだ顔のヨガで有名なふみちゃんこと高津さんにばったり会ったときは、彼女のまわりがきらきら輝いてピクニックする場所みたいに見えた。余裕のある表情の女性は世界を救う。ところであれ、やってみるとほんとうに顔が小さくなるね！　でもやってる自分を未来永劫《えいごう》だれにも見せられないね！

2月3日

大雪。日曜の大雪なので、道行く人がちょっと楽しそう。

ヒロチンコさんが雪かきをしていたので「がんばれ～」と窓から小さい声で応援して苦笑いされた。その数時間後にいっしょに雪だるまを作ろうって言われたのでチビに取ってきた雪を差し出したら「つめた～い、ママ作って、がんばれママ、すてき～！」と言われて雪だるまをひとりで作らせられ、カルマの刈り取りとか、楽して口だけ遺伝子とかいう言葉が浮かんできた。

夜は雪になったので、私がてきと～にブレンダーで作ったすごい見た目の、でも味はおいしいシフォンケーキを持って実家へ行った。2月の3日は大晦日《おおみそか》と気分的にはいっしょなのでそばを食べる、という習慣があるのだ。もう読んでいる人も飽きた表現だとは思うが、姉が六人前くらいの鴨《かも》そばを出してきて、おなかいっぱいおいしく食べたと思ったら、その後に天ぷらとざるそばがでてきて驚いた。どうも最近の彼女の流行は「同じ料理名だが微妙に違う種類のものをたくさん作る」であるらしい。

2月4日

チビをお迎えに行った後で、たまにはとヒロチンコさんにスパのコースをおごる。並んで海を見ていたら、旅行に来たような気分になった。でも場所は豊洲《とよす》であった。ちょっとファミレス風のところでバターたっぷりの晩ご飯をおいしくいただいたら、ヒロチンコさんは帰り道で、私は夜のうちにもうわけのわからないできものができて、足が通風っぽく痛くなった。ふたりとも添加物に敏感な体になっているのだけれど、これを進化と呼ぶべきか弱っちいと思うべきなのか、さっぱりわからない。でもヒロチンコさんのパパはこのあいだ「うちに泊まっただけでほこりでアレルギーになるなんて言うからね、まったくすっかり弱くなってしまって……乾布摩擦をしたらどうだ?」と簡単に結論を出していた。

この場合は人ごとなのでほほえんで「そうだよ、ヒロチンコさん乾布摩擦をしたら? 朝、外で、はだかで」と合いの手を入れておいた。

2月5日

安田隆さんのところへ遊びに行く。

全然横浜の全体像がわからず第三京浜を使って二時間くらいかかるとふんでいたら、高速も使わず三十分でついてしまったのでびっくりした！　横浜というよりもほとんど川崎だった。

いっしょに行こうと言って美香ちゃんと十年ぶりくらいに会う。美香ちゃんは途中大病したり離婚したりたいへんだったけれど、ちっとも人をねたまないしやつあたりもしない。いやなものをはっきりといやと言い、好きなものにはだれよりも優しい人だ。昔から背がすらりとしていてモデルみたいな美人だったけれど、前よりもずっと静かに輝いていてとてもきれいだった。足を骨折したと言って松葉杖《まつばづえ》で来たけれど、骨折したなんて知らせを聞いていなかったのでびっくりした。痛くないし！　とにこにこしていてなんだか男らしい……！

遊びに行ったとは言っても彼は体と心のプロなので、ふたりで体の調子を見てもらったり、いろいろな質問をしたりして充実した時間を過ごした。安田さんがどれだけ気をつかってくれたか、優しかったかということと全く関係なく、なんとなく自分がゆるされている感じ、自分でいていい感じ、そういうのが彼のいる空間全《すべ》てから感じられて、こういうことってものすごく伝わるんだな、としみじみ思った。人の器の大きさというか。

でもそんな偉大な安田さんに背景を指定しまくってシャッターを押してもらったり、F&Fでかごを持ってもらったり、甘え放題。しかも駅前が世田谷区よりもずっと都会だったので浮かれて無印に行ったりますのすしを買ったりして帰った。

2月6日

雪。はじめあられのまん丸のが降ってきて、ぽんぽんはねていた。雪しか知らないゼリちゃんが「これはなんだ！」と驚いて飛び回っていた。

朝、銀行に行ったので帰りはカフェに寄って朝ご飯を食べながら読書をした。ちょっと珍しい行動を取ったときのこの幸せ感、たまりません。ＴＭ瞑想《めいそう》の資料という角度からのデヴィッド・リンチのインタビュー本。あまりにもすばらしくて読むのが惜しくて、一行ずつかみしめながら読んだ。前から大好きだしすばらしい人だと思っていたが、ここまですばらしいとは思っていなかった。

行動しすぎて、夕方シフォンケーキを作ったところで燃え尽きてしまった。オーガニック界に生きる私としてはサラダ油を持っていないし、ショートニング（これはシフォンケーキには関係ないけど）なんてもってのほかなので、ぶどうオイルとか全粒粉を使いながら作った。でもお菓子作りはほんとうにへたくそ。悲しいくらい。甘いものに対する愛情のなさがつい出てしまう。いちばんの失敗は卵白に少しだけ卵黄が混入してしまったことだった。それでもう固いメレンゲになりゃしない。

　なのでごはんを作る気力がなくなってヤマニシくんとタイ料理屋さんに行ったら、チビがはしゃいで大騒ぎしてまるであばれる酔っぱらい。お店の人に驚かれるほど。もうすぐ五歳、大丈夫だろうか。いい人たちだったので「今日のチビちゃんすごかったね～」と言われただけで、ほんとうによかった。冷や汗が出るようなはしゃぎぶりだった。

2月7日

　一日中、眠くてなにをしているのか全然わからない。どうやってお弁当が作られ、スープが作られ、ごはんがたかれたのか覚えていない。その上私はデパートに行ってランチを食べたり、ソフトバンクでプランを変える手続きまでしている。なのに、覚えていない。夕方少し目が覚めたらいっちゃんが家の中にいて幸せになった。

だが、フラには出かけて行った。遅刻したくないのだが、どうしようもない、このところの忙しさだ。でもそんなに遅刻しなかった。さらに全く覚えていないもしくは習っていない（それはもちろん産休したりものおぼえが悪い自分が悪いのだが）曲を、何回踊ってもできるようになるはずがないので、今年習った分だけ、確実に覚えていこうと思った。

森先生がブログの日記で「霊魂もウルトラマンも同じくらいの確率で存在しないと思う」というようなことを書いてらした。私は、大まじめに、どちらも同じくらいの確率で存在していると思っている。ちょっと形は違うだろうし、説明も自分なりにはできるんだけれど、かといってちっとも論争気分にならない。見ているものが違いすぎるとお互いを尊重してかえってお友達でいられるという珍しい例だと思う。そして相手を尊重しすぎていると、これまでの経験上対談とかしても、ただうなずくばかりで全然面白くない。だから私は森先生と公《おおやけ》の仕事をほとんどしないのだな。

それと似たようなことで、ダライラマ様と対談する人はだれもが彼の人としての品格に圧倒されて、はじめから「教えを乞《こ》う」形になるか、異様に親しげになってお互いが楽しくなるだけか、「あなたが偉いなんて思ってない」という変に対等風になるかでちっとも面白くない。てるちゃんは別の意味で面白かったけど。しかしダライラマ様は科学者になりたかった人なので、科学者と話すときだけほんとうに対等になる。彼が正確に相手の位置まで降りてくるのだろうと思う。

2月8日

チビの誕生日。五歳……！

人生でいちばん幸せで、そしていろんなことがあった五年間だった。

おかげでベンツの種類も覚えたし、ウルトラシリーズはほとんど制覇したし、仮面ライダーにもくわしくなった。マリオとピーチ姫のゆがんだ愛も学んだ。ありがとう、チビラくん。君がいるだけで、生きていける。

朝からチビも行けてデザートがまともなピッツェリアを検索しまくって、目が痛くなる。結局吉祥寺東急の上に決めた。ゲームソフトのある量販店がそばにないとだめだったので、新宿か吉祥寺に限られてしまった。おもちゃ売り場に行っても決めたものをもういちど見てきちんと決めたらもうがつがつしないチビを見て、やはり野口先生の「自分でしっかり選んだものを制限なく買ってあげ続ければ、子供はがつがつしなくなる」という説は正しかったと思った。子供は値段では見ない。四十円のお菓子で大満足の日もある。お金の価値観で大人があれこれ口出しをするから、抑制された不満で高いものが欲しくなるのだ。むちゃくちゃな値段のものをほしがったら「ママ、今日はそんなにおさいふにお金が入っていないんだ。しばらく考えて、ほんとうにまだほしかったらまたいっしょに方法を考えよう」と説明すると通じる。大人よりも立派だ。通じない子がいるとしたら、それまでの積み重ねで通じないのだから、あやまってそこからまた積み上げていくしかない。

モトヤさんでカフェモカを飲んで、体をあたためた。ヨドバシの下にモトヤさんがあるのは最高の考えだと思う。

サバティーニ、かなりイタリアに近くそこそこおいしかったし、いちばん優れた給仕さんが偶然チビと同じお誕生日だったので、嬉《うれ》しい雰囲気だった。もうこの感じの世の中になってきたらきれいごとを言わず、日本はもはやチップ制を導入したほうがいいなといつも思う。一生カフェで働きたい人、ネイルサロンで働きたい人などがたくさん出てきたので、その人たちが目に見える形で自分のサービスのよさを知るために。

日本人は昔は目に見えないものを、上司とか社会が評価して最後には給料をあげるみたいなシステムがとってもよくできていたみたいだけれど、今はそうでもないから。

2月9日

なにがあったかは書かないが、作家から小金をむしりとったりふみたおしたりする人たちがいる。小金といっても三千円とかではなく、二万円とかでもない。前に今は亡《な》き安原さんに「出版社が金を払わないくらいでぐずぐず言うな、本が出るだけで幸せじゃないか、金があるくせに！」と言われて、それはないんじゃないかな〜、と思った。そのときふみたおされた二百万円があれば、病的に神経質なうちの親を病院の個室に一ヶ月、なんの心の負担も感じず入れてあげられる。あの人は無料でも本を出したいがチャンスがない人や、いい本を出しているのにつぶれる出版社に関わりすぎて、少し価値観がかたよってたのだと思う。もちろん後に仲直りしましたけれどね。うちの父などは古きよき時代の人なので、お金をもらえなくても「先方も困っているんだよ、公にするようなことじゃない」とぐっと耐えていた。尊敬はするけれど、とてもまねできない。

作家は表に出るときはいつも仕事をしているときと微妙に違うので、普通に見えるし、まるで金銭にも余裕があるように見える。でも作家であることで内面的にいろんなすてきなものを消耗している。それは他の仕事も同じ。もしも脳の中で起こっていることを肉体労働に換算したら、一作につき一軒の家を建てるくらいの労働をしていると思う。

また労働の対価として金銭を得る契約をしているのだから、それが守られてしかるべきなのは他の仕事と同じだ。この業界だけ違うというのはありえない。私のお金は親を含めた家族を養うために使われているしっかりと生きた必要なお金だが、もしも私のお金が毎月コムデギャルソンで三十万円くらい服を買うのに使われていると勝手に推測したとしても、契約は契約だから、守られるべきだ。

こんな簡単なことを、しない人がいる……理由は「余裕がありそうだから」。差別はしたくないが、個人で女性で体も弱くなんの保険もないこの仕事をしている私から少しでもお金を多くとりたいと思う心っていうのはいやしいなあと思う。

なので私はどんなに親しい人でも、お金のトラブルに関しては許さないで返してもらう&絶対にお金を人に貸さない。正当に払われなかったものは法に訴え、鬼みたいに冷たく返してもらう。それはお金ではなくてその人を信じた私の心を癒《いや》すためだ。

2月10日

雪はやんで晴天。

イナグマくんに会いに、神社へ行く。チビも久しぶりのパパと陽子ちゃんのいる旅行に大喜び。

正式参拝をして身も心もすっきりした。神社は清潔な空気がきりっとしていて目に映るものがみんなきれいだし、イナグマくんの気合いの入った祝詞《のりと》を聞くだけでこのところ乗り越えたことなど思い、感動して嬉し涙が出てくる。

帰りはイナグマくんの家におじゃまして、彼が釣ってきたたくさんの鯛《たい》やぶりやいかの食べきれないほどのお刺身をみんなでいただく。人を呼んでもてなすのはたいへんな労力だと思うけれど、このふんいきのあたたかさは大人はもちろん、チビの心に一生焼き付くだろうと思う。

なごりおしくて切なくなりながら帰る。人のご縁とは不思議なものだ。とりかえがきかない。それに去年の今頃は陽子ちゃんは辞めちゃうと思っていたので、まさかこうしてまたにこにこして旅行に来られるとは思っていなかったなあ。なので嬉しさもひとしおだった。

2月11日

京都でやっている方のマヤちゃんの展覧会に行こうと思い、せっかくだから末次夫妻に電話してみようと思ってだめもとでかけてみたら、嵐山《あらしやま》からかけつけてくださった。

京都は歴史や町並みもすばらしいのは当然だが、自然が町に溶けているその具合がいちばんの見所。四季それぞれ、時間帯によって毎日違う美しさがどこへ行っても見られるので、自然の中で裸足《はだし》で生きているような解放感がある。それがあるから京都独特の大変な人間関係やしがらみにも耐え抜けるのだろう。人との濃いしがらみの中に生き甲斐《がい》ややりがいを見いだせる人というのがたくさんいて、私はもちろん違うが、その人たちが何の中で苦しみや喜びを生きぬいているのかは、想像できる。それはそれで人を磨くひとつの道なのだろう。

マヤちゃんの展覧会はいつも通り玉石混交だったが、数枚、とてもいい絵があった。全くよしあしの判断のつかない、まっさらのマヤちゃんが描いたようないい絵だった。白紙からやろうという意気込みが頼もしかった。

エリザベートたちが案内してくれて、白沙《はくさ》村荘《そんそう》の中にある「NOANOA」に行った。ここのご主人がイタリアからレシピを取り寄せて考えた三十五年変わらないレシピのピッツァだそうで、チビのいちばん好きなタイプの生地だったので、寝起きだというのにぺろりと食べた。起き抜けに消え入るような声で「ぴざ〜……」と言ったので、注文してあげた。ほんとうにおいしかった。

橋本関雪《かんせつ》の広大な屋敷と庭をそのまま保存する……それがどんなにたいへんなことか想像を絶するものがあったが、見る方は気楽なもので、ただえらく手と時間のかかったすばらしいお庭だと思いながらめぐった。美術品もごろごろ置いてある。お座敷のすばらしい猿の掛け軸も見せていただいたし、エリザベートのおかげでいちげんさんには見ようのない世界を見せていただいた。

関雪さんの息子さんはもう亡くなられたそうで、その奥様が管理しておられるようだった。どんなことがあっても動じない、という感じのきれいな方で、どれだけのことを見てきた目なんだろう、と作家としてはちょっと興味しんしんでお話を聞いた。

才能がありすごい絵が描けてしまい、こつこつとすばらしい庭を創《つく》ってしまった人がいて、それを守っていく人がいる……まさに京都の歴史だった。

そしてどんな場所でも自分なりにふるまうエリザベートに、いつも感動するのだがいつにもまして感動した。知っているフランス人の中でも最もヴァイタリティがあり、繊細で、かわいらしく、美しく、強い人だ。末次さんとエリザベートが歩いてくるとあまりにも目立つので百メートル先からわかる。ふたりが歩いている姿がとても好きだ。

2月12日

バーゲンでものぞこう、今しかないと思ってちょっとバーニーズに行ったら、休日の小林さんにばったりと会ったので、お茶する。まるではじめからお茶すると決まっていたような自然な流れだった。

最近こういう感じが多くて、あれこれ考えなくてよくて幸せ。小林さんとは最近すれちがってなかなか会えなかったので、彼女の笑顔がどんなに人を幸せにするかよくわかった。

そして最近の伊勢丹《いせたん》では最大のヒットだと思う、アンデルセンのオーガニック小麦のパンにクルミとブルーチーズとハチミツがはさんである、ものすごくおいしいサンドイッチを前菜に買って帰る。

あと雅子《まさこ》さまが行ったことで有名な、麻布《あざぶ》にある、胡弓の演奏を聴きながら食べる、酢豚がばつぐんの、漢字三文字の（ここまで覚えているのになぜ店名がわからないのだろう）店のマンゴプリンもすばらしい。伊勢丹はすごい……。

ちまたはヴァレンタインで各店舗は長蛇の列。チョコの店全《すべ》てが大行列。

「あまりに混んでるからもうこの際チョコならなんでもいい」と言って、チョコのバームクーヘンを買っている人がいて、気持ちがわかりすぎてつい笑ってしまった。

2月13日

結子《ゆいこ》とお茶。昨日買ったラベンダーのハチミツのパウンドケーキを食べながら、風邪気味なのでコートを体に巻き付け、ひざかけまで借りてまったりと過ごした。ふたりともにこにこしていて幸せだった。

帰るとチビとヤマニシくんがゲーム地獄のまっただなかにいて、これはこれでよい風景。

そういえばこのあいだ新幹線でチビが陽子さんに「となりにすわってください、愛のコメントをいたします」と言っていたが、どこでおぼえた言い回しなんだろうか！

2月14日

お昼を食べたくらいからどうもおかしくなってきて、帰宅して熱をはかったら三十九度あった。だまって横になったが震えがとまらず、ひたすら寝た。体が痛くて眠れないんだけれど、とにかく寝ようとした。

ヒロチンコさんが行きつけのタイ料理屋さんでごはんを持ちかえってくれたが、お店の人が優しい味のスープを添えてくれて、あたたかいお手紙まで入っていたので、ありがたくおいしくいただいた。

2月15日

まだ熱が三十八度。ううむ。

私が早寝したのでチビもつられて早寝し、八時半に着替えさせたらなんと目を覚ました。いつもは首をがくんがくん言わせながら車の中で寝たまま幼稚園に行くのに！ そしてにこにこしながら「ママ大好き、どうしてそんなにかわいいんですか？ さあ、今日は幼稚園がしまるまでいっしょに寝ましょう」といっしょにふとんをかけられて、あまりのかわいらしさにくらくらと「そ、そうだね……」と言いそうになってしまった。あぶないあぶない！ すごい手管だ！ ナンバーワンホストみたいな奴《やつ》だ！

ほとんど意識のない感じで一日中寝ていたが、夜の十一時でもまだ三十八度から下がらないので、やけになって後頭部を温めたのち、風呂《ふろ》に入って汗を出して寝た。夜中に目が覚めたらちょっと熱が下がっているのがわかってほっとする。時間がかかる風邪であった。

2月17日

陽子さんが来るとチビがもうありとあらゆる言い訳を使って帰らせまいとするのがわかっておもしろ切ない。今日はさんざん引き止められてから最後の最後に陽子さんがコートを着たら急に「あの、郵便局なんですが、ハンコお願いします」と言い出して、陽子さんがサインをすると次は「たっきゅうびんです、ハンコください」と新たな書類を差し出していた。

ついにヒロチンコさんも風邪に倒れる。私もまだ熱があり、なんとも言えない状態。風邪ってほんと、いつからこんなにきびしいものになったのかしら？　歳《とし》？

関美奈子《みなこ》さんの「赤ちゃんを小さな人と感じたら…」主婦の友社から絶賛発売中！を改めて読んで、ああ、悔いはないけれどもう一回赤ちゃんを育てたい（無理だけど……）なあと思った。毎日のことに追われて頭がきりきりしたとき、この本があればいつでもいちばんはじめの嬉しかった瞬間に戻っていける。「なんだこのかわいい生き物、いつまで見てても飽きないよ」というあの気持ち。そしてなによりも「まてよ、こいつのほうが実はいろいろわかってるんじゃないか？　ばかにしちゃいけないんじゃないか？」というあの驚きにも。

2月18日

考えてみると小学生のときなんか、十二時くらいには寝ていたし（それでも遅いよ！）、近所にしか行かなかったし、お金はないし、酒は飲めないし、夜、外に出るのは姉とだけだったし、不自由さを感じる要素はもっと多かったはず。でも全てがもっと自由だった。

つまり、自由というのは純粋に肉体的な問題と考えてもさしつかえないだろうと思う。

ヒロチンコさんは熱を出しながらもなんとか一日がんばりぬいていた。

韓国の出版社の人たちと打ちあわせ。通訳の人を含めてみなよい人たちで、まじめで、お顔がぱっと明るくて、心からほっとした。今年は韓国に行く心づもりがあったので、少しどきどきしていたのだ。韓国の人たちが家族の話をするとき、ちょうど私が小さい頃の親たちのような「社会に参加して家族も円満なのがいちばん」という顔をするので、とても懐《なつ》かしい。

夜は余ったイチゴでイチゴジャムをがんがん作る。信じられないくらいおいしくできたので、ライバルは瀬戸内ジャムズガーデン！　と言いたいところだが、やっぱりあそこまでおいしくはできなかった。手作りジャムは日持ちはしないが新鮮だし、ぶっそうな話題の多い昨今、とにかく安心だ。

2月19日

先日、家の廊下のカーペットをしきなおしてもらった。ヤマトさんにお願いしたのだが、年配の職人さんがいらしてさくさく〜っと気持ちいいくらいに早くしっかりと最後のおそうじまで責任持ってやってくださった。ヤマトの引越の係の人たちは基本的に「仕事つらい、もういやだ」という感じを（たとえそういう日があるとしても）あまり出さない。今日も仕事があるよね、それが人生だよね、どうせやるならまあ、人らしくやろうよ、だってみんな人じゃん、という感じ。マニュアルっぽくもない。なのであの独特の「いやいや来た人がいやいや仕事しているのを見たなあ」というしぶい気持ちにならなくてよくて、これだったらちゃんとお金を払ってもいいなあと思う。

ヒロチンコさんが今日も高熱で倒れていて、家の中が暗く淋《さび》しい。私もまだ本調子ではないので、重い体をひきずる感じで家事をする。ひとつひとつのことがゆっくりしかできないのでもどかしい。

2月20日

面談があり、よれよれ&睡眠だけはたっぷりで出かけていく。朝日がまぶしい早起き家族だ。車の中でおしゃべりしたりして楽しかった。幼稚園についたら先生たちが「めずらしくチビが起きてる！」「今日は起きてるね！」と口々に言うので、いつもいかに寝たまま到着しているかわかった。

今チビがたまたま行っている幼稚園、人数も少ないし、日本での学歴には全くつながらないのでほとんどフリースクールに近い感じ。でももう慣れたし、はじめはもうどこにも行かなくていいかくらいの気持ちだったので、これはこれでひとつの道としていいような気がする。園長先生が全員の子の名前と顔を知っているのも心強い。

夕方はここぺりに行って、つかみどころのない体を関さんになんとかしゃんと整えてもらう。出版おめでとう！　と思いながらも助けられる一方であった。何回見てもいい本だと思い、赤ちゃんのいるゆきさんにサインしてもらってプレゼントすることにした。

マリコさんが同じ部屋にいたので、妙に安らいだ。出産以来、マリコさんを見ると無条件にほっとする。命がかかったときに助けてもらった人っていうことなのだろうな。

夜はチビをお風呂に入れて、けんかして、仲直りして、お餅《もち》を食べさせて、いろいろあったのになんと就寝十一時。すてき……。

2月21日

昨日関さんに飲ませてもらった液体ゼオライトの反応か、夕方からものすごい頭痛と鬱《うつ》が襲ってくる。デヴィッド・リンチのドキュメンタリーを観《み》たらますます気持ちが沈んだ（笑）。なのでこわいから「インランド・エンパイア」はまだ観ないことにした。あれ観たあと、三日くらいあそこから出られなくなったからなあ。

ヒロチンコさんはまだ熱を出してうなされながらがたがた震えている。熱は三十九度以上ある。気の毒……。いちおう様子を見てお水をあげたり、お餅を焼いたりして看病するけれど、こうなるともう寝かせてあげる以外なにもできない。

これ以上休んで遅れるとしゃれにならないので、フラは見学だけ行く。

見学してもしゃれにならないトリッキーな踊りにびっくり！

びっくりしたまま大好きなみんなをハグしてとんぼ帰り。頭痛はがんがん！

関さんに相談したら、治るように念じてあげるよ～とメールが来て、なんかほんわかして眠った。結子にも電話して淋しいよ～！　と言ったら、これまたほっとして寝ることができた。

2月22日

腹痛もないのにすごい下痢一回だけ。これもゼオライトの力か？　あなどりがたし。これまでにたくさんあった「ガンが消えた」薬の中でも有望かもしれない。ピュアシナジーはほんとうによかったし、最近の健康食品にはいいものもたくさんありそうだ。ちょっと続けてみよう&よさそうだったらまわりじゅうのガンの人に配ろうっと。まてよ、俺、グリナも飲んでいるな。こっちか？

健康食品の取り過ぎ現象が……！

ヒロチンコさんはがんばってチビを送り迎えして、仕事もしている。頭の下がる思い。なんてりっぱな人と結婚してしまったんだろ&ヒロチンコさんがおいしく食べてくれるからこそごはんを作るの楽しいのだな。病気だと作りがいがないのだな。

タイマッサージに行く頃には、少し気持ちが上向きになり、毒が抜けたよう。足のマッサージの途中で完全に背中に生気がよみがえってきた。ありがたい。マッサージの先生も同じ瞬間に同じように感じたので、確かな手ごたえだった。

帰りにあまりにもよれよれだったから藤谷くんちの明かりだけ見て寄らずに応援光線だけ送る。あそこで彼がすてきな原稿書いてると思うと、見上げる私は胸きゅんだ。

今日は嬉《うれ》しいことがあった。銀色さんのすばらしい新刊が出ていたのだ。「つれづれノート」を生きがいにしていた私としては、あのかわいい子供たちの育っていくのを見ることができるともうそれだけで元気。あの子育ては絶対マネできないあの人だけの宝だと思う。記録しておいてほしい、人類のために。

そしてもうひとつ、大好きなちほちゃんがブログをはじめて、そのキラキラをみんなにシェアしてくれることになった。ちほちゃんのこと考えるだけで元気が出る私としては、とんでもなくハッピーである。

さらに大好きなIKARINGの「新婚はん」まで送られてきた！　すごいリアリティが炸裂《さくれつ》していて、「そうだよね、結婚ってこうだよね」とうなずくばかり。

さらにさらに、毎回かかさず読んでいたとはいえ「3月のライオン」の単行本も出た！　すてきすぎる！　チカさん愛してます！　なんでこんなすてきなマンガ描けるの？　書店の棚の前で静かに心の中で大騒ぎ！

いろいろな嬉しさのあまりつい「もやしもん」の六巻をお店の人にすすめられるがままに特典巨大なぬいぐるみつきで買ってしまった。持って帰るの大変だった。

チビ「このぬいぐるみなに？　なんのぬいぐるみ？」
私「菌だよ……」
そしてクムやきらめきの先生たちが出ている「ぐるナイ」を観たら、あきらかに日村さんのほうが私よりもフラがうまかったので、ショックを受けた。

2月23日

「墓場鬼太郎」は文句ないできで、主題歌も完璧《かんぺき》で、毎週幸せだ。子供の頃読んでいたのはもちろんアニメではなくてこちらのほうで「どうしてみんなこんなにも予測できず、冷たく、愛もなく、おそろしい世界なのにひきつけられるのだろう？　なんでこの絵をずっと見ていたいんだろう」と思っていたままの世界が再現されている。ガマ令嬢の、口にチャックがあるだけで大人の男がめろめろになってしまう性的魅力なんて、まだ心にこびりついていたのでものすごく懐かしい。水木先生特有のあのシュールさ、残酷さ、そっけなさ、やはり天才だと思う。お会いしたことがあるが、やはりそういう人だった。意外なところでくるっと情のないことを言う感じ、「これこれ！　このタイミング！　やっぱりこの人が描いているんだ！」とほんとうは手を打ちたいくらい嬉しかった。対談中だったのですました顔をしていたが。

当時、子供ながらもアニメ版の健全な鬼太郎を観たとき、なにか違うなって思ったもんな。今夜中にやってるほうは、原作に忠実なだけではなく、偉大なる野沢雅子さんがあんな邪悪なセリフを言っているというのもすごいことだ！

2月24日

平成6年度製のパン焼き機のモーターが壊れたらしく、小麦粉団子みたいなものができてきたので、おやつだよとちょっぴり犬たちにあげたら密度が濃すぎて苦しんで食べていた。ショックを受けて新しいのを買うことにしたら、全《すべ》てが進化していてびっくりした。全粒粉も天然酵母も使える。う、嬉しい！　でも実は私は天然酵母パンはルヴァンと木のひげ以外はおいしいと思ったことがないのです。

陽子さんとチビが遊んでいる声を聞きながら仕事するのは幸せだ。

最近、昔と違って（老《ふ》けただけだが）、新しい人と知り合う喜びよりも、古い友達の換えのきかなさを大事に思う。そういう人たちはどこに住んでいても会えばいつでも同じ気持ちで会える。

それから、大きな病気をしたあとの人に会うと、共通の不思議な空間がその人のまわりにできているのが見える。勢いがあるけれど少しも無理していない、死をたっぷり意識しているのだが、生をエンジョイしている、豊かで大らかで、ちょっと深情け的でウィットがいっぱいのすてきな空間だ。その中には水分もたっぷり入っていて、たとえるならずしっと熟れた南国の果実が太陽の光の中できらきら輝いているみたいな感じ。これこそが健康の秘密だと思う。そして不思議なことにこれは写真には絶対写らない。肉眼でしか私には見えない。

ということは、日常で会っているほとんどの人は（自分も）健康ではないということだ。自然に接することが多く、さらに生命の危険が多かった分、もっと昔の人はみんなこういう感じだったのではないかなあ。

この秘密、目ではわかるのだが言語化するまでにはもう少し時間がかかりそうだ。

2月25日

旅のお礼に無料でしてくれるというので、オーラソーマのマッサージを受けに、いとこのたづちゃんの家に行く。はじめ間違って裏のおばあさんの家に行ってしまった……。その路地には似た建物がいっぱいなのだ。たづちゃんは一階の広い空間をひとりで使っているが二階は三部屋あって、それぞれにおやじが三人住んでいるそうだ。古い家なのでおやじのいびきやおならまで聞こえてきて、おやじと暮らしているようだと言っていた。

たづ「まあ地震が来ても上からはおやじが落ちてくるだけだろう、おやじたちの部屋にはものも少なそうだし」

変わった安心感である……。

たづちゃんの家でまったりとたづちゃんのおいしいスープを飲みながら、ヒロチンコさんとりさっぴと私で順番にマッサージを受けたり、うたた寝したりして、ハッピーな時間を過ごした。たづちゃんはお誕生日だったのでなんでもおごってあげるよと言うと、ためらいなく「肉！」と言ったので、よしながふみさんの名著にも出てくる阿佐ヶ谷の「太田家」に行った。肉は最高においしく、自家製のたれもばつぐんだったけれど、お誕生日のディナーにあのしぶい店を選ぶたづちゃんがいちばんすてき！

お誕生日プレゼントには大麻堂で買ったキャンドルジュンさんのすてきなろうそくと、ガンジャマンになれるすてきなマフラーをあげた。ろうそくはつけたらさすがにとてもきれいであった。たづちゃんの会社の社長はキャンドルジュンさんと親しいようで会社主催のライブでジュンさんがＤＪもやっている。共通の話題だねえと言いながらしゃべっていて、「女子としては、もしもこのきれいなキャンドルにアロマオイルが入っていて香りもあったら文句ないんだけれどねえ」という話になった。

たづ「でも、そんな注文だしたら、また引きこもっちまう！」
この毒舌……、血のつながりを感じずにはおれない。

2月26日

税理士さんと打ち合わせ。

「よしよし、もう、あなたにはなにを説明してもきっとむだだから考えなくっていいんですよ、でもあなたのために全力をつくしています」という感じがありがたく、泣かせました。

その後はチビのお迎えに行き、そのまま歯医者さんへ。

「もうママはついていなくていい、チビちゃんだけで大丈夫」

とチビが自ら言うので、診察室で押さえていなくてよくなった。すっごく嬉しかった。そして彼はひとりで治療を受け、麻酔もし、神経もとり、泣かずに一回で治療を終えた。さすが五歳だ！　やっぱりおしめを取るのをせかすのはよそうと思った。ここは各家庭にいろいろなこだわりや方針がある問題だけれど、この子は自分で納得しないとやめないタイプ。乳をやめるときも自己申告だった。見極めたら、あとは信じることだけだ。

夜はいつもすてきな石原さん、いつもかしこくかわいい壺井《つぼい》ちゃんとグットドール・アッキアーノへ行く。シェフが腕を上げていてかなりおいしかった。大都会の真ん中にあるのにどこか素朴なお店で、そこがいいところだからにぎわっているのだろう。いやがるシェフを押さえつけてぎゅうとハグして、宇都宮餃子《ぎょうざ》はみんみん派だという給仕さんをあしざまにののしり、帰りにりさっぴの家のおびえる子犬をさんざんもてあそび、暴虐《ぼうぎゃく》のかぎりをつくしてから満腹で帰宅した。子犬ちゃんが最後にはちょっとなついてくれたので嬉しかった。

2月27日

風邪がぶりかえして頭が割れそうな頭痛&発熱。

一日はいずるように過ごした。全くもうこの風邪にはまいったね。一ヶ月ほとんどひいてるもん。でもパンがおいしく焼けたのでお弁当にぐいぐいとつめこんでチビは幼稚園へ。

それでも英会話に行ったら、バーニーさんが「帽子をかぶらなければコートをいくら着ても意味はない、だって頭から体熱の40％は出て行ってしまうから」と言うので、そうか〜、フードじゃだめ？　と言ったら、フードは視界が悪くなりしょっちゅう取るから意味ないと言っていた。確かにそんな気がしてきたので、冬は帽子をかぶろう。もう今年は遅いけれど。マギさんがいたわってくれたのでそれだけで風邪も吹き飛びそうだった。英語もなんとかちゃんと勉強した。

時間はもういっぱいいっぱいだったけれど、ヤマニシくんがもう少しいてくれるというので、リフレクソロジーにちょっと寄れた。今までに見たことがない足の状態ですね、と言われて深くうなずく。むくみでもないし凝りでもない、変なふくらみかたをしている。

帰ってからがんばってもちを作り、できたてを丸めてみんなで食べた。

チビが、もちつきをしている機械を見て「おもちがぽーんと出ちゃいそうだね！」と言っていておかしかった。確かに、ふたがあいているのですごいスリル。犬も首を突っ込んで食べちゃいそう。そういえばチビは今朝起こすときにパジャマがずれて背中を出していたので「背中が出ているよ！」と言ってシャツを入れたら、寝ぼけながら「出ていても！」とだけ言っていたのでおかしかった。出ていてもいいんだ、ってことだろうか。

2月28日

チビを迎えにいって幼稚園の玄関で抱き合って「会いたかったよう！」と言い合ってチュウをしていたらヒロチンコさんが「やってなさい」とあきれていた。

私の頭痛に同情した関さんが、渾身《こんしん》のマッサージをしてくださった。そうしたら頭痛がやっと抜けて行った。あまりにも頭の周辺がかたいので驚いてすごく長い時間をかけてほぐしてくれた。ありがたいことであった。その気持ちだけでもう治りそうだった。

おそるべし液体ゼオライト。しかしこれがなにかであることは確かである。というのも、これを飲んでいると酒が飲めない。ビール一本でもう徹夜で飲んだくらいの状態になる。あとたくさん食べられない。少し食べ過ぎるともう牛丼《ぎゅうどん》六杯くらい食べた感じになる。すごく面白いのでしばらく人体実験をしていたいと思う。

のたうちまわりながら人体実験をしているそんな私にヒロチンコさんが「頼むからなんでもとりすぎないで〜、適量にして〜！」と心の叫びをもらしていた。彼の人生、こんな変ないろいろに関わって気の毒なのか、よかったのか……。

2月29日

押井監督と対談。映画を創《つく》っている最中の彼はいつにも増して冴《さ》えていて、軽くて、頭の回転が速くてかっこよすぎる。面白い話を聞きすぎて具合が悪くなりそうだった。こんなこと聞いてしまっていいのだろうか？ というような話ばかりだった。私はたださうなずく係であったが……。対談とは言えないけど。でも面白ければいいんじゃ！

監督と作家の違い、大人と子供の違いの話なんてもう最高だった。あとアニメの濡《ぬ》れ場の話とか！

彼の周りに自然に人が集まり、彼の智慧《ちえ》からすごい作品群ができ、みながそれを助けたいと思う、その成り立ちがよくわかった。昔から彼はそうだったのだろう。努力というのは確かに存在するしいつのまにかしてしまっているものだけれど、とにかく自然さというのは大事だと思う。流れというか。

私にももちろん不毛な時代はあったわけだから、才能が全てだとか、すんなりいかなくちゃだめとは思っていない。ただ、とにかく創る仕事とか人前に出る仕事って、なろうとしてなるものではなく、周りの人が「見せて」と望んでいる輪ができて、それが広がっていって、いつのまになるのではないだろうか。本人は絶え間なくやり続けていろいろクリアしているうちに話が大きくなっていた、というような。

押井監督の場合は明らかに大きな流れが彼を監督に押し流していったのだと思う。熱狂的なファンがいるし、きっとすごいカリスマなんだわと思っていたら、ほんとうにそうだった。私もすっかり彼のファンになり、作品もいっそう好きになった。すごい人に会うと、自分があたたかく包まれている感じがする。

夜は原さんのライブ。お母さまが亡《な》くなったことにみんながあえてふれず、でもバンドの人もお客さんもすごくあたたかい気持ちで応援している、そんな感じだった。歌詞を間違えなかったことで、彼がいかにはりつめているかがわかった。体に力が入らない、きつくて詞と曲に心が乗せられない、でも集中してよいライブにしようとしているのが伝わってきた。一曲一曲を流さずに大事に歌っていて、確かによいライブだった。

てるちゃんの家にどろぼうが入り、刑事さんが「窓から入ってきた土足の足跡といっしょに、もう一つなぜか玄関からも入ってきた土足の足跡が見つかっています、単独犯なのにいったいどういうことだかわかりませんが」と言い、てるちゃんが「それはいつも忘れ物を土足で取りに帰って来る私の足跡です」と言った話、最高だった。転んでもただでは起きないなあ！

ヒロチンコさんと加藤さんとハルタさんというものすごく珍しい組み合わせでごはんを食べて帰った。なんか懐《なつ》かしくて楽しくてにこにこしてしまった。

3月1日

まだ風邪がのどのところにいるのがわかる。

ついにいっちゃんも倒れ、今年の風邪戦争はかなりの苦戦である……!

しかし少しあたたかくなってきたので、活気と幸せを感じる。

あたたかいところに引っ越したいわ、とまたも真剣に思っていたが、昨日タクシーの運転手さんとブラジルは気候がいいという話とともに、ちょっと外に出るたびに豹《ひょう》や毒蛇や毒ガエルや毒蟻《どくあり》や毒蜘蛛《どくぐも》にいつも気をつけていなくてはいけない話とその対処法の面倒くささをえんえん聞いていたら「日本がいいわ、寒くても」とあっさり気持ちが変わった。ショック療法&へなちょこむきだしだ。

丹羽《にわ》さんが蓮《はす》の植え替えに来てくださり、かろうじて冬をのりこえたメダカを救出。蓮を育てていてほんとうに幸せなのはもちろん花の咲くときと、植え替えで一年間育てたりっぱなれんこんを見るときだ。

3月2日

「獣拳《じゆうけん》戦隊ゲキレンジャー」が終わってしまって、日曜日の朝、自分の中で火が消えたようなのに終わってからはっと気づいた。子供をなめていない、すばらしい番組だった。最後のほうなんて手に汗握って、涙しながら見ていたのだ。理央《りお》さまとメレが結ばれるシーンとか、ジャンとパパのエピソードとか、ほんとうによい仲間がいる人たち特有のドライブ感とか最後の最後のジャンの身の振り方とか、大人が見てもかなりリアルで感動的だった。ああいうのを夢がある番組っていうんだろうな、と思った。大人の都合とか、おもちゃで稼ごうみたいな目先の利益が見え隠れしていないので、嬉《うれ》しかった。

近所にライブに来た原さんと五分ずつ二回会うという変な日だった。夢の中みたいな変な会い方だったので、チビも「原さんには今日二回会ったよね？」と寝る前に確認していた。

夕方からじゅんちゃんが来て、フラを教えてくれた。陽子さんといっしょに「なんとかしてふたりでひとりぶんの実力で上級者クラスに残してくれないかしら」とせんないことをつぶやきあう。

お礼にじゅんちゃんにタイ料理屋さんでごちそうする。

チビはまず美人のじゅんちゃんをとにかくとなりの席にしっかりキープしてさんざん乳を触ったりしてから、最終的にとなりのテーブルのグループの中でいちばんクオリティがタカスの女子をさりげなくナンパして「チビちゃんは、四歳から五歳になったんですよ」「去年は青い服を着ていましたが、今は緑です」「いろいろなＤＳのソフトを持っています、Wiiもあるんですよ、あ、Wii Fitも」「ところでお名前は？」などと言っていた。すばらしい生き様だ。陽子さんの「チビちゃん、うまい！　ナンパが上手！」という感嘆の声が店に響き渡っていた。

3月3日

ひなまつりで実家へ。石森さん、おおしまさんが来ていてにぎやかだった。姉も風邪をひいて三十八度も熱があるのに、揚げ物をがんがん揚げていて、その料理人魂に感動する。しかもサーモンとチーズとしその春巻きを「この組み合わせは成功だ」と言ってばりばり食べていた。確かに絶妙の組み合わせであった。

表参道の交差点のところの広告がやっと変わっていた。ビルの上にでっかいヴィクトリア・ベッカムさんの写真があって、その向かいのビルの上にエンポリオ・アルマーニ（だったよな）の広告でパンツ一丁でモッコリしているご主人のベッカムさんの写真があって、なんとも言えない感じであった。

私「あのご夫婦を見上げるの、なんとなくいやなんだけれど。この交差点が好きなのに」

ヒロチンコさん「夫婦岩《めおと》のようなものなのかな〜」

すっごく受けた。

3月4日

今日でMさんのおそうじが最後であった。四年間も毎日のように会っていた人なので、淋《さび》しい……こういうことの連続が人生だ、とわかっていても、やっぱり淋しいものだ。そしてわかっていてもどうにもならない彼女の家庭の事情が理由で辞めることになったので、ますますわりきれない。これまたこういうことの連続が人生なのだということだなあ。

私は下町の育ちなので、十年も二十年も変わらない人間関係はあたりまえ、だれかの子供はいつまでも親の家の近くに住んであたりまえ、その孫ともずっとつきあっていくに決まってる、という環境しか知らない。だからまだこういうめまぐるしさには慣れないのだった。もしかしたら一生慣れないかもしれない。

3月5日

ゲラを見れば見るほど自分の小説のだめさに落ち込む。一人称なのでわざとバカに書いているのは確かなのだが、それにしてもバカ度がすごすぎる。ほんもののバカというような文法の間違いがそこここにちりばめられていて、だれが書いたのだと言いたくなる。チャネリングで書いているとこういうとき損だ。森先生が引退したらゲラを読んで文法の間違いをいいふうに直すバイトをしてもらおう……してくれないと思うけど……！

そんなときに春樹《はるき》どのが訳した「ティファニーで朝食を」を読んで、ますます落ち込んだけれど、カポーティは特殊な形の（オカマ特有の、ここまでものごとをしっかり見て考えていたら生きていけないでしょ！　というタイプの……女だったらもう飯食っておかし食べて友達にぐちって寝ちゃうでしょ、みたいな感じの）うまさなので、意外に動揺しない。訳はすばらしかった。なめらかで、作者に寄り添っていて、真摯《しんし》だと私は思う。昔感じた、時代と文化のギャップのあまりの大きさに自分のこととして見えなくなり、「読書」として片付けてしまいそうになることがある特有の部分を、今回は全く感じなかった。作者の魂が生々しくせまってきて、苦しいほど切実に読んだ。

そして私が出会ってきた何人ものホリーのことをしみじみ思った。みんな同じくエキセントリックで美しく、瞬間を輝かせ、みんなを恋に誘い、最終的には悲しみに満ちた世界に消えていった。若い頃にはわからなかったこの「朽ちていくものを見ていく」気持ち、今はわかることがつらく、そしてすばらしくもある。

春樹どのの訳だと、主人公が微妙にノンケ寄りになっているのもすてきだった。愛情をもって訳した小説は、命を再度ふきこまれるのだなあ。

ヤマニシくんとどっちがついてないか落ち込み合戦をしながらも、チビと彼が友達みたいにしゃべりながらゲームをしたり絵を描いているのを見るのはとても幸せな時間だ。どんなパーティよりもすてきな景色なのだ。でもチビはプロのヤマニシくんに向かって「げんあん絵がじょうずだね〜」と言っていた……。

さっとロルフィングを受けに行き、首がのびた感じになってやっと体調が元に戻りながら帰宅。あわてておでんとキャベツとたこのバターの煮込みと明太子《めんたいこ》と梅大根の夕食を作る。最近の私のアイドルはケンタロウさんである。お弁当の本から急に彼の持ち味がぐわっと出てくるようになってきて、面白い。もともと男の料理と言われていた私の料理人生にはとっても参考になる。

3月6日

寝ても寝ても眠くって、立ったまま寝そうな感じ。実際気づくとうとうとしていたりして、おばあさんか?

チビはまだ咳《せき》をしているので大事をとって幼稚園を休ませて、病院に行く。

チビ「おいしゃさん、おひさしぶりです」

と言って、言われてないのにベッドにごろんと横になって腹を出していた。

チビ「注射はしないでくださいね」

変な子供……。そのうえ「今日はお客さんがいないから待たなくてもよかったのですか?」となんとも言えない質問をしていた。病院に来るのはお客さんではないのではないだろうか。

3月7日

いよいよMさんが最後の最後のシッターの日で、なにをしていても切ない。ほんとうにこういうことに慣れない私だと思う。チビでさえもう少し別れに慣れてる。

Mさんはものすごく強い性格でその上ラテンの国の人なのでマイペースで、神経質な私とはぶつかることもいっぱいあったが、全《すべ》てよい思い出になった。普通の社会から離れている私に、昔みたいな普通にでこぼこしていて矛盾がいっぱいある人間関係の良さを教えてくれた人であった。また会えることもありそうなので、しばらくは気が抜けた感じだけれど、新しい日々をがんばっていこう。

昼間結子《ゆいこ》の家にお誕生日プレゼントをあげに一瞬行く。それでも電話でしゃべるよりもずっと楽しくて、体を運ぶ楽しさっていうのもあるなと思う。行く前は「眠い、もう動けない」と思っていたのだけれど、いざ会ってしまったらにこにこだった。

そしてチビははじめての遠足で興奮しきって帰ってきたので、なんだかこちらまで嬉しかった。日々新しい体験をしているんだなあ。

そして、いちばんつらいのはほんとうの別れよりも「あと一週間で別れ」というような感覚であるとしみじみと思った。いざ別れてしまうと、今という瞬間や未来に会える楽しみがぐっと迫ってくるからだ。

3月8日

いっちゃんとチビと春の空気の中、チャカティカまで歩いて行く。

花粉はきびしいけれど、あたたかいのが嬉しいので、いやがるちょっと風邪ひきのチビを連れて、とてもおいしいカレーとかベトナムご飯を食べたり、お茶を飲んでゆっくりした。まだチビがひいているので不謹慎だけれど、風邪でないというだけですっごく幸せ。あの頭痛はもうほとんど発狂レベルだったな……頭痛くて全然寝られないんだもの。

散歩していて、ハワイのちほちゃんのあまりにもすばらしい日記を読んでいるときと同じような気持ちになった。ここから先はいつだって自由で、今からのことは自分が決めていいという気持ちだ。

こんなに不自由な環境にいても、その気持ちだけは消えないしだれにもゆずれないのだ。

3月9日

すごい花粉にまみれてくしゃみを十連発くらいしながら、ハシヤで待ち合わせてスパゲッティをみんなで食べてから、ヤマニシくんの家に遊びに行って「風船少女テンプルちゃん」を見ながら、動物たちとなごむ。チビも動物の中に数えていい感じでその場にいた。ヤマニシくんちの犬と猫はうちの子たちと違ってみんなとっても愛くるしくて優しくてキュートなので胸がきゅんとなる。チョビオさんが私のベストの上にずっしりと乗って「これ気にいりました」と言ってくれた（ような気がした）のもハッピーでした。

3月10日

那須《なす》へ。

ヒロチンコさんのパパもいっしょに温泉へ行く。でっかい海綿を持っていって、チビとヒロチンコさんでじーじをごしごし洗ったらしい……。

風呂《ふろ》に入っていたら、あごの下にあった風邪のなごりのぷつぷつがみるみるうちに消えたので、すごいなあと思う。食後にチビと露天風呂でお店屋さんごっこをしていたら、一時間もつかってしまいくらくらっとした。でも子供は全然気にしない。すごい集中力だ、すばらしいことだなあ。

チビはむちゃくちゃだし、私たちは飲みまくっているし、時間はかかるしで仲居さんが怒ってどんどん意地悪くなってきて、最後はもう時間がないからとお茶もいれてくれなかった。湯のみ茶碗《ちゃわん》もさげてしまったので、持ってきてと言ったんだけれど、ごはんつぶがついていたからもうさげた、あとは自分でいれろともともとあったお茶セットの場所を教えて行ってしまった。そうだ、こういう感じがいやだから旅館はいやなんだなあ、とあらためて思った。お風呂だけでのんびり入れるのがいちばんいいなあ。たいていの仲居さんは早く帰りたいので、早い時間にごはんの時間を設定させようとするし、朝も早めにしようとする。見え見えなのだ。すっごく急いでごはんをどんどん持ってくる。テーブルの上はいっぱいでもうお腹《なか》もいっぱい、気ぜわしいし目の前でどんどん冷めていくし、今やもう部屋出しってそんなによいことではない時代という気もする。

いやいやされるサービスよりも空《むな》しいものってない〜。あと仲居さんには人生の裏街道をひたはしってきた感じの人が多いのも切ない。もちろんすばらしい人もいますが、たいていの人がすごくタバコ臭い。全身からタバコの匂《にお》いをさせてくるのでぎょっとするし、かなりの人が吸い過ぎで肺気腫《はいきしゅ》ぎみになっていていつもぜえぜえひゅうひゅういっていて、ぜんそく持ちにはこれもまたなんだかつらい。

そういうところにはもう行かない人生になるべく持って行こう、と深く感じ入った。ほんとうはそういう全てが好きでないのに、お風呂の良さにかすんで好きと思い込もうとしていた自分にはっと気づいたのが、すごく嬉《うれ》しかった。目からうろこ、という感じ。

夜中にチビが成長痛をうったえ、膝《ひざ》が痛いと苦しんでいた。これ以上でかくなってどうするんだ！　ただでさえ大きいのに。

3月11日

朝風呂に入ってあまりのすがすがしさに笑顔になる。

やっぱり空気が違うなあ、と思う。東京の朝はなんとなくグレーだ。

みんなで千本松牧場でちょっと遊ぶが、私とヒロチンコさんを花粉の渦が襲い、ほとんど走って撤退。ヒロチンコさんのパパのおうちでちょっと休む。ヒロチンコさんのパパのパソコンがある部屋は前は真ん中にこたつがあって、パソコンデスクがそれとは別にある感じだったけれど、今回はなんとひとつの部屋の中に四つの机やテーブルやこたつなどが東西南北別々の向きに置いてあり、全てが書斎仕様になっていた。

しかも窓を開けると窓の外の物置にある棚に手が届き、本がこちらを向いて置いてあるので本棚がわり。窓の外の本棚。斬新《ざんしん》。

ヒロチンコさん「向きを変えると気分も変わるってことかな〜」

チビがヒロチンコさんのパパと遊んでいるのを見ると、この上ない幸せな気分に包まれる。それから、これまで四人の姑《しゅうとめ》（多すぎないか?）とつきあってきて、それぞれがとてもいい人だったけれど、ヒロチンコさんのママが生きていたらどんなによかっただろうな、とよく思う。こんなときいっしょに遊べたのにな。でもそうしたら男やもめの城でザ・四つの机や火事で丸こげになったウルトラマンやこけしを見て感動することはなかったかなあ。

日本の変化がいちばん激しい時代を七歳でお母さんを亡《な》くしてひとり生き抜き、人生のまだ早いうちに妻を亡くしてしまって一人暮らしになり、それでもこつこつと生活を重ねて生き抜いてきたヒロチンコさんのパパから見たら、私とかヒロチンコさんなんてまだ幼児のようなものだろうなあ、と思う。

帰りは奈良くんの家に寄ってから、軍鶏《しゃも》ラーメンを食べに行き、ごちそうになった。えらくおいしかった。ありえない場所にぽつんとあるお店だった。さすが地元。

「うちに人がきたの久しぶりだ〜」と言う奈良くんは家から出なくて全然平気だし、生活は昼と夜が真逆、今自分がどこにいるかよく忘れると言っていた。夕方四時に「今起きた」とも。これまたすごい。だからたまに外にいるときはあれほどにアクティブなんだろうなあ。彼の人生は創作を中心とした長い一日のようなものかも。久しぶりに会ってもちっともそういう気がしない珍しい友達。変わらないし、安心できる。チビが奈良くんちのBちゃんにものすごくなついて、ふたりはなんとなく顔が似ているのでこれまた親しみがわいて、しかも本気でかくれんぼとかおいかけっことかおままごととかして遊んでくれるのでほんと〜うに嬉しかったらしく、別れるときなんてほとんど泣きそうで、かわいかった。

3月12日

ついにヤマニシくんも風邪に倒れる。倒れながらもベーグルとドーナツと、ごま油と塩味のポテトチップス（うまし！）を買って来てくれたので泣かせた。

私もまだ本調子とは言えず、ここぺりに行って関さんに体をひとまとめに戻してもらう。信じられないくらいぐっすりと寝てしまった。マリコさんもいたのでなんとなくおしゃべりしたりして、リラックスして楽しかった。関さんの本の絵を描いている華鼓《はなこ》さんのお話もした。私にも彼女にもちびっ子がいて、その子たちが関さんの本につながっているわけで、チビたちの力は偉大だなと思う。

私は個人的にはもう友達はいらない（ただでさえ少ない）し、読者の人たちとは友達ではない。もっと違う関係性だと思う。それに作品の中の人たちも私ではない。

でも、ある夜に私の本がその人たちに寄り添っていることを思うと力がわいてくるし、この上ない幸せを感じる。書いてきてよかったと思う。私はただのチャンネルで内容は天から降ってくるのだから個人的におつきあいがないのは当然だけれど、私がその人たちの生きる悲しみを和らげることができるのに力を貸したことを思うと、どんな友達よりもその人たちを身近に感じ、深いところで出会っている感じがする。

3月13日

やっと体調が「普通よりもちょっと下」くらいのレベルになってきた。

なので、いっちゃんがお迎えに行ってくれるのをいいことに、ドーバーストリートマーケットで服を買ったり、レダラッハでかたつむりチョコを買ったり、ふーみんそばを食べたり、ブッククラブ回に行って、たくさん資料の本を買う。

しょこたんなみに貪欲《どんよく》だ……！

夜はフラ。

今回もみなに教えてもらってなんとか乗り切る。ほんと、一曲くらいまともに踊れる曲ができたらいいんだけれど、道のりは遠し。でも楽しいし、自分はさておきまわりの人たちがどんどんうまくきれいになっているのを見るのが幸せだ。いちばん仲のよい子たちは私も含め、今日も「せこさん、女神みたい……」「せこさん、萌《も》え～！」「せこさん、ピンクのパウスカートが似合い過ぎ」「せこさん、もう別格！」と、美しくうまく気高いせこさんに夢中であった。

3月14日

ほんとうは展覧会に行こうと思っていたが、おそろしい嵐《あらし》がやってきて全身びしょぬれになり、挫折《ざせつ》して飛び込みで鳥鍋屋《とりなべや》に入ろうとしたら、混んでいた。

ヒロチンコさんが「きびしいですか?」と聞いたら、お店の人が悲しそうに「きびしいですね〜」と言ったというので、おかしかった。

そしてその近くの、見た目よりもずっとまじめそうな店に入った。全部が油とバターの味で若者の店! って感じ。でもいい人ばっかりで、てきぱきしていて気持ちよかった。働いている人たちもモデルのようであった。ものすごくかっこいい店の人が、コートを取っていた私の肩甲骨《けんこうこつ》の間にがすっとひじてつを食らわしてしまい、あまりにもそれがさっくり決まったので、お互いにげらげら笑った。あんなかっこいい人にそんなことをされることがあるとは……人生は不思議だ(?)。

そういえば、昨日「ふーみん」に行ったら、老若男女《ろうにゃくなんにょ》入り交じって満席で、厨房《ちゅうぼう》では全員がほんとうにむだのない、美しい動きで動いていた。粉ものをこねている人まででいた。フロアの人たちもだれもさぼっていない。食べ終わったらさっとお茶が出てきて、お皿が下げられる。でもちょっとした会話もある。こんな感じに触れたのって久しぶりだなあと思って、気持ちがせいせいした。

3月15日

晴れていたので、いっちゃんとチビといっしょにDEE'S HALLのフリマに行く。珍しいものばかりみっつも買ってしまった。ひとつはヴィクトリア朝の……おまる、じゃなくてたぶん桶《おけ》。

土器さんが冷静に「もしもおまるだったらふたがついているはずだし、もう少し小さいはずだから大丈夫だよ～」と言ってくれたので、安心した。

年をとればとるほど土器さんの偉大さがわかってくる。どれをどれほどどういうふうにやればあんなふうでいられるのかがわかってきて、でもそのどれをどれほどどういうふうにを、無理のない流れで自分に責任をもってむだな感情に踊らされずに淡々と受け止めては流さないとあんなすごいことはいろいろできないはず。あと、来た流れの中で使える力をすっと自然に受け入れて使わないとできないはず。それを思うと、愕然《がくぜん》としてしまう。私もいつか年齢を重ねて、年下の人にこんなふうに言葉ではなくて、「見せてあげられる」だけができたらいいなと思うばかりだ。

そんな偉大な土器さんにチビは「チビちゃん、二十まで数えられるんですよ！」と数を数えてあげていた。そうかいそうかい、とみんな思いながら聞いていた。このあたたかい「そうかいそうかい」をたくさん受けるのが子供の時期にはとっても大事だと思う。

帰りはTシャツを買ったクラブのような店のバーで飲み物がフリーだったので、ソファにどっしり座って王族のように傍若無人に振る舞い、おかしも食べつくして帰っていく……お店の人たちはすごく若く、しかしすごく優しかったので心温まった。

3月16日

親子の問題をほんの少し書いているので、萩尾《はぎお》先生の「残酷な神が支配する」を読み返す。ものすごい力に圧倒される名作だ。なによりも絵がすばらしい。

このような作品が、マンガだというだけでほとんど無冠なのだ。小学館漫画賞はこれよりも前だったと思うし。

それを思うと頭《こうべ》をたれたくなる。そして一生なんの賞もいらない、読者のためだけに自分を掘り下げていこう、ほんとうにわかってくれる人はどこかに必ずいる、と改めて思う。私なりの掘り下げ方で。きっと私の中にも妬《ねた》みとかおどろおどろしい恨みとか異様な性欲とか、とんでもないものがたくさんあるのだろう。それと向き合って描くことが小説だと思っている人もいっぱいいそうだ。向き合わずになにかをごまかしているのだろうとよく言われる。でも、人としての品を保ったままでなにかを掘り下げることはできるはずだ。そのために私は寓話《ぐうわ》の形式を選んだのだと思う。向き合うのがこわいのではなく、向き合った後で、自分に合ったスタイルを真摯《しんし》に考えた、そのことを笑える人はいないはずだ。いつかある程度のレベルに達する日は来るだろう。

陽子さんとチビとチャカティカに行って、ランチを食べる。このサラダにかかっている謎《なぞ》の自家製ドレッシングが、油を全く使っていないのにものすごくおいしい。あと、ちょっと揚げふうにころっとしている鶏《とり》そぼろのヴェトナム丼《どん》が超お気に入り。ここととティッチャイがあればもうエスニックはなにもいらない感あり。

目の前でチビと陽子さんがおしゃべりしてにこにこしているだけで、これまたなにもいらない。

3月17日

モンサンクレールがあまりにも混んでいる上に、手みやげ頼まれおやじたちがどんどん割り込んでくるのであきらめて平和なラ・テールで紅茶のケーキを買って実家へ行く。

パパの命がピンチになるたびに猫が突然死ぬ伝説更新中……。きっと猫界では悪いうわさがたっているに違いない。

「あの家はうまいものをただでたらふく食わせてくれるだども、飼われたら命があぶねえ」みたいな感じで。

十八年間いつもいたクロちゃんがいないと、家の中がすかすかしている。姉も母も泣きはらした目をしていて切なかった。どんな猫の面倒も見てやって、母がふせっていれば何回もぬいぐるみを枕元《まくらもと》に運んできてくれて、死ぬときさえも迷惑をかけずにすっと死んだクロちゃんは猫の鑑《かがみ》だ。最後に会った二週間前も私が「クロちゃんをみんなが頼りにしているんだよ、長生きしてね」というとごろごろいってくれたんだけれどなあ。猫も犬も長生きするとだんだん言葉もわかるし長老みたいになってくる。人間もそうありたいものだと思う。

姉はそんな中でやけのように大量の肉を焼き「今はほうたいで隠れているが、みんなお父さんの壊疽《えそ》になった足の部分を見たら焼き肉を食う気なくすよ！」などと言っていた。

3月18日

エステに行く。新婚さんの鈴木さんがきらきら輝いていた。ええのう！

明らかに秋よりも風邪の前よりもデブっているが、もうどうでもいいというか、この年になってす～っかり性欲も衰えてるのに、きれいだのきたないだのデブだのを気にしていたら時間がもったいない気がする。不潔なのは別として。年齢と共に薄くなっていきたい。薄くさりげなく年相応で、でも静かに迫力は増すといいと思う。

京都のまゆみちゃんと会ったとき、きらきらした緑の山を背景にすっぴんにサングラスでたばこを吸っている彼女はとても美しく、足の爪《つめ》に泥がいっぱいつまっていて、でもセクシーだった。そのあと彼女は犬といっしょにいきなり川に入っていたなあ。そういうものじゃないだろうかなあ。ハワイのちほちゃんも「足の裏の角質、海の男みたいに、どんどん固くなりたい。そうしたら固いところも裸足《はだし》でどんどん行けてかっこいい」と星を見ながら寝転んで言っていたっけ。すてきだなあ、と思った。

3月19日

「グランドファーザー」の続編「ヴィジョン」が徳間の5次元文庫（すごいシリーズ

名だなあ）から出ていたのでふと買ったら、かなりおもしろい本だった。百歩譲って物語だと思って読んでもたいへん参考になった。事故にあってたいへんだったレーネンさんも再始動しているし、ゲリーも本気で教えているし、男の人たちがぜん力を取り戻している感あり。

レーネンさんの日本用のサイトをリンクしているが、そのサイトの運営のしかたのまじめさ、誠実さ、自分で判断できるまで無料でどんどん提供してくれる大らかさといったら、感動に値する。こういう若い人がいるかぎり、スピリチュアルはお金もうけの道具にはならないだろうと思う。こんな志が高い人もいるんだな、とほっとする。とんでもない人ならいくらでも見てきたからだ。

レーネンさんにはチビができる少し前に過去世セッションを受けたことがある。私はセラピストの前で決して泣かないタイプなのだが（相手も仕事だし）、あまりにものすごい映像が次々見えてきて、それがつぼにはまりすぎ、このときはしくしく泣いた。そしてそっとなぐさめてくれた彼の優しい心がほんとうにしみてきたのである。さらに彼は「ほら、まわりを小さな陽気な魂が飛んでいるよ、もうすぐ君の体に入るんじゃない？」なんて言っていて、ありえない！　と笑っていたらチビができた。チビのことはゲリーもずばり当てたっけね。あと結子《ゆいこ》が、私が妊娠してすぐに「この子、女の子にかぎりなく近い感じだけど、男の子かな〜、この子には、まほちゃんにもヒロチンコにもない色気があるんだよね。それで、なんかギャグっていうか、なにを言ってもお笑いで返してくる感じなのよね」と言っていたが、あまりにも当たりすぎていて今となってはげらげら笑うしかない。

午後はホメオパシーのセッションを受けにせはたさんに会いに行く。ホメオパスの優れた人には共通の要素がある。感情に流されず、少し控えめで清らかで、賢そうで、強くて、昔の女医さんみたいな感じだ。チビもすっかりなついてくどきにかかっていた。

なんとスピリチュアルな一日であろう！

3月20日

風邪で延期していただいた太極拳《たいきょくけん》のレッスン。

きっとのろまな私は太極拳のことが少しわかるのにも、五年くらいかかるに違いないという確信が……！　でもやらないよりやったほうが、知らないよりも知った方がきっといいんだととろくのろくじわじわと歩むことにする。

寒くてしかたないけれど、久しぶりに家族でゆっくり家にいられるので嬉《うれ》しくてしかたなかった。晩ご飯は買ってきた牛のたたきがおかず。じゅんじゅん先生からいただいたフレッシュなわかめをサラダにしたものと、中村さんのパパの形見になってしまったとってもおいしいお米を炊《た》いて、家族でにこにこしていただく。それ以外に私にできる供養《くよう》はないなあ、と思いながら。

3月21日

大塚にシャギャーン展を観《み》に行く。

作品はなんとも言えないものもあったけれど、いいのもいっぱいあった。とにかく楽しそうなのと、お互いを殺さないように思いやりをもって、でもプライドを持って描いていったふたりの姿が浮かんできて笑顔になった。元小山ギャラリーのみさこさんに久々に会えたのも嬉しかった。

作家はたまに自分名義でないものをのびのび創《つく》るといいんだなあ、と思う。

夜は陽子さんが来てくれたので、用事をしつつ外でぶらぶらし、最後はみんなでお茶して解散。

夜中にチビがほかほかしているので熱をはかったら39度7分もあったので、あわてて解熱剤《げねつざい》を飲ませた。湯たんぽかと思うくらい熱かった。

3月22日

朝になっても熱が高いので、病院に行く。土日の分のお薬をいただき、家でじっと寝ている。寝かしつけていたら寝不足の自分まで寝てしまった……。

安田さんに「白菜かキャベツの葉を乗せるといいよ」と言われたので、チビにキャベツを乗せてみたら、気持ちがいいみたいで自ら積極的に乗せて押さえていた。その様子はなんだかどうぶつの森の登場人物のようであった。

今頃なんだねという感じだけれど、どうぶつの森のゲームの中で土曜日だけとたけがやっているライブの曲と歌がすばらしくって、毎週マジで楽しみにしている。ゲームは心がない、NintendoDSを見てばかりいると人生が見えない、などという人は紋切り型だなあと思う。このゲームをするチビの心には、今年のお正月お年玉を握りしめてママと手をつないで、寒い中、中古ソフト屋にいっしょに走っていき、このソフトを買ってわくわく帰った光景もいっしょに入っているのだ。

極端な例だけれど、大自然の中で壮大な景色を前にして、お金とか欲とかおかしなことを考えている人もたくさんいるのだ。テキサスのチェーンソー兄弟なんていい例だ（？）。

ただ、偏《かたよ》りがちになる傾向を無視してはいけない、そう思う。ゲームに中毒するのも自然に中毒するのも同じことで、逃避になった瞬間から心の自由を奪う罠《わな》が始まるのだ。

3月23日

チビの熱下がらず、夜中じゅう41度。あついおへそでお湯がわかせそう（わかせません）。

ほとんど徹夜で看病して、朝いっしょに寝た。二時くらいに目が覚めたら、やっと薬が効いてきて熱が下がっていた。チビは起きてきて部屋を見回し「うわあ、きょうはなんだかおうちがきれいですねえ。みんなきらきらしてみえますねえ」と言っていた。子供っていいなと思った。確かに熱がたくさん出てから下がるとそういう感じがするものだけれど、大人になると用事が多くてだらだらと風邪をひくので、その感じを忘れてしまうのだな。

しかしそのあと陽子さんが来たら、はしゃいでむちゃくちゃになり、はしゃぎつかれた頃には熱がまた39度まで上がっていた。男子ってバカバカ！

3月24日

チビが少し回復してきたので、予定通り安田隆《たかし》さんのところへ行く。美女軍団とイケメンロルファーといっしょに。安田さんは陽子さんの体をちょっと足で踏んだだけで、私の思っている陽子さんの限りない偉大さを全《すべ》て言い当てたのでほほう、と感動した。ヒロチンコさんがどれだけマイペースな人かも。これって意外にみんなわからないことなのよね。

でもそんなに世話になったのに結局おいしいヴェトナム料理をおごってもらったり送ってもらったりして、ぺこぺこあやまりたくなる一日であった。安田さんのところに顔を出して会うたびに、美香ちゃんがどんどんすっきりしてきれいになっていくので、生きていてよかった、こんなすてきな美香ちゃんにまた会えてよかった、としみじみ思う。

3月25日

しかし、また夜中に熱が39度。

毎回びっくりする数字であるが、慣れてきて朝一で病院に行った。抗生物質を代えてもらう。

　チカさんが遊びに来て、チビは大はしゃぎでいろいろ案内しているが、森先生と稲子さんがいらしたときにはもうかなり充電が切れた感じで、ぐったりしてきた。それでもチカさんに「こちらはりさっぴ、ながいさんです」とりさっぴを紹介したり「よかったらここでゆっくり」などともてなしていた。あと森先生に「うちに電車に乗りに来たんですか？」と小さい声で聞いていたが、これは、どの角度からも大きく間違っている。

　プレモランドで森先生がいちばん大きなバイキング人形を狙《ねら》っていたのでさすがだと思ったが、その後さくさくっとすごく変わったものを二点選んで購入していたので、自分はまだまだだなあ、と思った（?）。

　みんなでおさしみを食べて、楽しい時間を過ごした。春っていいなあ、寒くないからお店のはしごも楽しいし！

3月26日

　しっかりぶりかえして熱がまた40度。英会話を休んで様子を見ていたら、じょじょに下がってきたので、リクエストに応《こた》えてパン焼き器が焼いてくれたパンを持って、晩ご飯の材料を買いがてら結子の家にちょっとだけ行く。パン焼き器が焼いてくれるとはいえ、天然酵母&粉はフランスパン用のすごくおいしい奴《やつ》&バターもカルピス&牛乳は無農薬で育てた草を食べて放牧された牛の乳、などなどわけのわからないこだわりの一品である。

一時間くらいお茶をして帰宅したら、チビがずいぶんしっかりしていた。熱は38度だが、ヤマニシくんと絵を描いたりゲームをしたりしている。ほっとしてハヤシライスを特急で作り、みんなで食べた。

母親が自分の息子を恋人代わりにするのはもちろんよくないことだが、もっと悪いのは他人の家の子供を自分の恋人扱いすることであろう。もしも充実した人生を送っていればそんなことはありえないわけだから、ようするに自分の満たされない部分を子供の持っている美しさやフレッシュさで補いたいわけである。ほんもののロリコンもこれとかなり似た理屈に性的条件付けがなされたものだと思う。安田隆さんもズバリと指摘していたが、うちの子供は今どきなかなかいない子供らしい子供なので、よくそういう的になる。そういう人たちは、子供を自分のものにしたいのだが、うちはとにかく仲のいい家族なので食い込めず、がんばって親のあらを探す。「ここがこうだから、よくない。自分といたほうがよくなる」と言うわけで、そんなこと言い出した時点で自分がおかしいってことには気づかない。どこかで気づいている賢明な人はちゃんと距離をおいてくれるようになる。賢明でない人は、それを聞いて怒り狂う私の方をおかしいと思う。でもおかしいと思われてもいいから、変な光線に子供をさらしたくない。それが母というものの本能だ。子供のためならなんでもする。

徹夜の看病を一週間続けていたら、しみじみとそんなことを考えた。

もうひとつ思ったことは、この世にいるほとんどの人がどこかの段階でだれかにそんなふうに手間をかけられて育てられてきたのだということ。どれだけの愛と時間がぬりかさねられてひとりの人間ができあがるかわからないほど。それを自分がむしゃくしゃしているからって切りつけたり突き落としたり衝動的に殺すなんて、ありえない。

あと「余計なお世話」テーマでもうひとつよくあること。ある殿方に「あなたはもっともっといい女になる。すごい可能性がある。そのためには家族や恋人を捨てて数年間ひとりきりでパリかローマに移住しなさい」と言われたことがあるが、私は「は～、それはさぞかしすてきでしょうね～」と口では言いながら、心の中で大爆笑して「それは、おめ～にとっての都合のいい女だろ！」と突っ込んでいた。「数年間」というところがそいつがちょうどやり飽き責任を取らなくてすむ期間なのが、ものすごいリアリティである。

3月27日

今日のフラはあゆちゃん先生が教えてくれたが、熱意があってちゃんと見ていてくれるし、改善するべきところを即教えてくれるので、ものすごく充実した。あんなに美しく踊りがすばらしい上に教えるのも本気なんてすてきすぎる。帰ったらちょうどBSで石ノ森先生の009ノ1をやっていて、セクシーな主人公の見た目がまったくあゆちゃんそのものだったので、よいものを二度見たお得感があふれてきた。峰不二子《ふじこ》を見て「あんな人間はいるわけない」という人にあゆちゃんを見せてあげたい。

あゆちゃんとか蝶々《ちょうちょう》さんとかのように数奇な運命をたどる、美人だがそれだけではない人たちはまた別として、街にいるすごく若くてただ美しいだけの人が若くて美しいことをどんどん使うのは全然悪いことではないと思う。野球選手といっしょで（笑）、美しさだけで食っていけるのは若いときだけで、引退後どう身をふるか、そのときどのくらい人格、品格、人脈、お金を貯蓄しているかは本人次第だ。

私に文才があるように、あの人に手芸の才があるように、この人に画才があるように、ある人に恵まれた家庭があるように、その人には美がある、もって生まれた、それだけの良きことだ。

問題は「私のもっているものは学問の才だったけど、ほんと～はあの人みたいに美がほしかったなあ」というような場合だ。それは純粋に本人が損するだけだし時間のむだだと思うんだけれど、意外に人というものはそういうのが好きらしく、いつまでもぐるぐるしている人がとっても多い。「見た目が美しいからこそ結婚を決めた」という男の人は、全男の人の三分の一に満たないと私のこれまでの観察では思うのだが。

3月29日

ホ・オポノポノ基礎コース、一日目。

小説の取材のためにがんばって早起きして、いろんな人にシッターを頼んで出かけていった。ヒュー・レン先生はものすごくナイスだ。あたたかくて、確信に満ちていて、ちょっと皮肉屋さんでマイペースで、説得力炸裂《さくれつ》。来てよかった、と思った。

このあいだ、事故ややけどや病気などで顔の形が変わるという問題を抱えた人たちの本を読んだのだが、そこに出て語っていたある病気の人がいっしょにコースを受けていたので、しみじみと思った。それは、人が人を見て抱く印象というのは、ほとんどその人が自分自身に対して思っている印象なのだなあということだ。つまり「私は色っぽい」と心から思っている人を見たら、「色っぽいな」という感想を抱くことが多いということ。やはり人はつながっているのだな。というのも、その人を見ても、うそではなくなんとも思わなかったからだ。寝ぼけていたのもあるが、ぎょっとさえしなかった。ちょうどオハナちゃんの鼻にしわしわがあるように、その人の顔の形はその人に属する普通のことに見えた。その境地になるまでその人はたいへんな思いをしたと思うし、今もそうだろうけれど、本人にブレがなければ、他人からもそのように見えるということのいい例だろう。

3月30日

私は昔から自分は強迫神経症か、統合失調症の傾向があるな、と思うほど、モノとお話する子供だった。木とか目に見えないものとも。ケアされてないものを見るといつも気になってしかたなかったし、ひとり癒《いや》し続けた。むしろ人間よりも、しゃべれないもののほうが親しかった。なので、ホ・オポノポノはまさに自分はおかしくなかった、と思える内容だった。全てを実践できるとは思えないが、たいへん勉強になり、自信もついた。

いろいろ接続のトラブルなどもあったのに、ふつうのああいうセミナーに比べて、みんなのイライラ度数が確実に低く、和やかだったのもよかった。それに他に比べてなんだかむちゃくちゃ割安だった。サテライトだったからだろうか、でもあれはサテライトじゃないだろう、どう考えても（笑）。普通のネット中継だろう！　サテライトって書いちゃだめだろう！　むむ？　でもどこかでサテライトは関係あるのか（わかってない）？　全然怒ってないけど。

3月31日

チビの春休みは、ほとんど寝込んで終わった……。

父のためにレバカツを買いに、千歳烏山《ちとせからすやま》まで行く。考えられないくらい感じのよいお店だった。レバカツで有名なところ。父はおいしいおいしいと言って、喜んで食べてくれたのでよかった。

しかし、カツを含めて姉の作ったものも全部揚げ物メニューだった上に、昼間も桜上水で豚丼《ぶたどん》を食べたので、まるで育ち盛りの男子高校生のような食事の一日になってしまい、体中がなんとはなしにぱつんぱつんしている……おいしかったけど。

父は「仕事を断りたいときは足の腐ったところを見せるとみんなひくから一発だ」というようなことを言っていたが、そして実際にやっているようだが、ほんとうは動揺してるんだろうなあ。でもこういうときにこういうことを言い合えて笑える人たちなのはすばらしいことだと思う。母も「そりゃあ、この歳《とし》になれば、調べりゃなんか見つかるわよ」と言っていた。年寄りのこういうひとことひとことが、私の血となり肉となっていく。くだらないコメントだが、人生はすごいなあと思った。大事な人の大事な話を聞いてるだけであっというまに終わってしまう。だから大事でない人のどうでもいい話なんてちっとも聞かなくていいんですよ。

4,1－6,30

4月1日

これはご本人との対談でみっちりと言うと思うが、森先生と仲良くなっていちばん私が学んだことは「人はいくつかのポイントをはずさずにしっかり意図して行動すれば、自分で決めたことをできる」ということだ。いろいろな人の思惑に流されやすい私は「そうは言ってもむつかしいよね……」なんて不安でいっぱいで生きてきたが、彼を見て「おお、そうかそこがポイントか」とはじめてわかったことがいくつもあった。いつも目からうろこが落ちるようなことをおっしゃるので、たいへん役立つ。私も五十になったら、後続をこういう気持ちにさせる発言ができる人生でいたい。口だけじゃなくて。

田口ランちゃんがブログで「恋空」について、かゆいところに手が届くような、胸がすくようなコメントをしていて、ああ、自分の持っていた気持ちはそうだったのかとわかった。ここでもやはり、人がリスクを負って書いてくれるそういうことに、人は目を覚まさせられる。

それから野ばらちゃんが「タイマ」でいろいろ思い切ったことを書いているのも、とてもよかった。彼自身であるだけで苦しんできた彼、悦《よろこ》びも百倍であってほしい。十五年以上前に心斎橋でいっしょに定食を食べたときから、ずっと心は友達だ。こんなにも趣味が違うのに（笑）！

夜は文藝春秋の引き継ぎ会。いつも賢い丹羽《にわ》くんが実務の新担当。お目付役は森くんのまま。新婚さん&去っていく石井さん、せっかく仲良くなったのに残念だ。平尾さんがいっぱい面白い話をしてくださった。ヒロチンコさんといつも言うことは「上司に平尾さんがいるんだったら、会社で働いてもいいよね〜！」だ。

4月2日

英会話。全編英語で、真剣にケーキを作る。ちっとも知らない単語があってびっくりした。ふるいにかけるがsiftだなんて……知ってるか、みんなは。まじめに会話したのでとても充実した。マギさんはオープンで美しいので、気が楽だ。オープンでお人好《ひとよ》しで美しく強く人に強制しない上に自足してて優しい仲間というのが数人いるけれど、はたから見たら、おめでたいんだろうなあ、私たち。でも束になれば強い。そう思う。お人好しで傷つくたびに、その人たちを思って強くなれる。

朝倉世界一先生の新刊が出ていて、アマゾンで購入したけど届くのを待つのが耐えきれずヤマニシくんにも買ってきてもらってしまった。「月は何でも知っているかも」エンターブレイン刊だ。朝倉先生の全《すべ》てが私のツボにはまりすぎる。私のかけがえのなかった子供時代にひっぱっていってくれる。もう大好きすぎてゲロ吐きそうだ！

4月3日

太極拳《たいきょくけん》。あまりにむつかしくて笑うしかない。ほんとうに奥が深そうだ……。なのであまり深く考えないようにすることにする。こんなに深かったら、二十四式だけを一生やっている人がいっぱいいるのもよくわかる。しかも歳《とし》を取るほどうまかったりするのも。

終わったら気がめぐりすぎて異様な眠気が襲ってきて立っていられないほどだった。

夜はじゅんちゃんのおまねきで阿川でごはんを食べる。マスターは前よりも確実に料理の腕をあげていた。かなりおいしい。だからいつも混んでいる。あっちゃんとりかちゃんも急きょ参加。みんなで真剣に「どのくらい大食いできるか」「ラーメンだったらどんなときでも軽くいける」「私にはできないから、見てみたい、こんど私がお金を出すから目の前でラーメンを何杯も食べてみて」などを語り合った。おいしいものをいただきながらする別の食べ物の話って、最高（？）！

りかちゃんからいただいた、手作りの完璧《かんぺき》な冷凍餃子《ぎょうざ》を大切に持ちかえる。お弁当に入れちゃうもんね。

帰り道、駅まで行くあっちゃんといっしょにおいしい九州ラーメンの店の前を通り、寄っていこうかとふたりは一瞬本気で悩んだが、たらふく食べてみんなと別れたあとに、ふたりきりになったからってふらっとラーメン屋に寄ってしまう、それって、合コンの帰りにいきなりラブホに行ってしまうのと同じよ！　いけないわ！　節度あるおつきあいをしましょう！　と別れる。

4月4日

そして、昼間に耐えきれずとんこつラーメンを食べてしまい「食べちゃった」とメールしたら、あっちゃんから「私も……」とラーメンの写真入りのメールが来た。私もほんとうは写真を撮りたかったのだが、行列ができる店なので撮りにくかったのだ。気持ちが通じ合ってるわ。りかちゃんからは「私がこれまで食べたとんこつラーメンの数を全部足しても、あっちゃんとばなりんが午前中に食べたラーメンの量にも満たない」とメールが来たので「午前中のとんこつラーメンは、私たちにとってはカフェオレがわりだ」と返事しておいた。

藤谷くんの新刊「二都」中央公論新社から、おしぼりで鳥を作らせたら世界一の女、名倉さん担当で絶賛発売中！　を買いにフィクショネスに行ったら、どうしても売ってくれなかった。くれるというのだ。太っ腹だ。なのでなるべく目立つように二軒ほど店を変え、背表紙を見せつけながら外で読み切った。

とてもよかった。いつもの藤谷人物たちがせいぞろいなのだが、お父さんの再婚した嫁さんの気持ち悪さといったら、もう鎌倉そのもの。若く不満がいっぱいな気持ちでこの人といたら、私もずるずるっとひきずりこまれそう。そこにぞくぞくして読んだ。そしてたいていは悪者になるこの世のありとあらゆる「気が強い変な女」が彼の世界ではいつだってヒロインなのである！　そこがいちばん好きかもしれない。

タイマッサージに行き、ものすごく快調になった。リンクしたので、タイマッサージのうまい人にめぐりあいたいがどうしていいかわからない人は、予約して行ってみるといいと思います。安心できる人です。

夜ははりきって、鈴木慶一ライブ。ダブルケイイチが舞台にそろって、ぷりぷり、むちむちとしていてたまらない！

ふたりがなによりも楽しんでいて、クオリティの高いいいライブだった。

曽我部《そかべ》さんは普通のときは下北のお兄さんという感じなのに、ひとたび歌い出すと空気が変わり、ぐっと連れて行かれる。その連れて行かれる先があまりにも懐《なつ》かしい場所でそこの空気はとても濃いのに自分にとっては世間よりもずっと生きやすく、いつでも「今の瞬間よ、過ぎないでくれ！」と思う。希有《けう》な才能だと思う。奈良くんの絵にどこかが似ている世界だ。

もしかすると、日本でロックに救われて育った人たちの夢の国なのかもしれない。

4月5日

イタリアのおともだちエマちゃんのおじょうさんのお誕生日パーティに行き、ちびっ子をいっぱい見る。それぞれに個性がいっぱいでかわいい。ほんとうはインターナショナルスクールってこういう感じなんだろうな、と思う。今チビが行ってるところは、日本の子が多いからだ。主役の三歳女子ちゃんはパンツを見せながらころがりまわっていてギザカワユス。

アレちゃんにハイチのおそろしい話をいっぱい聞く。あんなに見るからにお金がありそうな風情《ふぜい》で、どうやって毎回危険地帯から生きてかっこよく帰ってくるのか、不思議なほどだ。でもちゃんと帰ってくるのよね。いっしょに旅行をしたことがあるけれど、彼はいろいろな場面での切り上げ時が天下一品だから、紙一重のところで助かるんだろうなと思う。これまでいちばんあぶなかったのがNYから帰ってくるときっていうのも彼らしく変わっている……。

そのあと実家の花見にかけつける。原さんがあまりにも年寄りのサポートに慣れているのが切ないやら嬉《うれ》しいやら。うちの両親が立ち上がるたびにさっとかけつけて支えてくれる。「介護したくってしょうがないよ〜！」と言っていらした。ぐすん。親たちも無事桜を見ることができて、とても嬉しかった。二次会はいつもの大槻《おおつき》にいって、お店のママとおしゃべりしながら気楽にごはんを食べたり飲んだりした。これもまたかけがえのない歴史である。

4月6日

昼間は近所のタイ料理やさんで、タムくん、木村くん、遠藤さん、そのおじょうさんとごはんを食べた。遠藤さんは、音楽にも関係ある、あの、有名な遠藤さんだったのでちょっとどきどきした。そしてみんなタイ人以上にタイ人らしい人ばかりで、注文も慣れすぎていてなんだかおかしかった。遠藤さんのおじょうさんがたまたまDS

を持っていて、しかもどうぶつの森のソフトも持っていたので、チビは大喜びで通信していろいろ教わっていた。ゲームは年齢も言語も超えるのがいいところだ。

そのあとチャカティカに顔を出して、おいしくお茶して、てくてくと歩いて帰った。晴れた春の日曜日、海外の友達も子供もみな笑顔、なんて幸せなのだろう。

ここに時事ネタはともかく政治のことは書かないことにしているのだが、今回は自分が大きく関わっているので書こう。

確かにオリンピックは大切だ。スポーツはすばらしい世界共通の言葉だ。北京《ペキン》のために四年間を捧《ささ》げた人たちにとって、この不穏な空気はうとましいだけかもしれない。

でも、私はチベットにこれまでに数人の里子がいて、その子たちは、ほとんど親が拷問《ごうもん》にあって働けなくなって教育を受けられなくなった子たちなのだ。なにもしていないのに、突然に暴力によって故郷を奪われた人たちが確かにいるのだ。もちろん死んだ人もたくさんいる。その事実を放っておいて、今の時期にデモをやったほうが悪い、だれのせいだからどうだ、これはこれだ、と見ないことにしてオリンピックをただ楽しもうというのは、やはり、無理があると思う。全てはつながっているのだし、オリンピックと政治は昔から密接に関係がある。みなが情報を収集して考えるべきだろう。

実際に起きてしまったことを、人々はもうネットで、そして私のような、知人がそういう目に実際にあった人たちからの手紙で、知ってしまえる時代なのだ。チベットの人たちは五輪を利用したのではない。知らせたかったのだし、変えたかったのだ。そんな大それたことを望んでいるように見えるだろうか。親が殺されて警察に行ったら「今日は本気で開催される行事の日だからそういう話は明日にしてくれ」なんて言われることがありうるだろうか。となりの家でそういうことが起きていても、「自分たちは行事のほうしか興味ないから」という世界で生きていくのは空《むな》しくないだろうか。

個人がなにをできるかというところまで掘り下げる権利は私にはない。社会的な活動をする人もいるだろうが、私は知っている里子たちへの地道な援助だけを個人として続けていくと思う。

ただ、このような事態において、自分の国の民を心から愛し、平和的な解決を望み、真に知的な対応を堂々と続ける、ダライラマ様のような誠実で立派な指導者が現代にも存在していることへの感動を記しておきたい。

4月7日

久々の休暇&新潟の取材で、宿泊はゆめやさんへ。ごはんおいしすぎ。分量も理想的すぎ。働いている人たちの感じもよすぎ。おかみさんのセンスはよすぎ。

　ゆめやさんの離れは私の理想の家である。こんなところに住みたいな〜、と思いつつ、いつもぼけっとして過ごす。陽子さんとチビがいっしょに笑ってるだけですごく不思議な感じがする。しばらく見ることができなかった光景なだけに、そのありがたみや幸せがぐんぐん胸にせまってくる。楽しむことだけが、目に見えない敵との戦いであるというのは後半の私の人生のテーマとして定着してきた。

　へとへとになり倒れるまでお風呂《ふろ》に入った。チビはどうしても陽子さんと寝るっていうので、人生で三回目のママと離れ寝。こういうのが増えていくんだねえ、と思うけれど、淋《さび》しいというよりもなんだか頼もしくて嬉しい感じがする。くっつくべきときにうんとくっついておいたからかな。

　それでも、平松洋子さんがおじょうさんの留学のときに落ち込んだエッセイとか、春菊さんのご長男が泊まりがけで出たときにスーパーで彼の好物ばかりに目が行くというマンガとか、痛いほどわかるようになった。

4月8日

朝ご飯も、泣けるほどおいしい……。ゆめやさん、きっといろいろな部分でたいへんな努力をして質を落とさないようにしているんだろうな。なにかがだめになりそうなら、別のことでおぎなったり、とにかくおもてなしとはなにか、品性とはなにか、気楽さ、くつろぎとはなにかをおかみさんが考え抜いている。その志が随所ににじみでている。すばらしい芸術作品みたいなお宿である。

ほんとうは二泊したかったのだが、混み合っていて離れがとれず、本館はチビが泊まれないので泣く泣く旅立つ。新潟の取材なのだから新潟に泊まれ、と自分に突っ込みつつ、流れで違う県のとあるお宿へ。

これがまたマンガのおちみたいなおもろい宿で、とにかくでたらめに増築しているので建物が迷路状になっていて、むちゃくちゃ。謎《なぞ》の扉が続出。外にぽつんとむりやり建っている露天風呂に入っていたら、川で作業しているおやじと目があった。手を振ったら目を伏せて去っていった。おじさん悪くないですよ、だってこの風呂塀がないんだもん！　そりゃ、見えるし、見るよ。

そして女風呂の、湯が出てくるところが、あまりにも、あまりにもエロい形をしていたが、自然が長い時間をかけて偶然に作ったようだった。神様っているのかもしれないわ（？）。陽子さんと「いや〜ん！　いやだ〜ん」と言いながら入る。

夕食にほとんどひとつも調理したものが出てこないのもすごかった。ほとんどのものが売店で大袋で売ってるレトルトのものそのまま。梅干しもおつけものもきのこも山菜も煮魚も！　そこにはきっぱりと「中国産、国内加工」と書いてある。メインの釜飯《かまめし》さえもなんとレトルトだ！

あとは肉を切っただけ、鍋《なべ》の材料切っただけ、調理は夜も朝もみんな客がする！　鍋の肉一人前平均六切れ！

「この鍋の残りのだしで明日の朝のぞうすいをつくります」と自慢げに微笑《ほほえ》んでいたが、今日の鍋の残りで明日の朝食を作るっていうのを誇ってる宿は珍しい！

4月9日

でも怒ったりクレームというのではなくって、もう笑っちゃった。

きっと「なんとなく最近のいい宿っていうのはこうだよな」って、自分たちの気持ちではなく、どうしたいというのでもなく、てきとうになにもかもが増えていってる感じがわかりすぎた。部屋に露天風呂があるといいよな、と思って作ってみたけど、温泉はひけずふつうのお湯。いちおう露天にしてみたが、これまた今度は正面玄関の真ん前の駐車場からも部屋の中からも丸見え。十人も泊まれる部屋なので、一般的には絶対その中に家族以外の他人がいるはず。だれかだとなりの大きな部屋でTVを見ているだけで、風呂に入ってる人が丸見えなはず。でもそんなこと考えないで作っちゃったはず。きっとゆめやさんのおかみさんがここに来たら卒倒しちゃうな……。

冷凍庫にはアイスが二十個以上入っていて食べ放題だったが、どんな人がそれを喜ぶのだろうか。いや、いるとしよう。問題は、それなのに晩ご飯のあとのデザートもお皿に盛られてきたそのアイスなことである！

そんな特殊な宿なのに、陽子さんが「なんか、わたし、前にここに来たことある気がするわ」となんと二度目だったこの衝撃！　きっとあのエロい岩が陽子さんを呼び寄せたんだ、とヒロチンコさんとこそこそ言い合った。

帰りは高崎に寄って、おおしまさんに電話したらたまたま連絡がとれたので、観音様まで連れて行ってもらった。桜がまだ咲いていて嬉しかった。帰りにはみんなでおいしいイタリアンのランチを食べて、おおしまさんの思い出がたくさんつまった街の中を案内してもらった。全部がずいぶん様変わりしたのだと思うけれど、当時の様子を説明してくれる、その気持ちがとても嬉しかった。私もきっと千駄木《せんだぎ》あたりにお友達が来たら案内をするけれど、街の様子は全く変わっていていろいろな思いがこみあげてくる、そんな気持ちになるのだろうな、と思う。ちょうど春樹《はるき》さんが震災後のふるさと神戸を歩いたエッセイを読んだ直後だったので、ますますしみてきた。

4月10日

寒い！　なんでこんなに寒いんだ！

旅で痛めた足腰をひきずり、子供のための買い物を大急ぎですませ、冷え冷えなのでヒロチンコさんと岩盤浴に一時間行き、なんとか体をほぐしてからフラへ行った。りかちゃんもたまたま同じような状態で、半見学的参加。お互いをかばいあって小さくかわいく過ごす。それがりかちゃんを大好きな私にはちょっと幸せ、うふふ。

今日もあゆちゃん先生が華麗に、優しく、美しく、うまく教えてくれて、その姿を見ているだけで勉強になった。心に余計なものがない人っていいなあ、としみじみと思う。輪郭がはっきり見えるし、声がきれいに通る。

フラに関してもそろそろ進退を決めるべき。

もう取材はすっかり終えたし、そのために情熱をもってやる時期は終わったので、趣味として続けていくかすっぱりやめるか考えなくちゃいけない。期限は迫っている……。切なすぎて、趣味として続けていくのが許される雰囲気だったら、ゆるく続けていこうかな、というところで数ヶ月とどまっている。

うまくなりたいわけではない。ただふつうに勉強したいだけ。ただまじめに勉強しているとそのうちじわじわとうまくなるので、その程度でいいのだ。だって俺には命をかけてる仕事があって、命より大事な小さな子供がいる時期。その程度の存在がゆるされるハラウかどうか、そこが問題だ……（これは、ゆるしてほしいと上の人に暗に言っているのではなくって、この時期の気持ちの記録のためだけに書いています。ここで書いておくと今後、取材をしているものと取材を終える時期の心の流れの関連性や身の振り方がつかめるので……それがなんの役にたつのか？　というと、たとえば会社を辞める人の小説を書くときに奥行きが出ます。忙しい毎日なので書いておかないとあっというまに過ぎてしまい、心の中のことはおぼえていても、実際どのくらいかかったかを忘れてしまうのです）。

前に「五百人もいればいろんな人がいていい、やめなくていい」ときっぱり言ってくれたまりちゃん先生ももういないしなあ。

それに個人的には木曜日はヒロチンコさんがお休みの日で次の日お弁当があるから、仕事を終えてから夕食を作ると必ず遅刻することになる。でも子供には自分の作ったものを食べてほしいし、そのほうが優先順位が上……そんな人はいないほうがいいだろうな〜、と真剣なあゆちゃん先生やじゅんちゃんを見て、やはり思った。水を差す存在っていうか。この職業的立場で習い事っていうのは、やっぱり無理があるよな。だって自分が行かなきゃだめな仕事なうえ、抱えている従業員もいるんだもんな！

まあ、こういうことはまじめに続けながら待っていると、決定的出来事で決める日がほんとうに自然に来るものだから、別に悩んではいない。行ける日は行きながら、だめな部分は自分で責任を取りつつ、待ってみよう、のんびりと。

ここでできた大好きな友達たちとはそのままなにかとつきあいを続けると思うし、なにかで関わりは持っていたいので、ワークショップやホイケに行くのは一生やめないと思う。

4月11日

ヒロミさんとお買い物やエステに行く。それからごはんを食べたりおしゃべりしたり、久々にオフという感じ。夏のファッションの方向性を決めたり、ケーキをがまんしたりしてとっても乙女？　らしい一日。

そしてヒロミさんちのかわいいかわいいかわいい猫をなでる。かわいく、ハンサムで、賢くて、どうしてこんなすばらしい猫を見つけたのですか？　さすが！　と言いたくなる。いっしょうけんめいヒロミさんを守っているし、文句を言わないし、強く優しい猫ですっかりメロメロになって帰ってきた。話を聞いてヒロチンコさんまでメロメロになっていた。

ヒロミさんちも、前みたいにピカピカでまだ人が住み慣れてない感じではなくって、すっかりなじんでくつろぎの空間度がアップしていてなんだかほっとした。いいなあ、時間の流れって、そう思った。前は猫もいなかったし、もっと家ががらんとしていたもの。

どこに行こうかと、ヒロミさんの家近辺のエステの検索をしていたら、あるサロンで他のマッサージとかイメージヒーリングとかカウンセリングとかのメニューに混じって、

「セクシャリティ」のあとに「特別なご要望も承ります　特別なご要望は三万円から」

と赤字で書いてある箇所があり、じっと止まってしまった。

こ、これは、まさか……。

でももっと見たら女性のサロンなのでやっと安心した……！　エステ界は奥深すぎる。

4月12日

晴れてあたたかいので、ブーゲンビリアとかジャスミンの植え替えをした。

家にあったもうひとつのブーゲンビリアはすっかり枯れているのでどうしよう、と枝を折ったら、むんむんと熱気のある緑色の部分が出てきたので、嬉《うれ》しくてそのままにした。そのうち葉が出てくるといいなあ。

コミックIKKIのイベントにタムくんのライブを観《み》に行く。そうそうたる顔ぶれの漫画家のみなさんがトークをくりひろげていてどきどきだった。久しぶりに江上さんにも会えた。編集長になっているなんて、すごいなあ。変わらず冴《さ》えた感じ、そして鉄道オタクなのでびっくりした。そんな一面知らなかった。彼の行きつけの銀座のバーには鉄道模型があるそうだ。画面で見たらその店、Nゲージの車両がガラスケースの中にびっしりと飾ってあり、カウンターの前に線路があり列車が一周していた。

「来ると何周目でも見ちゃうんだよね……」と幸せそうにつぶやく彼。

い、いろんな世界があるなあ。

タムくんは堂々とライブを終えて、お友達のケイキくんといっしょにみんなでごはんを食べた。別れるときチビがタムくんをぎゅうとハグしていたので、別れてからチビにタムくんのこと好き？　と聞いてみたら「好きかどうかはまだわからない。もっと会わないと。絵は好き」とそこまで深くは聞いてない、というような立派な答えが返ってきた。

4月13日

だらりとした曇りの日曜日。ワンラブに寄ったら、その中はなつかしい時間の流れ、そうか、流れは自分で創《つく》るんだ。どこが居心地いいかで自分のこともわかるんだ、と思う。

チビは蓮沼《はすぬま》さんにペンキを塗らせてもらっていて、服もペンキだらけになって、奈良くんみたい！　とすごく嬉しそうだった。今時子供にあんなに思い切りペンキを塗らせてくれる人もなかなかいないよ。

なんだかわからないけれど、よし！　と思いながら、成田ヒロシさんがてきと〜に創ったタンスをまた一個買ってしまう。なんか魅力があるのよね。部屋に置くととてもとてもいい感じになった。

夜は品川プリンスホテルの広大な敷地を迷いながらやっとたどりつきゲリーたちとごはんを食べる。すごく疲れた様子だったけれど、笑顔だったたし、温泉に行くとかいってはしゃいでいるのでほっとする。百合《ゆり》ちゃんとえりちゃんとお茶をしていたらあっというまに時間が過ぎた。チビはゲーマーのえりちゃんに「どうぶつの森」の風水についてレクチャーを受けたり模様替えをしてもらっていた。いいなあ！

えりちゃん「だるまも埴輪《はにわ》も開運グッズだからね！　部屋の四隅に置くといいよ」

「どうぶつの森」の話とは思えぬ！

そして陽子さんはひとりサメを釣ったり、大きなだるまをほしがったり、えりちゃんにほたるを採ってもらったりしていた。

陽子「最近夜釣りにはまってて、それでこつこつとお金をためてローンを払い終えたわ。サメは売らないで寄贈しようかな、そうしたら博物館でいつでも会えるし」

これもとてもゲームの話とは思えぬ！

4月14日

実家に、出張はしない安田さんが特別に来てくださり、父と母とついでに姉の治療をしてくれた。すごく嬉しかった。いちばん嬉しかったのは、自分よりも自分の好きな人のことをわかってくれたときだ。彼が、なかなか読み取れないうちの姉の性格の根幹をずばりと言い当ててくれたとき、目の前が晴れて自分も子供に戻った気がした。

元有能秘書ナタデヒロココとイタリア人の優しそうなご主人とあまりにもカワイイッシモなマリナちゃんが寄ってくれたので、石森さん、陽子ちゃんも交えて大勢でごはんを食べた。うちのチビは自分よりも小さい子がいてちょっと焼きもちを焼いていておもしろかった。

安田さん「ぜ、全体的にちょっとカロリーが高めですよね……」

その通りですよ。カブのお味噌汁《みそしる》にもバターが入っていますね。私がデブな理由がわかりましたか？

石森さん「ここに来るときは昼はせいろそばだけとか、前の日の晩飯を軽くして、のぞむんだ、最近せっかく四キロ減ったしね」

姉「そんな四キロ、一発で取り戻させてみせる」

なんでそんなにまでして？

ヒロココはイタリアに住んでいるから、めったなことでは会えないのに、そばにいるとずっといっしょにいた感じがする。マリナちゃんは当時はいなかったはずなのに、いつもいたような感じがする。長い時間をいっしょに過ごした人やその子供って、そういうものなんだな。体がどこかでつながっている感じがする。

そんな私のしみじみした感慨をよそに、姉とヒロチンコさんは腐った足をウジに食べさせる「マゴットセラピー」（おええ）のものすごい写真がいっぱい載ってるパンフレットをふたりでうっとりと眺めて「これこそがバイオだ……」とうなずきあっていた。いやだなあ、元生物学専門の人たちって。

4月15日

取材の一日。

いろいろなインタビュアーの人が来て、質問もまちまちで、面白い。

瀧《たき》さんは「絶対読者」なのでどきどきする。今回の小説の元ネタが「悪魔とダニエル・ジョンストン」なのを一発で当てたので、さすがだなあと思う。

いつも美しい人々を撮っているおしゃれなフォトグラファー富永さんにこのむっちり中年を二回も撮らせるのは申し訳ナイス！　と思いながら撮影もしていただき、どんどんインタビューをこなした。

空腹でだんだん怒り出した普段は温厚な渡辺くんと昼飯食ってない飢えたデブの私はりさっぴにあたたかく見守られながら「もうすぐだ、あとちょっとでたどりつく」と雪山で遭難しそうな人たちくらいの切実さで中公の近所のおいしいレストランにかけこんだ。白いアスパラのコース、最高においしかった。季節のものをいただくのって、独特の感慨がある。

名倉さんが寄ってくれたので「どうぶつの森」の話をしていたら、あまりにもライブに感動してCDとたけけミュージックを買ってしまい、iPodに入れて聞いてみてものすごく後悔した人が自分以外にいたということにとってもほっとした。まさかいるとは思わなかった！

4月16日

ここぺりに行ったら、三時間寝っぱなし記録を作ってしまった。

魔法のように深く深く眠って、目が覚めたら、このところの家にいつかない生活で自分の表面を覆《おお》っていたあわただしさとか緊張が取れて、眠くてしかたないゆるんだ状態になった。ありがたや〜！

マリコさんにも会えてちょっとおしゃべりできたので嬉しかった。マリコさんに会うたびに「こんな頼もしい助産師のマリコさんがいるなら、もっと若いうちにいっぱい子供産めばよかったずら」と思ってしまう。

あの人たち、あんなにすごい実力を持っているのにさりげなく暮らしていてほんとうにすごいなあ、と毎回感心してしまう。人は生きたいように生きていいんだなとあらためて思うのだった。

帰宅して肉抜きゴーヤチャンプルを作り、ほぐし鮭《さけ》（激うま！）とうこぎ（姉からもらった）の混ぜご飯を作り、みなでぱくぱく食べた。ヤマニシくんから鬼太郎と鉄コン筋クリートのTシャツをもらったので並べてにやにやしながら、渡辺くんからもらったロブションの自伝を読みフランス食の高カロリーさにどきどきしつつ、早寝した。なかなかよい環境の早寝である。

チビと二回だけ対戦したWiiのマリオカートのハンドルであるが、なんとも言えない微妙な大きさである。ハンドルのような、違うような、とにかくしみじみと見てしまう大きさだ。

4月17日

フラへ。

クリ先生が黒々として帰っていらして、タヒチの人がゲストで来ているのかと思って一瞬びっくりした。クリ先生が踊り出すと自分の中の空気も連動してはじめて動く、長年それだけを教わってきたのだ、とあらためて思った。

腰がちょっとよくなっていたので、大きな動きをするときはおっかなびっくりだがなんとかついていく。無理をするときって体のどこかに必ず力が入ってるから、歩くことにいっしょうけんめいになるという矛盾のある努力。でもとっても大切なこと。一方体調の悪いちはるさんは「私なんて完璧《かんぺき》に気配を消して後ろが透けて見えるほどになれますよ」と自慢? していた。うらやましい技だ……。

寒いし雨だしいやだなあと思っていたけれど、いつものお店でみんなとごはんを食べたらあたたまってすっかり元気になった。体を動かすのはいいものだなあと思う。

4月18日

蝶々《ちょうちょう》さんと坂本龍一《りゅういち》さんと、ものすごく濃い「ラブコト」鼎談《ていだん》。

坂本さんはずいぶん優しくなられていて、じんときた。昔はいつも触ると切れそうな感じだった。その大きさ豊かさ、不思議なユーモアが最近の坂本さんの音楽にたっぷりとにじみ出ていると思う。空さんは変わらず完璧な美人だった。いつも「完璧な美人」という言葉を聞くたびに空さんを思い出すのだ。内面的にも完璧に美人で、背が高くないところが自分的には最高にツボで、会えただけで得した気持ちになる。初めて会ったときからずっと、無条件で応援している女性のひとりだ。

昔ライブを観たもりばやしさんまでいてかなり動揺した。「これは、あの、みほさんだよね、ええと、そうだよね」と記憶がどぎまぎしている感じが続いた。変わらずにキュートできれいですっきりしていて嬉しかった。

その場にはいろいろな衣装をつけた、いっしょに映りこんでくれるきれいな人たちもいて祭りのようで楽しかった。センスあふれる信藤《しんどう》三雄さんが優しく厳しく美しく撮影をしていたので、きっといい本になるだろうと確信。時代の気持ちがいっぱいで、絶対に買いの本だ。

打ち上げご飯の会では蝶々さんのトークが炸裂《さくれつ》、ヒロチンコさんの乳首まで鑑定してくれた。

蝶々「ねえねえ、ヒロチンコ！　芸能人で好きだったのはだれなの！」

ヒロチンコ「たきがわゆみ……」

みなあらゆる意味であらゆる角度から「う〜ん」と言い、場がしーんとなった。

蝶々さんのサイキックぶりといったら、もう他の追随をゆるさない域に。その男気と頼りがいといったら、だれもかなわない。それからイメージを他人にわからせる、喚起力がものすごい。いろいろな映像が彼女の言葉といっしょに動き出す感じ。彼女もやっぱり無条件で応援している女性のひとりだ。きっとなにがあっても「この人がそれをしたなら、それにはちゃんと理由があるに違いない」と思うし、嫌いになることはないだろう。

みほさんのおうちに寄ってゴールデンレトリバー欲をたっぷり満たし、ちょっとおしゃべりして帰る。意外にご近所さんでびっくりした。

ゴールデンにしかない感触、匂《にお》い、ボールの取り方、寝転び方、なめ方などがあり、それは全くラブ子と変わりない。細部まで思い出せて懐《なつ》かしさで胸がいっぱい。それでも「ああ、この子たちはラブ子ではないんだね」と心底思う。そりゃそうだ。でも、今でも深く落ち込んでいるときなどは「ラブ子にもう会えない人生なんて、生きていても意味ないな」とたまに思うくらいなので、こうやって時間をかけてひとつひとつ納得していくのがいいのだなあと感じる。

4月19日

神蔵ちゃんのソロダンスの舞台を観に、明大前に行く。

事故にあったと聞いて心配していたのだが、ひざをうまくかばって踊っていたので、事故の痕跡《こんせき》がわからなかったほどだ。さすがだと思った。はじめの十分間くらいがいちばんすばらしかった。これまでにない要素を打ち出していて、新鮮だった。きっとあれを突きつめていくとまた新しい世界が始まるのだろう。

キッドアイラックアートホールの地下にある喫茶店がなんとなく「どうぶつの森」の喫茶店に似ているな、と思っていたら、陽子さんも全く同じことを考えていたのでおかしかった。

陽子「どうしよう、ほんとにゲームで頭がいっぱい……」

家に帰ったら、チビがゲームの中のその喫茶店でライブを観《み》ていた。シュールな日々だ。

実名がわかる悪口ってのは書かないことにしているけど、自戒の気持ちも含めて、まあ単におもろいので書くと、今回の「オーラの泉」に出てきた俳優さん、前に新幹線で彼の席からマネージャーがやってきて、狂ったようにうちのチビに「いいかげんに静かにしてください！　さっきからどれだけみんなが迷惑してるかわかってるんですか！」と怒鳴り散らしたときの人である。マネージャーは例えば「前もって普通の声で注意して、まだ変わらないから怒鳴った」とかいうことは一切なくいきなりで、時間帯も普通に夜10時くらい。そいつの怒鳴り声のうるささといったら、別に人の席に出かけていったわけではなく、席についたままで昼間なら普通の声くらいできゃっきゃ笑っていたチビの倍くらいだった。それでも夜だから少し申し訳ないと思ってあやまったけれど、彼の怒りはおさまらず、その俳優さんもそれを黙って見ていた。百歩ゆずってまあその人がマネージャーに「黙らせろ」と頼んだのではないとしよう。でも……インドの子供たちと仲良く撮った写真を見せたり、息子さんを連れてインドに行って、子供は大らかに育てるべきだという話などしていたので「へ〜！　そ〜ですかい」と思わずにはいられなかった。

　まあこういうのを、どっちが悪いとかではなくて、ほんとうに巡り合わせが悪いとか運が悪いとかお互いに言うのだと思うけれど。向こうは向こうでへとへとに疲れていて寝たくて、うちのチビの声が百倍大きく聞こえたということは充分ありうるのだ。とにかく私はどんないい話聞いても、一生あの人の印象変わらないと思う。

4月20日

チビの幼稚園の祭り。陽子さんや関さん姉妹も華麗に遊びに来てくれたし、パパも途中までいたし、みんなで売り子さんをしばらくしたりして、あまり役に立たないながらもちょっと参加したので満足して、緑道でおかしを食べたりビールを飲んだり犬と遊んだりして、ちょっとしたピクニックを楽しむ。

　関さんが帰って行ったら、チビが淋《さび》しがって追いかけて行って胸キュンだった。

　それから同じクラスの子たちの妹弟がベビーカーで来ていたら、新生児のプロであるマリコさんが通り過ぎるときに一瞬ですかさず各ポイントをチェックして、うん、とうなずき去って行ったのがかっこよかった。

ハンパな時間になってしまったので、福引きをしてチビが千円当てて、そのお金を使って喫茶店でだらだらとゲームをしたり読書をしたりして、パパを待ったのがまたよい感じだった。

晴れた自由が丘はのんびりムードで、お買い物の人もたくさん、下北沢よりもずっと妊婦、子供率が高く少し気が楽。なんだか旅行のような一日であった。

「荻野目《おぎのめ》慶子、しょこたん、麻生《あそう》久美子、土屋アンナ、広田レオナ」という超濃厚な人たちの変な話をインタビューしている本を書店で見つけて、立ち読みが止まらなくなって買った。インタビュアーの吉田さんは「変な女界の後藤繁雄《しげお》」だなあ！

特に広田さんがすごすぎる。今生きているのが不思議なくらいだ。その後、松井冬子さんの番組まで見たので「美しい形に生まれつきすぎた」ことのリスクについて思わず考えてしまった。

松井さんは、子供みたいにぽかんとした性格にあのルックスっていうのは、神のいたずらというか、描くしか生きようがないではないか。あまりに美しすぎて、そばにいる人が全員男女問わず、いるだけでセクハラになってしまうのだ。ということは他人といる限り安らぎのない人生ということで、それでは絵の中に安らぐしかない。

上野千鶴子《ちづこ》さんがきっぱりと「人は不幸になるために生まれてきたんじゃない、幸せになったあなたの絵を見たい」と言ったのに感動した。これは同性にしか言えず（男が言うと、全員が『俺のところに来い』の意になってしまう）、しかもなかなか本気では言ってあげられないことだと思うけれど、彼女は厳しく論評しながらも愛をもってそう言っていた。松井さんにも届いたと思う。すばらしい瞬間だった。

4月21日

ヒロチンコさんといっしょにオフ日にして、チビと朝ご飯を食べに行ったり、ストーンマッサージを受けにいったりする。少ししか時間がなかったけれど、気持ちはゆっくりできたし、両親そろっていたのでチビも喜んでいた。それでも夜は忙しくてあやまりながら仕事にかかっていたら、
チビ「朝ずっといっしょだったし、今もいっしょだから、ごめんなさいと言わないで。今日は淋しくないです」
と言われた。そうですか……すみませんねえ、いつも忙しくて。こういうとき、ほんとうに今しかないから仕事は減らそうと思うのだ。

夜になって押井監督との対談のゲラが出てきたので見ると、ほとんど60％くらいが自分の言ってないことでできていて、びっくりした。「言ってないことが自分の発言だとされている対談」これまでの最高ねつ造率は40％くらいだったから（笑）。でも映画のプロモに名前を貸したと思って、よしとする。

ただ、私があたかももう脚本を読んだような感じに書いてあったので、そこだけはやらせです、と私のファンの人だけにはうそをつきたくないので言っておこうと思う。「ちっ、森先生とできてるからって脚本までもう読ませてもらってやがる」という気持ちになる人もいるだろうしね（できてません、残念ながら押井監督とも……ああ、渡辺くんとも！）。なにより大事なのは、脚本も0号も初号も、原作者とスタッフと監督のものだということだ。私は昔からそういうのに立ち入るのが好きではないのだ。原さんのライブのリハや楽屋に行くのもためらうほどだといったら、どのくらいの程度か伝わるだろうか。いつだってふらりとその場にいた客みたいな気持ちでいたいのだ。ただより高いものはないのだ。

だからもしも映画についての対談だったら見せてもらったかもしれないが、森先生についての対談なので、見ないでのぞんだ。そのほうがいいと思ったから。

4月22日

ウィリアム・レーネンさんに会いにいった。

十年ぶりくらいに会うのに、さっき別れたような感じだった。彼は交通事故の後遺症で足が悪くなっていたが、でも命があってほんとうによかったと思う。会うなりずばりずばりと私の状態を言い当てるので、ただ会いにいっただけなのにお金を払いたくなるほどだった。もちろん個人セッションは来日のたびに枠があるし、ウェブコムでのセッションもあるので、興味のある人は受けてみるといいと思う。実力は保証するし、はっと目が覚める感じがあるのに、真に優しい言葉を聞くことができる。

日本のエージェントをやっている伊藤さんも考えられないくらい頭がいい&仕事ができる&通訳がとても自然でうまかったので、英語であるというストレスをあまり感じずによい時間を過ごし、別れたときにはものすごく気持ちが前向きになっていた。

前向きになりすぎて小林さんの笑った顔が見たくなり、バーニーズまで歩いていってバカほどアクセサリーを買ってしまった……。激動の日々である（？）。

4月24日

このところの木曜日の雨が降る率、高すぎだ。

くやしくてプールに行ってしまった。寒かった！　バカみたい。

そして疲れて爆睡してしまい、一日が終わってしまった。

寝る前にチビが「ママ……さっき言い忘れたことがある」というので、なに？　と聞いたら「オハナちゃんのウンチがチビちゃんのおもちゃの部屋に落ちていました」と言っていた。うわあ！

ちょっと教訓的な短い言葉が白いところに書いてあって薄い本、たいていあまり好きではないのだが、きつかわゆきおさんの本はものすごくよかった。そういう本は読み終わって異様な活気とか新しい考えの芽生えや同じことを言いたかったという気持ちが残ってほしいと思うんだけれど、みごとにそうだった。

そして同じバジリコから出ている田口ランディさんの対談集、ご本人を知っている私は特に宮台さんとの対談が最高に面白かった。互いの個性、一歩もゆずらず、しかもふたりともなんかちょっとかわいい。内田樹《たつる》さんとの対談も目からうろこだった。合気道は時間を割る、というところで今までどうしてもわからなかったことがすぱんとわかった。

4月25日

朝、りさっぴが運転していたらチビが「ピーチ姫が運転している」と言っていたが、確かにりさっぴはピーチ姫に似ている……ああ、マリオカートのやりすぎだ。あんなふうに高速から落ちたらいやだなあ。

おじぃこと垂見《たるみ》健吾《けんご》さんがやっている、沖縄の古い写真を記録として保存するNPOの会のイベントにちょっとだけゲストとして参加すべく、一泊出張。もっと長くいることにすればよかった、予想外に前後の予定がずれたのに！　でも月曜日幼稚園がないのを知ったときは、すでに沖縄であった……遅し。

「一泊をエンジョイ」方向に気持ちを切り替え、古浦くんとまりちゃんとごんちゃんといっしょに天ぷらを食べに市場に行き、そのあと瀬長《せなが》島に海を見に行く。チビといっちゃんが楽しそうに海で遊んでいてかわいかった。チビはいっちゃんが朝からずっといるのが嬉《うれ》しくてしかたないらしい。

それからおじぃと合流してうりずんへ。土屋さんのモテモテ笑顔を見ながら、おいしいごはんを食べる。キュート&賢くこちらもいつもモテモテの山里センセが合流し、みんなで楽しくしゃべる。

二次会はロッキング・オンを退職されて沖縄で結婚している長嶺《ながみね》さん（旧姓林さん）のお店「カラカラとちぶぐゎー」にわくわくしながら行った。林さんの文章をずっと読んできて、読者のひとりとして彼女の幸せを必要以上に願ってきた私、林さんがもしかして担当になるか？　という時期、私は子宮筋腫《しきゅうきんしゅ》などでひどく体調を崩して新潮社の専属になっていたので、ちょうどロッキング・オンを離れていたのだった。でもそのあとも何回かいっしょにお仕事して、楽しかった思い出が残っている。

偶然に林さんのご主人は山里センセの優秀な元教え子だったので、びっくりした。彼を見て山里センセが急にぴしっとした頼れる教授の顔になったので、ああ、この人は先生としていい先生なんだなあと思った。

幸せそうにてきぱき働く林さんを見て、ちょっと泣けそうになってしまった。

いっちゃんといっしょに遊んでいられて嬉しかったチビがずっとはしゃいで二時まで起きてパンを食べながら「夜中のデザートは最高なんですよ」とか言っているので、必死に寝かしつけていたら、やっと眠るその直前に「この瞬間を待っていたんですよ」と言っていた。実は眠かったんだな……。

4月26日

何回も那覇《なは》に行って、いつも思うことだがある……それは公設市場の魚調理システムはちょっとばかり高すぎないか？　ということと、「きらく」とだけ派手に提携しすぎてないか？　である。別にいいんだけれど、観光だし。いろいろ裏がありそうだし。あそこで魚を買ってウィークリーマンションで調理しよう、次回は。

チビがいるのでおじぃとまりちゃんが気をつかってくださり、そうそうたるメンバーを前に自分たちだけ和室をひとついただいた。頭が下がる思いであったので、結果ひきこもりに。案の定途中でチビが寝たのでありがたかった。あまりにも寝不足だったので、いらしたばかりなのにもう十泊くらいしている感のある落ち着きをもった加藤木さんと、私と同じく宴会性寝不足の古浦くんをパシリにしてコーヒーを買ってきてもらい、やっと元気百倍。

リハを見て下地《しもじ》勇さんのところで感動して泣けた。歌詞も歌もよかったし、うちのおばあちゃんそっくりなおばぁがスライドに映ったからだ。私にも南の地方の血が流れてるんだなあ。下地さんは「ここのほうがいいから」と行って、ずっと外に座ってらして、えらく男前な感じだったのでみんな一気にぽうっとなった。こうしてファンは増えていく！

小説は朗読に適してるけれど、エッセイというのはいまいち自信がなく、言いたいことを言えているわけでもなかったので、なにか他にできることはないかな、と直前まで悩み、急きょ、中里友豪《ゆうごう》先生にいただいた詩集から、山里センセ一押しの「靴」という詩を読むことにした。私のエッセイよりもずっと私の言いたいことが書いてあったので。

私が現場を見てからやり方を考えることにした珍しいイベントだった。同じことを二回やるっていうのがどうしてもできないので迷惑をかけたが、おじぃとまりちゃんがよれよれになりながらもいっぱい親切にしてくれて、初めてできたことだった。ありがとう。そして林さんは、さすがロッキング・オンで鍛えただけのことはあり、現場での落ち着きとすばやさが全然違う。ものすごく頼もしかった。

ちょっとしかない自由時間にむりやり「こぺんぎん食堂」に行き、人数が多かったのとまりちゃんのはからいで、営業時外にそばと餃子《ぎょうざ》を作っていただいた。実はすごく行きたかったのでほんとうに嬉しかったし、とびきりおいしかった。

ぼくねんさんが最後楽屋にいらしてちょっとだけ会えた。チビはたくましい腕で抱き上げて遊んでもらって大喜び。ぼくねんさんが来るとどんなとき、どんな場所でもみんなの心が理屈抜きにきゅうっと彼のほうにひきつけられる、すごいカリスマである。

泣く泣く会場を後にし、空港で古浦くんと乾杯をして別々の飛行機に乗る。一泊なのにずっといっしょに旅をした感じなので別れが切なかった。

帰宅してからヒロチンコさんに、

「ぼくねんさんに『もうひとり子供産みなよ、全然大丈夫だよ』って言われたよ、産もうかな」と言ったら、

「いや、違う。彼は大自然そのものだから、それはきっと彼の子供を産めっていうことなんだよ、だって世界中の女は大自然のものだもの」

とわけのわからないコメントを発表していたが、妙なリアリティが。

4月27日

「お久しぶりにピザが食べたい気分です」とチビが言うので、ロクサンに行ってピザを食べる。ちっともお久しぶりじゃないんですがね。

「チビちゃんは餃子とピザとカレーライスとトマトスープだけがいいんです」といつも言われる。「それならいい食べっぷりの男になれる」そうだ。どこで覚えた言い回しなんだろうか？

夕方、結子《ゆいこ》の家に沖縄みやげを持って行った。結子とたわいない話をしていて思っ

たのだが、今、この世の中を生きていくことは、これまで以上に日々の判断が大事だという気がする。

フェイクのようで自分にとって正しいもの、すごく正しく見えて文句のつけどころがないけれど、フェイクなもの。自分の夢みたストーリーと全く違わないけれど、なにか違和感のあるもの、などなどであふれかえっている。自分を信じること、自分の違和感に忠実でいることしかできない。

4月28日

姉とアカスリなどしつつ、母のお誕生会を日帰り温泉で祝う。単に自分たちがアカスリをしてお風呂《ふろ》に入りたかったんじゃないか？　という疑惑がさすが記者である石森さんから終始投げかけられていたが、たまに家の外に出て両親も嬉しそうだった。

ふたりがそろってちゃんと洋服を着て外に出ていると、懐《なつ》かしくて泣けそうになってくる。もう滅多にない機会だからだ。それとは別に、ただ今が嬉しい気持ちがあふれてくるし、チビの記憶に焼きつく祖父母の姿を嬉しく思う。まだ生きている、ここにいる、それだけでいいのだ、そう思う。きっと自分が突然に死んでも、死ぬ瞬間まで生きていることがありがたいと思うだろう。

人生はあっというまに過ぎて行く。悔いなく生きるためには、人に嫌われるなんてなんでもないな、という思いを新たにした。むだなことでエネルギーをだだ漏れにさせているひまなんかないのだ。

そしていちばんわずらわしいはずの、移動、駐車場を探す、靴をはく、段差を昇って行く、着替える、欲しいものを買いに行くために足を運ぶ、会いたい人に会うためにひと手間かけてたずねていく、みんなで時間をかけてごはんを食べ、片付ける……などのことがほんとうは人生を作っているいちばんすばらしいことなのだと思う。動けるうちはそういう手間をより惜しまないことが人生の価値だと言っても過言ではないと思う。動けなくなってきても、それをなるべく怠らないことが健康な生き方の全《すべ》てかもしれない。

4月29日

寒いので、すっかり風邪をひいた。

でも今回のは前回のと違ってただの風邪なので、そんなにしんどくない。

なので、普通に一日のことをした。

夜はたづちゃんとゆみちゃんと目黒にプルコギを食べに行く。いつも怒濤《どとう》のようにごはんを頼み、一時間四十五分以内に食べ終わる彼女たち。今回も例外ではなかった。実用的に頭がいいというだけで人は幸せに生きていける要素が大きいかも。たづちゃんとゆみちゃんの賢くいさぎよい様子を見ていると、自分が小さいことにこだわるインドア派のオタクみたいな感じがしてくるのが、なんでだかすごく好き。

たづちゃんが「たまに見るとまほちゃんの日記、私のことがとんでもなく書いてある」と言うので「ううん、それは違ういとこ。私いとこがたくさんいるから」としらを切っておいた。そんなたづちゃんは今日も毒舌さえまくり、はじめはサンチュに肉を巻いてあ～ん、までしてくれたお店のママが芸能人がいる席に入り浸りになっていたら「ちっ、ママは芸能人につきっきりになっちまった。もうしもじもの者の肉までは手が回りそうもねえ」と男らしくつぶやいていた。

チビはゆみちゃんの自転車に乗せてもらってごきげんになり、三輪車ではいやだという不満を訴え出した。ついにその日が来たか！

4月30日

タイマッサージに行く。思い切りストレッチした感じで背中がすっきりした。足もぐんと伸びた感じ。自分ではあれだけ伸ばすことはできないからなあ。

のんちゃんから借りた「ダーマ&グレッグ」を一気に見まくり、ハッピーな気分だったのだが、今日ついにヤマニシくんから借りた「LOST」をちょっと見てしまった。うちのTVには今ほとんどの時間マリオが映っているので、その隙間《すきま》の時間にちょっと海外ドラマを観《み》るのが大人たち唯一《ゆいいつ》の娯楽。

飛行機が落ちる、着替えがない、真水ない、消毒できない、屋外に寝る、こわい動物などがいる、知らない人たちとしかたなく協力して暮らす、などなど私の嫌いなことの全てがそこにはぎっしりとつまっていて「うう、ダーマたちのいるサンフランシスコに戻りたいよう」と思いながら寝た。

5月1日

風邪をおしてでもいかなくてはならなかったのが、出所した嶽本野《たけもと》ばらちゃんのシャバでの最初のライブである。彼がヴォーカルを務めるDRAWERS、みごとにパンクバンドであった。

見た目から入ったね！　というのが丸わかりなんだけれど、さすがステージキャリアが長いだけのことはあり、あの美しい見た目を完璧《かんぺき》にパンクに合わせて演じる彼。それでも生き様がパンクなので、違和感ゼロ、すごくかっこよかった。それからわけのわからない切実さがあり、そこにはとても胸うたれた。絶対本を書いてる人には見えないな。

昔は同級生にパンクとかヤンキーがいると（いっぱいいた……）まじでこわかったものだが（だって急に切れてなぐってくるんだもん）、今となってはみんな自分の子供くらいの年齢である。それに混じっていても全く劣らないどころかもっと迫力がある野ばら最高！

5月2日

薬を飲んで寝たら、ちょっと風邪が治ってきたのでよかった。

でも声が全然出なくって、えりちゃんとしゃべりながらどんどんオカマ声になっていった。えりちゃんには久々に出張のことなど相談した。変わらず的確だったので頼もしかった。そのあとヒロチンコさんもいっしょにレーネンくんとサティアさんの二時間ライブに行った。レーネンくんの情熱、サティアさんの透明で明るい雰囲気、伊藤さんの正しい訳、うまいドーナツなどなどでとてもポジティブな空間だった。会場のムードをしっかりとチェックするレーネンくんの力が大きいだろうと思う。

加藤さんも来ていて、わざわざ入り口で車の到着を待ってくれていたので、秘書時代が超なつかしかった。思わず「私名刺もってないや、加藤さん持ってない?」と聞いてしまった。ななめ後ろ一歩のところにいる感じが秘書のプロっぽい。

そのあとはえりちゃんのお友達も交えて、みんなで楽しくパスタやピザを食べておしゃべりした。雨だけれど明るい気持ちだし、みんなある程度人生についてわかってる人同士なので、会話もすがすがしかった。

5月3日

チャドクガの卵発見&親を何回も見かけたので、丹羽さんにお願いして消毒だけしてもらおうと思ったら、こんもりとしすぎている庭木をしっかり整えてくださり、枯れたところはちゃんと切ってくれ、庭がさっぱりとしてありがたかった。しかしチビは紙のお金を払おうとしていた……。

夕方から次郎が来たので、てきとうにおつまみを作って、みんなで飲んだ。飲めない森田さんを誘って、おつまみをいっしょに食べ、次郎の持ってきた鉄火巻きをいっしょに食べた。そして次郎の骨折入院の話をみんなで聞いた。森田さんは病院に勤務しているので、話が深くなって面白かった。

ヒロチンコさんが帰ってきて合流、最終的にはマリオカートもみんなでやった。

チビは「今日次郎くんが遊びに来てくれたね、今度は次郎くんのおうちに行こう」と自分の友達のように言いながら寝ていた。

5月4日

タイの、澤くんおすすめの、変わった服ばかり扱う店の服を着て下北沢でじゅんちゃんと待ち合わせていたら、後ろの外人が英語で「おう、見ろよ、彼女の服すごいな、最高にクールだよ、どこで買ったんだろう？」「手作りじゃない？　彼女きっとものすごくたくさんミシンを使ったわよ」とかなり大声で言い合っていて、どうしようかなあ、振り向いて真実を言うべきか？　と思っていたらじゅんちゃんが現れてほっとした。

はじめはおしゃれなカフェ、次は焼き鳥屋でヒロチンコさん、陽子さん、チビと合流、最終的にはこの上なく下北らしいバーに行き、休日を満喫。

「チビちゃん」と言ってもチビが返事をしないので怒ったら「チビちゃんじゃない、坊やです！」と苦し紛れに言ったのがすごくおかしかった。

5月5日

ご近所の神田さんのおうちに遊びに行き、おじょうさんやワンちゃんと和む。和の家ってすばらしいなあとしみじみ感動。懐かしい茶道部の先輩たちの話などもして、いい時間を過ごした。

そのあと茄子《なす》おやじで「ここってよしもとばななさんも来るんだって？」と言っているすてきな人がいるのでよく見たらエンケンさんだった。あまりにもかっこよかったので、ヒロチンコさんまでファンになっていた。

それからワンラブに寄ったら、最高にいい匂《にお》いのジャスミンオイルは売り切れていて、成田ヒロシさんの小タンスがいっぱいあった。もうすでに三つも買った私……でもまだほしい、妙にほしい！　あのタンス。野口晴哉《はるちか》の教えにのっとり、髪の毛が生えてくるマッサージをしていたら、髪の毛はあまり変化ないが首がつるつるになったという不思議な効果を語る蓮沼《はすぬま》さんにヒロチンコさんが大受けしていた。

夜は実家へ行き、もんじゃパーティ。もんじゃってうちでやるといかにお店のもんじゃが材料をけちっているかわかります。そのあとのお好み焼き、姉が中力粉で作ったので、ものすごくこってりがっちりしていて、ちょっと食べただけで満腹になり、非常食の趣きさえ。こどもの日のケーキを食べる頃には一同が無口になっていた。

帰りに母にみんなでハグをしたら、別れ際《ぎわ》に「ずうっとこうやっていられたらいいのにねえ」と言った。まだ大丈夫だよ、と言いながら、ほんと～うにいろいろ問題のあった我が家だが、こんな言葉が出てきたら、全て帳消しになるだろうと思った。そして私の小説の大きなテーマは母からもらったものだと確信した。自分が生きているだけで親を継いでいると思うと、自分の命もおろそかにできなくなる。

5月6日

とってもすてきな天気の日なので、歩いてラ・テールの超おいしいプリンを買いに行き、腹が減りすぎて計画性なく近所のすてきなカフェでブルータスを読みながらクスクスを食べる。この組み合わせ、最高に東京の幸せを感じる。

カフェにいる他の人たちも、休日の最後だとワインなど飲んだりしていていい感じであった。

しかしプールに行くと案の定サウナババア（アルゼンチンとかではなく全国に生息、サウナを仕切っているババア）がいて、「よけいなお世話だけど、あんた、そんないい水着を着てここに入るとすぐぼろぼろになっちゃうよ」などと言ってきた。いい水着、というあたりが短い字数にもかかわらず導入されている意地悪の醍醐味《だいごみ》である。「二十年着ているぼろぼろの水着で股《また》のところに穴があいてるくらいですから大丈夫です！」と言い放って逃げ出した。こんないい天気の日に、もしも自分がサウナババアに生まれていたら……ぶるぶる、自分でよかった！

5月7日

食材がなく朝から買い出しに行って、汗だくになる。すばらしい陽気だ。

ヤマニシくんが上原のものすごくおいしいベーグルとドーナツを買ってきてくれたので、ありがたくお腹《なか》いっぱいいただく。幸せ……。こんな楽しさもチビが小さくてヤマニシくんがシッターに来てくれるからあるものなんだな、と思う。

そしてここぺりに行って、またも爆睡する。毎日意識して寝ていても眠りが足りないらしく、体の緊張がとけるとあとからあとから眠さが出てくる感じ。関さんの手にはどういう秘密があるのだろう？

私「帝王切開って、同じところを切るんですか？　だとしたら何人も産むとどうなるの？」

マリコさん「同じところを切るんだよ。だから三人が限界かなあ……でも四人目の人がいたなあ（その後、エピソードを語る）」

ミナコさん「うわ～、風船をどんどんどんどんふくらませていくと、大丈夫なところは大丈夫だけど、一ヶ所うす〜い、あぶないところがでてくるみたいな感じ?」

こわいよう……。

マッサージで調子良くなったので、お盆やゴミ箱を買って、帰宅してかつおのたたきを食べた。チビは変な時間に寝てしまい、起きたらヤマニシくんが帰ってしまっていて淋《さび》しくなったらしく、

「ママとソファでお話しようと待っていたのに、ママお仕事でいなかった」などと言っておいおい泣いていた。こういう涙ってわかるなあ、と思った。泣きたい気持ちがまずたまっていて、言葉によってますます悲しくなるのだろうな。

大好きなやまじえびねさんの「愛の時間」というまんがの連載が終わり、気が抜けたような気持ち。力作だったし、かなり重い作品なのに、出てくる人たちが愛《いと》おしかった。暴力にさらされるときの気持ちが、あまりにもよく描けていて、描くほうもきつかっただろうな、と思うし、きれいごとにしていないのがさすがだった。

5月8日

中島英樹《ひでき》さんの「文字とデザイン」という本をわきに置いて、何回も見てはちょっとごきげんになったりやる気を出したりしている。そして自分の「あ、このネタは次

回にとっておこう、きっと次のに合うし」なんていう姑息《こそく》な甘い考えをふきとばすのが快感。いつも全力でぶつかって初めて道が開けるのだ！

かっこよさにしびれすぎて読んでいると具合が悪くなるほど（じゃあ、よくないんじゃ？）。

こういう仕事の仕方は男子にしかできないので、はなからこうなりたいっていうのはあきらめていて憧《あこが》れだけなんだけれど、それにしても大盤振る舞い。絶対マネできないとわかっているからこそ、後続のためにどば〜んと公開している技の全て。彼の、言い訳しない姿勢が最高だ！　こういうのを見ると中島さんに「少し休んで」なんていうのはやめて、とにかく健康であるようにマジックパワーを送る（笑）しかできないからそうしよう、と思うのだった。

そんな中島さんがデザインしてくれた「サウスポイント」も絶賛発売中！

ちほちゃんの写真って、単にデジカメで撮ってプリントしただけなんだけど、なにかとても変わったところがある。彼女にしか見えない世界がちゃんとある。それがあの小説にとても合っている。私とちほちゃんがお互いに対して欲を持たずにつきあってきた年月があの本の上に結実して、なんだかデビュー作のように嬉《うれ》しいのだ。

5月9日

このあいだのフェイクないろいろについてに関連して考えたこと。

私は下町育ちで、シャイな性格とは全く関係なく、英語圏の人が英語をしゃべるように言葉というものは常につるつる～とリズムを持って口から出てくる。その調子だからお礼を言ったりしても重みがありゃしないのが、実はすっごいコンプレックス。朴訥《ぼくとつ》に、ためらいがちに、小さい声で言われたことのほうがほんとうっぽいなんて、もっとおかしいじゃないか！　俺のお礼は毎回本気だ！　命けずってます！　などと思うけど、決して伝わりはしません……。

もうすぐマーちゃんがパパになるのと、さくらくんの出版を祝って、あまり意味のない集いをチャカティカでする。おいしいものを食べながら、意味のないメンツで集うのはとっても贅沢《ぜいたく》なことだ。

「こんな時代に産まれてこさせちゃうことが、申し訳ない感じ」と言っているマーちゃんはもうパパの顔だった。あんなに遊んでいた彼が「いやあ、やっぱり妻が体重そうだったり、家で待ってると思うと、遊ぶ気になんかなれないし、世代の差なんていっしょに暮らしていたらだんだんなくなっていくよ」なんて言っているのに感動してしまった。いろいろなことをやりつくすと、あるところで人生観ががらっと変わるものだ。そのとき人は圧倒的な自由を手に入れる。あんなに温泉とハワイを否定していた横尾先生が今は両方大好きなのにもちょっと通じる話。

5月10日

アリシア・ベイ・ローレルさんは、ゲイリー・スナイダーに並んで私の小さい頃の憧れの人。私、本気で将来は自分はコミューンに住むと思ってたからなあ。虫がこわかったり、野外で寝ると熱かじんましん出るくらいへなちょこなのに！

そんなアリシアさんが来日して展覧会をやっていると、藤井丈司《たけし》さんから知らせを受けてかけつけた。ご本人はいらっしゃらなかったが、なんと原画を販売しているではないか！　そんなすごいことって、ありえない！　世界中のヒッピー世代の人がかけつけてきそうでこわい。私だってあれを読んでにんにくでにきび治したり、ろうそくの作り方を知ったりしたものなあ。ベイリーくんも酢で食中毒治したって言っていたし。偉大な本なのよね……。

菊地成孔《なるよし》さんがジャズに呪《のろ》われているように、私はヒッピー世代に呪われている人生なのだな。よい呪いですが。

いちばんほしかった絵を一枚買ってしまった。自分の憧れの女性像であったこの絵が自分の家に来るなんて、小さいときは思わなかったなあ……縁があるものはのぞめばやってくるし、縁がないものは望んでもやってこないなあ。じゃあ縁がないのにやってきたりするものは？　などと考えるときりがないので、考えないで踊ったりするのがいちばん！　とフラに行く。

振替クラスで緊張したけれど、じゅんちゃんもいたし、みーさんの赤ちゃんや、なんと久々にクムにも会えたので嬉しくて、筋肉痛になるまで踊ってしまった。帰りはじゅんちゃんを家に呼んで、そのへんのものを煮たり焼いたりしただけのしょうもないごはんを作り、ワインをあけて、みんなでぱくぱくとひたすら食べた。寒くて雨なのに気持ちはあたたかい夜だった。

5月11日

母の日なので、いろいろなお母さんが家に集い、焼き鳥を食べたり、チビがこどもの日にいただいたおこづかいを持って、子供の頃に行ったおもちゃ屋さんに歩いて行ったりする。チビは仮面ライダーのベルトを手に入れたことではしゃぎすぎて気が狂ったようになり、最終的に怒られてめそめそ泣いて帰った。そういう年頃なのね！

しかし全体的にバカだな～！

5月12日

小雪ちゃんの作った骨クッションをいただきに、横浜に走る。結子もいっしょに行く。待ち合わせもしてないのにチャイハネでばったり会ったけど、このメンバーだといつものことなので、全然驚かない。チビは変わらず美しい小雪ちゃんにいつものようにべったりとして、どうぶつの森やマリオについてでっかい夢を語っていた。おい、君が尻《しり》を乗せているそのお膝《ひざ》に、なんにんの男が夢破れてきたと思っているんだ！とかげで言い合う。

中華街ってどうしてあんなにも迷うのだろう。やっと下北沢を克服したと思ったが、まだまだ中華街はむつかしい。そういう人が多いらしく、ローズホテルのお姉さんは考えられないくらいに優しく道を教えてくれた。好きになりそうになるくらいだった。

帰りに車の中でチビが結子に「どうして悪い人がいるの？」などと深い質問をし、結子が「悪い人はもともと悪かったわけじゃなくて、ふと悪いことをしてしまってどんどん悪くなったんじゃないかな」などと語り合っていて、じんときた。

うちのお父さんがほぼ日刊イトイ新聞の連載「日本の子ども」で「犯罪が増えた、

減ったじゃなく、質が変わってきている、それは近代化する国家が必ず通る道で、ヨーロッパやアメリカはもうそこを通ってきて自分たちなりに文化に取り込んできた」というような話をしていたが、そうなのか、と納得した。悪質になっているだけではなく、道筋なのか。

5月13日

なんでこんなに寒いの？

というくらい寒い。セーターを着たい気分だし、暖房もつけている。

でもくじけずに仕事をばりばりやって、夜は藤谷夫妻との宴会に、おいしい居酒屋さんに行く。藤谷テーブルが落ち着いているのに比べ、こちらは食いしん坊の渡辺&よしもとコンビが、店中のものを食べつくさんばかりの雰囲気であった。後からチビがやってきて、名倉さんが「どうぶつの森」に打ち込んで手にした様々な記憶を惜しげもなく伝授、今もっともチビに尊敬される人物となった。

そんなチビの今日寝る前の言葉「役場で募金したから羽根がもらえるかなあ……楽しみ。こんどぶどうもくれるって。どうしてあの人はあんなになんでも知ってるの？」

なんでもじゃないと思う、すっごくせまいジャンルだと思うよ〜。
そして「ママとお風呂《ふろ》に入れて遊べたから今日は幸せ〜」であった。よかったねえ。

5月14日

たくさんの人がいっぺんに亡《な》くなって、世界中の空気が沈んでいる。理屈をつけるのは簡単だけれど、今はただ人として黙禱《もくとう》したい。少しでも多くの人が苦しまなくていいようにお祈りしたい。そして今生きていることのありがたみをしみじみと思いたい。

こんなにたくさんの人が亡くなって、でも、命は新しくやってくる！　石原さん、英子ちゃん、赤ちゃん誕生おめでとう！　みんなでその子をうんとかわいがることしか、できることはないんだなあと思う。

自分もふくめて現代人は情報に疲れ果てていて目先の手間のつらさや快適さ、楽さにだまされてしまう。その奥のもっと大きなすてきな意味に気づかないで、ごはんを食べておかしを食べてだらっと遊んだり仕事しただけなのに、疲れた気分で一日を終えてしまう。でも、神秘の扉はいつだってひらかれているのだ。

マリ・クレールのアンケートで「世界で困っている人のためになにかしたいが、まだ最初の一歩をふみだせない人へのアドバイスを」というような質問があり、いろいろな人が答えていたが、土屋アンナちゃんが「世界で困っている人の前に、自分の家族、自分の愛する人、友人を愛してください」とさらりと書いていて、すばらしい！と思った。

5月15日

どうでもいいことだけれど、とても暑い日の環七《かんなな》というのがどうしても好きになれない。とても暑い日の246はさほどいやじゃない。でも暑い環七にほっとする人や懐《なつ》かしい感覚を思い出す人もいるわけで、人それぞれ。自分はどうであるか、を人に言うことではなく（今たとえで言ってるけど）「知っていること」が生きる上では肝心だと思う。人に細々ということ、それはつまり甘えである。たいていの人のブログはその細々という部分に終始していて、そのレベル（暑い日の環七は好きか嫌いか、いいえ、私は甲州街道の話をしたいんです、みたいなこと）で論争さえ起きたりしている。それも楽しみのひとつであるから、微笑《ほほえ》ましいなあと思う。

蝶々《ちょうちょう》さんとレーネンさんから全く同じ内容のメールが届き、どきっとする。こういうことがあるときって、大きな変わり目がせまっている感じ。

そして忠告してくれるそんな友人たちが世界中にいること、ありがたく思う。

5月16日

タイマッサージへ行く。

四十過ぎたら週一でなにかトリートメントを受けると決めていたので、近所に腕のよいここがあるのはほんとうに助かる……！　それに定期的なロルフィングとここぺりと安田さんの技があれば、なんとか生きていけるかも。それぞれ身体《からだ》と心に対するアプローチが違っているので、自分の傾向もわかるし、なんと言っても人の力の大きさを思い知る。その人たちが勉強してきた時間を、ありがたく受け取る、こういうところに使うお金こそが生きたお金だ！　私の本もそうだといいなと願う。

ぐだぐだになったので、ぐずぐずだらだらっとカレーを作った。

しかし、チビが「うわ～、カレーだ、いいにおいだ、あじみさせて、チビちゃんカレーなら毎日でもごちそうだよ、きんたまをふりかけてくれた、あのときのおかあさんの気持ちがわかるようになりました（これは多分のりたまのCMから……ふう）」

などとわけのわからない犬はしゃぎをしているので、うちのいつも渋すぎる子供向けでない晩ご飯をちょっと反省してしまった。

でも毎日ハヤシとカレーと餃子《ぎょうざ》とトマトスープとピザだけっていうのもちょっとなあ。

5月17日

石原家の赤ちゃんをたずねて行く。

新生児に会いに行くたびに、いつもそれぞれの病院の方針のあまりの違いにびっくりする。私は、私の行ったところでよかったなあと思う。新生児とふたりきりの夜二泊でやっと、自分が親モードに変身したからだ。とろい私はそうでもないと、だめだったかも！　離れて寝泊まりしたら、もしかして産んだことも忘れちゃったかも！

赤ちゃんはもうかわいくてかわいくて、寝てるのを起こして泣かせちゃいたいほどだった。

かわいくてしかたなくてよその知らない五十嵐《いがらし》さんちの子までじっと見つめて、知らない五十嵐家の人たちをおびえさせるほど（笑）。

英子ちゃんががにまたで椅子《いす》にそうっと座りながら「産まれたらすぐにどんな子でもかわいくてしかたなくなるよ、男とか女とか顔とか順番とか絶対関係ないよ、とにかくかわいくなるものなんだよ～」と言ったとき、感動で泣きそうになってしまった。

5月18日

たった一匹の蜂《はち》が作っている二センチほどの巣を、みはり番の蜂が留守のあいだに棒で取って捨て、薬をまいただけで心臓どきどき、生きるか死ぬかの気分。そして蜂が帰ってきて怒ってブンブンいっているだけで、こわくて死にそう……絶対むり、やっぱりコミューンはあきらめて、一生アーバンライフを送ろうっと！

そう言いながら、チビといっしょにお昼をお姉さんの店に食べに行って、楽しくカレーをわかちあった。露崎さんちがなくなってしまうと、お姉さんの店もなくなってしまう……下北沢の近くに住み、何回通っただろう、このお店。すみずみまで大好きなのでほんとうに悲しくて、チビが「このカエル懐《なつ》かしい」とか言って灰皿を見たりしていたらきゅんとなってしまった。でもまだ時間があるし、このお店にまた新しい時代が始まるといいなと思う。

帰りにワンラブに寄ったら、蓮沼《はすぬま》さんがペンキを塗らせてくれるといって、チビが狂ったようにペンキを塗り出し、近所からも塗るための板が差し入れられる状況に。今どきこんなことさせてくれる人がいるだろうか！　なんて大らかな！

陽子さんが来たのでタッチ交代してさっと髪の毛を切りに行って帰ってきたら、チビは本気でまだペンキを塗っていた。奈良くんくらいの真剣さであった。

なのでそのあたりにあったカスタネダの本を久しぶりに読んだら、初めて読んだときくらいのノックアウト度で打ちのめされた。どこまで深いんだろう、あの本は。やはり名著だ。それに、ある種の人にしかわからないコードみたいなのが織り込まれているとしか思えない。一見すると穴だらけでフェイクに見えるのだが、読む人が読めば、どこをつついてもどろどろっと奥深さが出てくるのだ。もうほとんど暗号の本だと思う。

帰り際《ぎわ》にチビは「仕事が見つかりました、ここで働いていきます」などと言っている。蓮沼さんも「じゃあ明日幼稚園で、仕事が見つかったからもうあまり来られません、って言うんだぞ！」なんて言ってバイト料までくれていた。そのお金で駄菓子屋さんに行ってお菓子なんか買ってた。そりゃあ嬉《うれ》しいでしょうね〜。

帰りに日本茶のお店の前を通ったら、チビがこの間お姉さんにあげた「ペンキを塗った板」が営業時間を書いた看板になっていた……。そしてタイ料理屋さんでチビが奥さんに自分の塗った箱をプレゼントしたら、荷物入れに使うと言ってくれていた……。こんな親切な人の多い街角に住んでいて、チビはほんとうに幸せ者だと思う。親は冷や汗だけど！

5月19日

たまに人の思いや願いをぎゅうぎゅうに感じて苦しくなることがある。男女問わず。そんなとき、相手の人は実は他の見えないことで苦しんでいて、私の読解力（？）に逃げ場を求めてきている。そうでなければ、苦しい感じがするわけがないのだ。なんとなくほんわかするはずなのだ。もしも一対一で徹底的につきあう気なら苦しくてもよいが、妻子がある（？）今の身となっては、それは男女共に無理である。

そういうとき、ふっと力をゆるめるためにいちばんいいのはこちらから相手に飛び込んでしまうことだ。そうすると相手がはっと我にかえってほんわかに戻ることがある。相手を傷つけないし、自分は多少恥をかいても、相手にいやな気分になられるよりもずっといい。もちろん相手のことを大好きで尊重したいし長くつきあいたい人であることが大前提である。

なんでこんなことを書いているかというと、蝶々さんとりかちゃんが全く同じことを言うのを（彼女たちは特に男子にもっともてもてだから）最近聞いたからだ。それでものすごく感動した。人はやっぱり同じなんだなあ、みたいな感じの感動だった。

これはだれのどのケースとはあえて書かないが、本来親しくするべきではない相手に「手をつないでいい？」と聞かれたときに、いいよ、と一瞬手をつないでおいて「なんだか寒くなっちゃった、手袋をするね」と言って、後から手袋をしてまた手をつないだ、というエピソードも聞いたことがある。距離は示せるし、拒んでいる感じもさほどせず、これはすごい、エレガントな戦いだと思った。私にはそんなこと緊張しちゃって絶対できないけど。

5月20日

昨日ロルフィングを受けたら、ばらばらだった体が縫い合わされたようになったのでほっとした。腰の痛みも落ち着いたのでよかった。

ホメオパシーの問診に行って、チビの行儀悪さにびっくりしながらもなんとか終える。せはたさんは今日も根気よくチビとつきあってくれたのでありがたかった。最も悪い姿だけを見てもらうのは困ったものだとは思うけれど、いい子のふりをしてはきはき質問に答えられるよりもレメディーを出してもらうには正確でいいような気もする……けどごめんなさい！

帰りはガーデンプレイスのビアホールの外のテラスに座って、チビといっしょに夕陽を見た。私はビール、チビはアイスを食べて、パパからの電話を待った。電話がかかってきてパパがやってきたら、チビが喜んで踊りながら走っていった。いつもいいことばかりではないけれど、家族の幸せはこういう小さい瞬間に感じられる。

5月21日

じゅんちゃんと「ミスト」を観《み》に行く。俺的には観なくてはいけない映画だが、こわそうでひとりで行くのいやだなあ、と思っていたが、なんとじゅんちゃんが観たいと言っているので、そんなばかかな、夫も同行をいやがっているくらいのこの映画、きっと社交辞令に違いないと思っていたら、意外に本気で言ってて、ほんとうに実現してびっくりだ！

そしてほんと〜うにひとりで行かなくてよかった……と思った。

途中でじゅんちゃんに「もう帰りたい〜、いやだ〜」とだだをこねてしまった。

日々蜂と戦う私、そして小さな男の子の母である私にはきびしすぎる内容であった。原作のあのいや〜な雰囲気をこんなに正確に映像化できるとは、監督はすごい実力だ。

もう少し内容に触れてよい時期がきたら、しっかりレヴューを書こう。

じゅんちゃんと「ぶりのカマとかさわらの尖《とが》ったところさえもこわいが、やっぱり和食にしよう、だって今もうアメリカ人を見たくないもん」（ひどい！）と言いながら、ヒルズの中をさまよい、ハイアットで和食をおいしくいただいた。あのお店もかなりバランスがよくて味もすばらしいので、大好きだ。ホテル内にある上にお料理に手間をかけているわりに安いと思う。

帰ってからヤマニシくんとヒロチンコさんとチビとみんなでてきとうに炊《た》いたチキンライスを食べて、映画のショックが続いていたので、みんな生きていてくれたらもうなんでもいいわ、と思った。

5月22日

太極拳《たいきよくけん》。じゅんじゅん先生が本場中国の大きな武術の大会で金メダルを二個も取って帰っていらしたので、私たちなんかが教わっていいのか？　とヒロチンコさんとどきどきしながら参加した。先生にはこちらの気持ちがだれているとすぐに伝わってしまうので、たとえば私が人の考えを言葉や仕草から読み取るように、その人の気功や太極拳を見たらすぐにわかるんだなあと思う。なので、必死でやりとげる。部活でもこんなに必死になったことはない。フラでは、ちょっとある。

夜は、森先生と稲子さんとりさっぴと会食。ガラス張りのお店だったので、「ミスト」を見たばかりの私はいつアレやアレが飛んで来るか、気が気ではなかった。そして二十分に一回くらいの割合で必ず森先生が唐突に面白賢いことを言うので、かなり感動した。一度でいいから、抑制ゼロでえんえん面白賢いことを語ってもらいたいが、多分ついていけなくなるだろう、というのをご本人もわかっておられるのだろう。

帰ってじゅんちゃんに「今日もガラス張りの店に行った」とメールしたら、すぐに「ライトは消してもらいましたか？　灯油にひたしたモップは？　チャッカマンにすぐ火はつきますかっ？　贖罪《しょくざい》！」という返事が来て大爆笑した。

5月23日

チビがあまりにも悪いので、みんなで怒るが全然聞いてない。はしゃぐともう止まらない、そんな年頃になってきた。もどかしく行き場のないエネルギーが爆発しそうなのだろうな。

いっちゃんがそういうのをよくわかってくれようとしていて、しみじみありがたかった。妹がいっぱいいるのも関係あるけれど、やっぱり人柄だろうなと思う。子供を「子供」ではなくてひとりの個人として見ることができるというのが大きい。

それとは関係なくこのあいだ書いた「こちらから飛び込んでいく」話だが、私の場合すっごく悲しいことに基本的に女子が多い。男子の友達はみな大人ばかりだから、子供っぽい私はただただ甘える一方で恥ずかしいかぎりなのだ。ごくたまに「もしかして……男子たちはみな……『お、俺も一応男なんだけどな、この人は、天然だなあ』と思ってそっとしておいてくれているのだろうな！」と気づいて愕然《がくぜん》とするが、ありがたくも思う。

見た目の問題がほとんどだが、叶《かのう》さんや蝶々《ちょうちょう》さんみたいに、生きていく上で女性であることが大きなポイントを占める生き方は決してできないからだ。

なぜこんなことを書いているかというと、今日アレちゃんにインタビューを受けたら、大学生から知っている彼が今やほんとうにしっかりと大人になっていて「私は常にこういう人たちに甘やかされているんだなあ」としみじみ感動したから。

5月24日

荷造り、フラ、実家へと駆け抜ける。チビはさすがに反省して今日はいい子。ジジババにも優しく、ごはんもちゃんと食べた。アップダウンを繰り返してスパイラル状に育っていくのが手に取るようにわかり面白い。

実家でピザを取ったら、雨と土曜日とサッカーでなんと二時間待ち。あまりにも忙しくてパニック状態のピザ屋さんは、注文の電話をしたら「この電話で時間をくいましたから、もう十分遅れます」と言ったと、姉が大爆笑していた。

5月25日

韓国へ。

機内食から不思議な匂《にお》いがしてきて、ああ、私は食材に気をつけすぎるくらい気をつけているから、この匂いが敏感にわかるんだなと思い、戻れない自分を感じた。この匂いのものを毎日取り込んだら、体も悪くなるだろうと思う。

韓国はもっと激しく熱い国かと思ったら、自然が生き生きとしていて、ハングル文字以外は、ほとんど「少し前の日本」という感じで、なじみ深い国だと感じた。人々も穏やかで、子供に優しいし、道ゆく人たちが普通に楽しそうだ。そうそう、「食堂」は町の基本だったなあ、路地ではみんな立ち話をしたり、子供が走っていたなあ、と全《すべ》てが懐かしい。

「アリラン」に行くも、あまり焼肉自体が好きでない私（韓国料理が好き）は、しょうゆのケジャン以外は楽しめず残念！　でもケジャンは最高！

今夜も興奮したチビが悪くて陽子さんをぶったりけったりしていたのですごく怒ったら、しくしくと泣き寝入りしていた。そして朝起きて「どうしてママは夜中に抱っこしてくれなかったの？　背中を向けていても待っていたのに」などと言っていた。

5月26日

チビが記者会見場のエレベーターで派手にゲロを吐き、密室内にいる人々が震えあがる戦慄《せんりつ》のゲロベーターに！　そんなとき優しくしてくれたユー・ジンさんにチビはひと目ぼれし「好きです」などと言っている。陽子さんにゲロシャツを洗わせ、りさっぴのスカートにゲロをつけても許されながら……ものすごいだめ男になりそうで恐ろしい。ママはあやまりっぱなし。

新聞系の記者会見、写真撮影、ＴＶ撮影とほとんど缶詰の上にどんどん仕事が上乗せされ、さらに昼飯の時間を削れなどと言ってくるので、きっぱりと「いやです！」と答えた。こういうところで妥協すると気持ちよく仕事ができないので、数年前からがんばることにしている。結果落ち着いてインタビューを受ける能力がアップした。

翻訳をしてくださっている金さんが通訳もしてくださるとのことで、十年ぶりくらいに再会。

変わらずきれいですっきりしていて、私の小説を肌で知ってくださっているので、離れていた気がしない。いっしょにランチをしたが、その店（龍水山《ヨンスサン》という名前）が全体でいちばんおいしかった。東京でお会いしたいつもおしゃれなネクタイのジャンさんもいらして、再会を喜び、急ぎつつおいしくいただいた。チビもお餅《もち》をいっぱい食べて大満足。

そういうわけで少し遅れて記者会見。文学系ではない会見だったので、若い人たちが多く、服装を見ているだけでいろいろわかって面白い。今はまだ、当時の東京みたいにサイバーな風景とごみごみした路地が入り交じっているここも、やがて東京みたいになってしまうのだろうか。そして人々もこの大らかさを失ってしまうのだろうか。川縁《かわべり》に撮影をしに出かけると、陽光の下で人々が思い思いに和んでいて、いい雰囲気だった。大都会でもまだ開放感があるし、生活の匂いがあり、常識（お年寄りと子供は大切に！　とか男は女をいやらしい目で見ないことなど）が通る感じ。

少し時間ができたのでゲランのエステに行ったら、すばらしいけれど超高かった。そして地下のモールに行ったら海外高級ブランドしかなく、むちゃくちゃ高い。すごいなあと思った。この格差の感じは東京と同じ。

夜は民音社の若き社長さんに冷麺《れいめん》を食べに連れて行ってもらう。車に乗せてもらったら、チビが「運転手さん！」と社長に呼びかけるので冷や汗をかいた。かなり庶民的なお店だったが、冷麵とプルコギと餃子《ぎょうざ》はものすごくおいしく、おいしいものを知っているいい人たちだと思った（笑）。

帰りに社長と金さんとナムさんとユー・ジンさんとりさっぴと私は、お店の前で「手をつないで！ それで回ってください」とチビに手をつながさせられ、意味もなく輪になってぐるぐる回った。妙に楽しく、結束も固まった気が……出張したかいがあったわ。

コーヒーを買って歩いてホテルに帰ろうと思ったら、金さんとユー・ジンさんが送ってくれた。いろいろおしゃべりをしながら歩き「ソウルの夜道は安全よ」と金さんがにこにこしていて、ほんとうにそういう感じなので久しぶりに夜道を歩く幸せを味わった。

ジョルジョやアレちゃんもそうだが、翻訳者の人といっしょにいると、なにかがつながっているような独特の親しみがあるのだ。

5月27日

チビにとっていちばん幸せだったのは、母子部屋と女子部屋がドア一枚でつながっていて、行き来できたこと。みんなは大変だったと思うけれど……りさっぴも陽子さんもかなり根気よくチビに接してくれて、頭の下がる思いだった。チビは「韓国でいちばんよかったことは部屋がつながったこと」と真顔で言っていた。

スンドゥブチゲを食べにわざわざ遠くまで行く。さすがにおいしかったが、もしかしてチャメのほうが少し勝っているかも、と愕然となった。辛くないチゲはその「百年屋」のほうが勝っていたかも。おうちが近かったナムさんといっしょに食べ、涙の別れ。いろいろ親切にしてくださったナムさん、毛穴のないナムさん！　韓国の女子はお肌がきれいすぎる！　なぜなんだ！　BBクリームの力ではなさそうだ。

それからミョンドンに出て、足裏マッサージを受けたり、化粧品を買ったり、アイスを食べたり、日本では並ばないと買えないクリスピークリームのドーナツをがら空《す》きの店内で豪快に食べたり、餃子や麵を食べたりして、町を楽しんだ。ごみごみしているが活気があり、大きなロッテデパートがあり、ちょうど少し前の新宿のような感じ。

満腹で帰国。夜中だったが、チビがはしゃいでいたのでいっしょにお風呂《ふろ》に入っておしゃべりしていたら突然「そうか、チビはいつかパパになるんだ。赤ちゃんが産まれるの？　それはだれと？　ママがおよめさん（おいおい！）？　違うの？　およめさんをもらうの？　チビちゃんが？　そして赤ちゃんが産まれるの？　そのときチビちゃんは大人？　ママは？　パパは？」

と言うので、

「今のジージとバーバと同じになるんだよ。そのときパパとママは生きていたらおじいさんとかおばあさんになっていて、悲しいけど今いるジージとバーバはもう死んじゃって、チビにはもし赤ちゃんを産んでもいいくらい好きになってくれる人ができたらおよめさんがきて、チビが一生嫌いにならないくらい好きな人で、そうしたら赤ちゃんのパパになるんだよ。その頃は大人になっていて、自分の仕事をしているよ」

と言ったら、

「そうか、その頃チビちゃんは大人？　大人だから、好きなことができるの？　運転とか？　ハワイに行ったり、ひとりぐらしとか？　パソコンももったり？　自分でゲームも作れるかも？　ＤＳも買える（ＤＳってまだあるかなあ……）？　お料理したり？　もう幼稚園にいかなくてもいいの？」

と言うので、

「そうだよ、そのときに好きなことを選べるように、今、幼稚園に行ったり、これから学校に行って勉強するんだよ」

と言ったら、

「そうか！」

と言って、ぴっか〜んと何かがわかった顔をしていた。将来と今がはじめてつながったのだろう。すごい瞬間を見せてもらってありがたかった。

5月28日

一日中雑事でばたばた。

久々に小雪ちゃんと長電話をして、ああ、ほんとうにこの人の気の良さとか意外にしっかりものなところとか、気が合うなあと思った。いつまでたってもどこかがのほほんとしていて、自分のペースがあって、見た目のままの美しい人なんだなあ、と思った。

ゆきちゃんと赤ちゃんが寄ってくれたので、赤ちゃんを抱っこできてすごく嬉《うれ》しかった。赤ちゃんはオハナちゃんとむちゃくちゃ相性が悪くて、オハナちゃんが挑んでくるたびにいきなり泣き出すので、かわいそうだけれどおかしくてげらげら笑ってしまった。泣き出して、またすぐ泣きやんで、またオハナちゃんが来て、いきなりぎゃあ！　と泣くというのがデジタルに繰り返されていた。

5月29日

ものをよく見る、というのはできそうでなかなかできないことだが、それだけでいろいろなことがわかってくると人々を見ていて思う。

今秘書をやっているりさっぴは無駄口をたたかないのもすごいが、なによりもほんとうによくものを見ているのがすごい。そういう人は「細かい」「考え過ぎ」と言われることが多いが、私は「他の人が粗い」というふうに感じる。また、今目の前に彼の本があるのでたまたまたとえるが、中島英樹さんの装丁である「みずうみ」はタイトルを含め、中の絵もなんとえんぴつで手描きしている。細かい線を綿密に……。他の派手な装丁と比べて手抜きだということを言った人がいると前に人づてに聞いたが、ぷっと笑ってしまった。そういう人の目は要するにふし穴である。ふし穴な目でいくら世界を見ても、アラを探すことさえできない。自分の妄想《もうそう》の中で空回りして、不満でいっぱいな人どうし、不毛な世界を生きていくだけであろう。

それと同じで、論争に巻き込まれる気はさらさらないが、蝶々＝しょせん元ホステスあがり、どんなことやってたか知ってるか？　説も同じである。人間若いときはなんでもありだし、ホステスってきれいごとでできる仕事じゃないし、いろいろあって当然だろう。私だってもう45なんだから、そのくらい知っている。彼女を聖女だと思って評価してるわけではない。私に見せてくださってる顔が、いろいろな意味で彼女の最高にいい顔だっていうのも百も承知だ。それをふまえて、私は彼女は才能あると思うし、あの、夜の匂いと昼の匂いの混じり具合が魅力あるな〜、と思っている。今の彼女が何を目指しているかが大事だし、もし彼女に問題があればそれは他の誰でもない彼女の人生に返るだろう。そんなこといちばんよく知ってるのは頭のいい本人だろう。

その同じ時間をりさっぴや中島さんや蝶々さんはきらきらした躍動的な観察に費やして、ねたまないタイプの新しい友に愛され、家族とよい時間を過ごし、ばりばりと仕事をしていくのである。

人生とは、その人次第、全く平等にできているなあと思う。

夕方マヤちゃんがやってきた。相変わらずの男らしさで、ほれぼれした。もう会えないのかと思ったら、やっぱり会えたのでよかったなあと思う。ＮＹでよい暮らしをしているようで、お肌もつるつる、笑顔もぴかぴかで、きっといっそういい絵を描くだろうと思った。

そのあとはフラにかけつけ、とにかくくるくる回る踊りを踊って、目が回りながら陽子さんのお誕生会へ行く。りかちゃんとあっちゃん行きつけのお店。みなで倒れそうになるまで食べてしまった。帰り、夜道を行く人々の顔のけわしさに、ソウルと違う、東京の厳しさを感じた。

5月30日

なんだかわからないけれどごはんも食べられないくらい眠い。

こまめに寝てみるも、眠いので、一日ぼんやりしていた。寒いのもいけない！　冬眠だ（意味不明）！

その中をお弁当を作ったり、石井さんのインタビューを受けたり、飛行機のチケットの問題を話し合ったり、山のようにメールを書いたり、小説も書いたり、チビに襲われたりしてかけぬけた。

夜はシアタープロダクツのセールに行った。痩《や》せて大人っぽく美人さんになっているしまおまほちゃんとか、変わらずかわいい今村さん（に会いに行くのがそもそもの目的だったのに散財！）とか、いつも笑顔がキュートでスタイルのよい金森さんとかをながめつつ、デザイナーの方々じきじきにいろいろおすすめをいただき、ばりばりと服を買った。コートまで買ってしまったよ。あそこの服は夢があってすばらしいので大好きだ。文字マニアである私には文字のデザインがすばらしいのも好きな理由のひとつだ。

それから薬膳《やくぜん》を食べ、ヒロチンコさんもりさっぴも私もあっという間に手がすべすべになってびっくりしながら、りさっぴの部屋に寄ってかわいい子犬と遊びまくって帰った。

5月31日

店長のお墓参り、自分も含めみんな遅刻しまくり。

こんなことでは天国でもお店が(生前にもうたたんでいたけど)心配なことであろう……。

いっしょに働いていた人たちっていうのも、フラと同じで体の言葉でいっぱいしゃべったという感じがする。あの狭い流しのところで、ひとりが厨房《ちゅうぼう》からものを受け取り、ひとりがお茶をいれている、そんなときぶつからないように体をよけるタイミングなどを共有しているので、会うとすぐにふっと時間が元に戻る。そういうことを考えていると、この世の全《すべ》てがある意味セックスだと思う。なので、そのものずばりのほんもののセックスのことばかり考えているとしたら、かなり粗雑な人生だと思う。

また、私は鮒《ふな》の解剖（カエルでさえない）をしただけであんなにへとへとになったのに、人を切り刻むなんてどんなにか大変なことだろうか。いちばんしたかったことやするべきことがそれだというところまで追い込まれたくないものだと思った（っていうか、どうやったらそこに追い込まれるの？）。しかもそれはものすごい手間と根気と愛情とお金をかけて、よそのご両親が大事に育てた生き物なのだ。すごいことだ。

血や肉や暗いセックスの持つ独特な魅力にはだれもがひきつけられるが、人生はそれだけじゃないし、時期にもよるだろうと思う。

店長のお墓は実家の近くなので、そのまま実家へ向かう。父も母も体はともかく頭はたっしゃな状態で、よかった。チビがいろいろいうとふたりがげらげら笑うので、これこそがいちばんの癒《いや》しかも。姉は静脈瘤《じょうみゃくりゅう》でしびれてきびしいのに、今日も揚げ物を揚げまくっていた。洋風深川飯《ふかがわめし》がものすごくおいしかったが、あまりの満腹におかわりできず！

6月1日

フリマがあったので、出かけて行った。チビは今日も蓮沼《はすぬま》さんにペンキを塗らせてもらっていた。途中でお店に、日焼け防止のためか顔も手も頭も布で覆《おお》われた人がやってきたので、かなり小さい声で「ほら、ものすごく覆われた人が来たからどきなさい」とチビに言ったら、蓮沼さんが「覆われた人……ぷっ、あはは、くくく！」と本気で笑い出してしまい、かえって商売のじゃまになってしまった。

チビがバナナの叩《たた》き売りをしているとなりで、店先で占いをしていたおじさんの占いを受けた。なんとなくアステカっぽい、奥深そうな占いで、しかも妙に当たっていたので、神妙な気持ちになりながらも、片手に生ビール、片手にバナナを持って飲み食いしながら観《み》てもらっていたら、そこにタムくんがやってきた。私の様子を見てタムくんが「なんといっていいかわからない……」と言った。それはそうだろう、ベタすぎる、あらゆる意味で！

陽子さんも交えてみんなでお茶を飲んで、まるで日本に住んでいる人と普通に別れるみたいに駅で別れた。タムくんって、どこかで血がつながっている気がする。前世で弟とか息子と言われても全然疑わない。

6月2日

安田隆《たかし》さんのところに行く。

心の中にものすごい悩み事があったし、そのことを安田さんはだいたいわかっていたはずなんだけれど、そっとしておいてくれた上に、体をしっかり整えてくれた。陽子さんも私もばっちり食べ過ぎの場所がはっていたので、笑えた。

ヒロチンコさんは脚が低反発クッションみたいになっているから、きっとこれこれこうだったでしょう、とこのところのあれこれを言い当てられていた。

私と陽子さんはそれを聞いて「あんなにテンピュールが好きだから、ベッドもソファも椅子《いす》もチャリのシートもクッションもなにもかもだから、最後は自分もなってしまったのだな」とくすくす笑っていた。

やっぱり安田さんはすごいなあ、さりげないけどすごいなあとしみじみ感心した。

6月3日

なんでちょっと踏まれただけなのに、こんなに足が筋肉痛なの？　という状態で目覚める。でもなにかよいものが体の中に芽生えているような感じ。

悩み事に関連して一日中人々と電話をした。すべてがふりだしに戻ったけれど、もう元には戻らなかった。いちからつみあげていくしかない。この歳《とし》になってもこんなことってあるんだな、と感心した。裏表なく生きるのはむつかしい。つまり、ある程度の才能や能力や地位があるということは、内面的な品格もある程度は維持しなくてはいけないという責任が生じてしまうということなのだ。仕事はきっちりやってるけど、あとはでたらめ、という感じだと、人間関係は、仕事を全然しなくて私生活もでたらめという状態よりもいっそう悪くなるのは間違いない。

夜はチビと出かけてけんかしながらもいっしょに水餃子《すいぎょうざ》を食べたり、サブマリーノというココアのような飲み物を飲んだりして楽しんだ。アルゼンチンでいっぱい飲んだので、懐《なつ》かしかった。

6月4日

裏表のない人になりたいという切実な願いが、どんどん現実にならざるをえなくなっている。そのほうが速いのだ。どうでもいい人も去るし、むだな時間がかなり減る。ほんとうにやることがあったら、うわさばなしなんかしてるひまもないに違いない。

ここぺりに行く。疲れすぎていて、関さんを見ただけでもう眠くなるという新記録（？）を達成。ぐうぐう寝たら、頭の中のかすみたいなものが遠くへ行ってしまった。いい感じ。帰宅してヤマニシくんとヒロチンコさんといくらでご飯を食べる。チビは「それっておさかなのぶどう？」と言っていた。

久々にノブヨさんと電話でしゃべり、途中から、声も話の内容も体験もあまりに全てが似ているのでハルタさんとしゃべっているような気がしてきた。こんなに独自の体系で閉じられた個人なのに、こんなにそっくりなんて、しかもふたりとも私の人生の中にいるなんて、なにかの魔法としか思えない！　どんなことがあってもこの人たちには私には口出しできないし、しないことが愛情だというのも共通していて、好きな種類の人たちだなあと思う。

6月5日

雨ばっかり。梅雨だから？　うう……いやだよう。

でも例年に比べて、梅雨がしんどくないのは、明らかにピュアシナジーの力であると思う。

チビの歌の発表会に出かけ、ゲストでいらしていた大学生たちの弦楽器のチューニングがむちゃくちゃなのに衝撃を受けた。すごい音が出て来て私が首をがくっとさせたら、遠くでヒロチンコさんもがくっとずっこけていた。幼稚園児だからといって手を抜かず本気でやろうって思う心を自分の中から引っ張ってくることこそが、人生の成功に結びつくのだが……がんばれ、若者たち！

チビが幼稚園でケガをしてきて、いろいろ考えさせられた。このくらいのことでこんなに考えてしまうんだから、これからもいろいろなことが待っているのだろう。そんなとき、パパとママ以外にも同じようにチビを思ってくれる人たちがまわりにいることが、宝だと思った。いっちゃんもエマちゃんも本気で心配してくれたので、チビが大きくなっても絶対に「自分たちだけががんばって育てた」とは言うまい、と思った。

6月6日

そろそろ小説が詰めになっているので、寝食を忘れて打ち込んでいる。あっというまに五時間とかたっているし、ごはんも食べなくて平気。もそもそと片手で朝作ったチビのお弁当の残りを食べたりしている。

しかし夜は文庫の打ち上げ&打ち合わせで新潮社の人たちとヤマニシくんと会うので、いちおう着替えて向かっていく。途中りさっぴとイタリアの人たちへのおみやげなど買った。絶対にこのへんとわかっていたのに、お店が見つからず。

ヤマニシくんに「ついたよ！　もしわからなかったらメールして」などとえらそうにメールをしたのにお返事は「つきました。お店にいます。あなたはいない……」という結果になってしまった。恥ずかしい！

神楽坂《かぐらざか》近くのスペイン料理はかなりおいしく（自分が食べさせたいものを人に食べさせているお店ってほんとうにいいと思う）、久しぶりの松家さんにも会えたので嬉《うれ》しかった。

その後は芸者さんのやっているすてきなバーに行って、新潮社のそれぞれの個性が大爆発している人たちとしみじみと打ち合わせをしたり、話を聞いたりして、いろいろ考えた。みなに共通して目指しているものがだいたい同じだとわかったので、いい仕事になるだろうと確信。お店のトイレは外にあり、壁のあたりからはなぜか海の家の匂《にお》いがした。いろいろな意味でものすごく懐かしい匂いだった。それでますます、肉体的な記憶の全てがふっとたち昇ってくるようなものを書きたいと思った。

6月7日

旅用に基礎化粧品を買いたそうと思って化粧品売り場に行くも、あの順番（乳液の前には必ずトナーが存在し、美容液のあとにはUV対策のクリームがあり、そのあとにやっとファンデーションを塗る、などという説明。商品のラインが違えばまたいちから始まる）を試しに聞くことすら耐えられず、帰ってしまった。なんでもいいから、もともと使ってる欲しいものだけさくっと買わせてくれないのだろうか。ほんと～に変なことになっていて、まるで茶道のお手前のようだ！　人の肌は毎日コンディションが違うと思うのは、ずぼらな私だけ？

今時、そんなにもきっちりとお化粧してる人っているのかな、多分かなり少なくなっていると思うな。

それでもいっちゃんと森田さんの日なので、安心して出かけ、旅行の買い物をばりばりとできたし、会見用の服を買いに行ったギャルソンでは森尻さんが私の好みを知っていて押し付けがましくなくさくっと服を選んでくれた。

いつまでもこの人たちがいてくれることはないってわかっているけれど、やっぱりうまく回っているものを見るのは気持ちがいい。優れた人たちがいろいろな判断をするのを見るのは気持ちがいい。その思い出が積み重なっていくのも嬉しい。人生はそれを構成する人材がほとんど全てだなと思う。

6月8日

小説がやっと完成。

長く、重く、暗い道のりだった。アルジェント監督に捧《ささ》ぐファンタジーを書こうとしたものの、同じことをくどくどと何回も登場人物が確認しあう、なんちゃってファンタジーになりなかなか微妙なできであった。

でも出てくる子たちは好きだったので、書き終えてあげられてよかった。

「こんな目にあってこうでいられるわけがない」というような話なんだけれど、そして主人公は私ではないけれど、もしも私でも多分実際に彼女みたいになってしまうと思う。

お祝いだ、と思って、チビと陽子さんとヒロチンコさんとお姉さんとお兄さんの店に行き、ミモザを飲んだりサラダを食べたりする。チビはクスクスが大好きでよく食べるので、見ていて頼もしい。

少し前にタクシーに乗ったら「個人タクシーはいいよ、夜、官庁の前につけて、おしぼりとビールをさっと出せば、チケットで一万五千円とか切ってもらえるんだもの」という話を聞いて、「それっていろんな意味でありなのか？」と思ったけれど、あまりにも普通のことみたいに言うので、なによりも驚いた。それからすぐ明るみに出てよかったけど、こういうことっていっぱいひそんでいるんだろうな、腹が立つな。

6月9日

安田隆さんが実家に遊びに来がてら、ちょっと父と姉と母の体をみてくれた。安田さんを見るだけで安心なので、両親の体の心配をするという重荷を、一瞬肩代わりしてもらったような幸せな気分だった。しかもチビの作った得体の知れないパンケーキまで食べてくれた……。ええ人や！

ほんのしばらくの訪問なのに、みんなの気持ちがずいぶん楽になるものなのだ。人の力はやはり大きい。石森さんが来て話すと父が活気づくのと同じように。ヒロチンコさんがロルフィングをしてくれると父の足もちょっとあたたかくなるように。

みんなでた〜くさんのカバブや煮物や春巻きを食べた。春巻きの中身はささみと梅としそとチーズであった。姉にはチビのお弁当まで作ってもらった。ありがたや！

私は締め切り明けでよれよれだったが、気持ちは幸せであった。

ヒロチンコさんが、ふたりだけの時代には決してありえなかったくらいに、チビや私のために運転をしてくれる。なんとか回していかなくては子供が育たないので当然なんだけれど、疲れていても妻子を運んでいる姿を見ると「すごいなあ、この人からこんな面が出てくるなんて」と感動する。私の早起き&お弁当も同じことだろうと思う。

ずっと文句言っていてもしかたない、やるか、と苦手なことをやるうちに、得意なことだけしているときの何倍もいつのまにか成長していることがある。苦労をしたほうがいいということではなくって、精神性をなまらせないためにはあまり好き嫌いで選ばず、動き続けること、ということだろう。でもなんでもやればいいというものでもないのだ。その本能的な判断こそが大切だ。

向いていない仕事をしている人の特徴は、その仕事の中にあるはずの楽しさの種類、快感、情熱を一切感じていないということだと思う。こういうことを書くと「私はどうでしょう？」というメールがいっぱいくるけど、質問している時点で「人に聞くより、自分をもっとよく見てあげて」ということだと思う。

体は、思ったよりずっとやってくれるものだ。お弁当なんていつのまにできていることが多いし、小説もいつのまに書けていることが多い。それは、スキルが高い（お弁当に関しては超低い……）だけではなく、鍛えたことにより、あまり考えなくてもできるようになっているからだ。職人さんもこういう感じだと思う。作ったものに欠陥がひそんでいれば、見ただけで、考えなくても、違和感があってわかるのではないだろうか。それでも傲慢《ごうまん》になったり気を抜けば、あっというまに命に関わる失敗をする。それはお弁当も小説も全く同じだ。

それから私は人前に出る仕事とか写真撮影とか大嫌いだけれど、年に数回はさけられない。しかしいやいやそれを二十年続けていたら、だんだんできるようになってきたし「あとの解放感がいいな」「こんなことだないときちんとした服を新調しないし」などと自分なりの良さもわかってきた。しかし人前に出るプロであれば、そんなことではなく瞬間で人をつかむ力についてもっと考えているだろう。プロとアマは見所が違うのだ。

だめなことでも、ある程度はいける。でもだめなことだと、続けていても本人に喜びが少ない。そういうことだと思う。

こういうことを書くと「今、仕事に喜びがないけど、向いてないのでしょうか」と聞かれるけれど、たいていの場合は「たんなるなまけじゃない？　一度はとことんやってみたらどうだろう」というアドバイスに落ち着く。とことんというのは、たとえば店だったらメニューと顧客の名前を全部丸暗記する、閉店二十分前にお客さんが来てしまったら、ラストオーダー終わりましたが、これとこれならお出しできますし、何時までは閉店しませんのでごゆっくり、と言えるくらいのレベルだ。厨房《ちゅうぼう》がぶうぶう言おうと、ひとりで片付けをして閉店しなくてはいけなくてもだ。そしてデートに遅刻してしまうことになったら、あやまって恋人に自腹で飯をおごるくらいの、気構えだ。

6月10日

友達って、いてくれるだけでいい、顔を見るだけでいい、なにもいらないんだ、と今日、陽に焼けて真っ黒いちほちゃんがにこにこして走ってきたとき、思った。ただ幸せになったのだ。

みんなで「スカイ・クロラ」を観《み》た。

よくぞこれだけ原作の大事なポイントをみんなはずして、でも原作を消していないものが作れたなあと感動した。空中戦は最高によく描けていた。

それから、恋をしている最中の、あの、長続きしないけれど苦しくて命の全《すべ》てがそこに向かっている感覚というのも、すばらしくよく描かれていた。原作にはそれはありそうでないニュアンスなのだ。

あのすばらしい小説への最高のごほうびのような映画だった。

夜は中島さんと打ち上げ。中島トークが炸裂《さくれつ》して、私もちほちゃんも涙が出るまで笑った。チビも「中島さんは面白いね」としみじみ言いながら、テーブルの下に潜って、男ははぶき、女の足だけにキスをしていた。それをのぞき見た中島さんがただ「この下に、なんか、すごい世界がある、すごい」と言っていておかしかった。

中島さんって、なんであんなにキュートなんだろう。それにものすごくよくものを見ているのに、上から目線には絶対ならない。ちほちゃんとヒロチンコさんも、中島さんを見てると胸がきゅんとなるね、と言ってしみじみしていた。あのデザインにあの人格……きっとまだまだ掘れば掘るほどいろいろなデザインが生まれてくると見た。今の彼はまだ序の口の部分なのかもしれない。底知れない！

6月12日

タクシーの問題、かなり話題になっているけれど「ビールやおしぼりをもらった職員たちがチケットに高い金額を書いてくれる」話は出ていない。やっぱりな〜。こうやって少しずつ責任はすりかえられているに違いない……。あたかもタクシーの人たちが悪いみたいに。そして、受け取っただけが職員の罪かのように。どうしてタクシーの人たちがそんなことをするか、それは高額のチップ（税金で払われる）のために決まっているではないか。

荷造りのあいまにささっとフラに行ったら、なんとクムがいらしたので雨でも気持ちはキラキラに。クムの声って、音符が色になって見えるし、宝石みたいだ。

クムが歌っている「エイリアンズ」がすばらしい、もしかして本家本元のキリンジよりもすばらしいのではないかと思う。あの曲の持っている普遍的な切なさがクムの声で命を新たに吹き込まれたような感じがした。クムのクムはよくぞクムに「マヌメレ」という名前をつけたと思う。歌う小鳥という意味だけれど、歌こそが彼女の命だと思う。クムの歌声で踊りを踊ること、それこそが私にとってのフラである。それを体にしみこませることは魔術であると、あらためて感じた。

6月13日

旅立ち。長い長い飛行機を乗り継いで、ミラノに一泊。

ヴィラ・マルペンサという空港近くのホテルはサービス的にはどうでもいいホテルだし、空港ホテルなのにポーターと足回りがへなちょことというシュールなホテルなのだが、なぜかレストランだけむちゃくちゃにおいしいのだ。ワインもいっぱいある。それでいつもここに泊まってしまう。

朝起きてナポリへ。

ジョルジョが脚本を書いた「チエちゃんと私」の舞台を見るためだ。

ナポリはほんとうにごみだらけで、海もゴミがいっぱいで、悲しい感じがした。なにかが終わっていくところを見ているような。大気にも毒が含まれているらしく、外で風に吹かれるとかゆくなる。その中をいつも通りに暮らしたり、ゴミのわきで寝そべって体を焼いている人たち。近未来的な悲しみの光景だった。

しかし！　負けずに「ブランディ」に行き、ピザを食べる。最高であった。これ以上のピザはこの世にないのではないかと毎回思う。日本でかなりのおいしさのピザを食べているのに、台の味の深みが一段違う。

エスプレッソに関しても、日本ではどんなにおいしくいれても、どうしてか違う飲み物なのだ。

多分、湿度との関係ではないかと思う。

お芝居は、すごくいいところとひどいところが入り交じっていたが、美術と脚本と役者さんたちは完璧《かんぺき》だった。さすがイタリア、レベルが高い。楽屋で美人のかおりさんとチエちゃん、かっこいい篠田《しのだ》さんに囲まれて幸せだったなあ。

私の小説って、ある角度から読まないと、ほんとうにたわいない話に見えてしまうように、もはやわざと書いているし、主人公はうまく解釈しないとただの「気の強いけどかわいい女」（これは現実の作者もそう解釈されがち）。もうほとんど読める人にしか読めない暗号だなあ、私の小説って、という感想を抱いた。まあこういうジャンルもあってもいいでしょう。

また、これまでさまざまなフェスティバルに出ているが、今回の仕切りは、最低最悪であった。メールの返事がない、日程を知らせてこない、契約書はそろわない、脚本家であるジョルジョの席がない、私の飛行機のチケットがない、六人乗りの車を頼めば四人乗りが来る、飛行機の時間が勝手に変えられているが知らされない、それでもあやまらない、なのに泣き落としで記者会見や会食をセッティングしようとする、などなどイタリア人がてきと〜であるのにものすごく慣れている全員なのにかんかんのへとへとになった。

なので会食をパスして、卵城のふもとでおいしいボンゴレを食べて乾杯をした。ジョルジョもたくじもとしちゃんも陽子さんもりさっぴもヒロチンコさんもチビもいて、よくぞチケットもろくになかったのにみんなでお芝居を観てここに集えた！と感慨深かった。

6月14日

ミラノにまた一泊、ホテルのおいしいレストランカツレツを食べまくり、ワインを飲みまくり、朝はミコノスへ出発。寒くて息が白かった。異常気象だそうだ。寒い寒いと、持ってきたすべての長袖《ながそで》をむりやり重ね着して、靴下も引っぱりだしてきた。ちほちゃんとも合流して、飛行機に乗り、やっと暑い陽射《ひざ》しの元へ。

まず港でビールを飲んで魚と肉の盛り合わせのお昼を食べて、やっと体もあたたまり、すご〜く幸せだった。真っ青な空に白い建物、風がさわやかに吹いてくる。

ホテルロハーリの別館はとてもかわいくて、シンプルで、感じがよかった。ギリシャ人ってたいていが考えられないくらい働き者で感じがよいのだ。なんのために働くとかではなくて、人だから、人のために働いて当然だろう、おりゃあ！　みたいな雰囲気なのだ。それってとても気持ちのよいことなんだなあと久しぶりに気づく。昔商店街でひたすらに働くおじさんやおばさんを見ていたときの気持ちだ。

ちほちゃんとちょっと散歩した。坂を降りて街に行くときの気持ちは格別だった。

それからプールサイドでみんなで夕陽を見て、カンパリなど飲み、少し休んで夜は街へ出かけてお魚を選んでたくさん食べた。なにを食べてもおいしい。

ただだらっといるだけで幸せなのはあまりにも景色がきれいだからだろうと思う。

特に夕方部屋で一休みしているときの光や風はほとんど幸福の象徴といってもいいくらいだ。

6月17日

レンタカーを借りるのに一苦労して、なんとか車がそろう。そんなむつかしいことを言ってないけど、通じない。でもナポリのフェスティバルのしきりに比べたら、もう天国みたいに楽。

はりきってビーチへ。

水が冷たいからきれいだっていうのはわかっているんだけれど、毎年衝撃的な冷たさである。でも今年は陽子さんがいるので、それだけで幸せ。チビが陽子さんと笑い合っていると、涙が出るくらい幸せ。

ちほちゃんが真っ黒い肌でにこにこきらきらしているのも幸せ。ちほちゃんが着替えるたびに新しいきれいさが出てきて「女子の華やかさって、この世にとってほんとうに重要なものだなあ」としみじみ思う。

夕方ははりきってリトルヴェニスに走り、食前酒を飲みながら夕陽を眺めた。

そしておなじみのニコスに行って、ばりばりとまた鯛《たい》など食べた。店のペリカンは寝ていたが、ヒロチンコさんが寄っていったらぱか〜んと口をあけて襲いかかって来たのでびっくりした。前にも伊豆《いず》でいきなりペリカンに襲われていたヒロチンコさん、なにかペリカン心の琴線に触れるものを持っているに違いない。

6月18日

今日もビーチへ。

だんだんなじんできて、水の冷たさにも慣れたので、じわりじわりとたくさん泳いでみた。チビはまだまだ水辺をうろうろしているだけ。でも楽しそうに女子たちを襲っていて親はずっと「ごめんなさい」と思う。親が怒りっぱなしでも全然聞かない。放っておくだめ親になりつつあるのを少し反省して、たまにこんこんと怒ってみるが、聞いていない〜。今、この世でいちばん近しく感じるのは山田先生でも川上先生でもないのが悲しい。いちばん近しい存在は「みさえ」。自分の怒った声を聞くたびに「しんのすけ!」という彼女の声が聞こえてくるようだ。でもしんのすけはケツを出したり、おねいさんについていっちゃったりしている。彼女はよくひまちゃんを産んだなあ。ひとりでもこんなに大変なのに……とほとんど実在の人物のように近しい。

ビーチ係のお兄さんたちも信じられないくらいの働き者だし、いつもの海の家も、だめなウェイターひとりをのぞいては全員がてきぱきと働いているので、今日も気持ちよくごはんをいっぱい食べた。

ジョルジョととしちゃんが最後の夜なので、切なくまた引き出しの店に向かう。魚が引き出しに入っていて選べるのでこう呼んでいる。最後なのになぜかみんなで脱毛について白熱して語り合ってしまった。そして「男は自然がいい」とたいていの三十代以上女子は思っているという統計も取れた。

6月19日

涙の別れ。気がつくとさっきまでいた人がいないこの気持ちには、なかなか慣れない。

毎日食べている魚はどこから来てるの？　というくらい魚がいないので、ちほちゃんとはるばる泳いで岩場に見に行ったら、そこには多少魚がいた。ハワイで潜り慣れている彼女には信じられない少なさであろう……。少ない魚を見てしみじみと楽しんだ。

昼寝して、午後はチビと浜遊び。浅瀬で泳ぎ始めていてよかった。プールでは浮き輪でひとりで泳げるようになったので、かなり水に慣れてきたのだろう。ひとりで女子部屋に荷物を持っていって、ノックして入れてもらったりしている。もうお兄ちゃんだなあ。ここでまたひとつ手を離さなくては……。くっついて寝ていたチビはもういないのね。

いっしょに寝ていると、横にあるのはもう「男の肩」「男の腕」だ。もうそれが透けて見える。このあいだまではふにゃふにゃの赤ちゃんがいたのに。ちゃんと自然に離れていくように作られているものなのだなあ、としみじみ思う。ここで執着が出ると、子供が恋人系の変な子育てになってしまうのだな。

最後の夜はニコスで無言でウニを食べまくる。たまにとげを刺して「いて」という声を出しながら、山盛りのウニを完食した。そして港に出て、ウーゾで乾杯する。

ニコスでピエロにもらった風船を持って歩いていたら、ジプシーの子供が走り寄って来た。たくちゃんが「気をつけて！」と言い、ジプシーには何回も苦い目に合っている私もかばんをひきよせたが、単に「風船ちょうだい」と言って、あげたらにこっとして去っていった。明日にはしぼんでしまう風船だけど、うちのチビにもその子にも価値は変わらない。チビはなんでも持っていて幸せだなあ、と思ってしまったのは、大人のだめな考えだ。でもそのだめな考えが長い視野で人生を見ることを子供に教えたりもする。

6月20日

最後の数時間をがむしゃらにミラノの街に出てショッピングとカツレツに走る。やっと暖かくなったミラノにほっとした。暑いくらいだ。テラス席でスパークリングワインで乾杯して、気持ちのよい時間を過ごすことができた。寒かったらきっとそんなことできなかっただろう。

ちほちゃんと服を交換して別れる。最後のタクシーはちょっと切なかった。チビもちほちゃんにぐっとくっついていた。

夜、すっかり行きつけになったホテルのレストランで最後のごはんを食べようと行くと、なんとなく下品なおじさんたちが飲んで大騒ぎ。店で働くなじみの人たちがすっかり疲れ果てているので私たちに妙に優しくなり、むちゃくちゃサービスしてくれた。彼らの職業を当てようとがんばってみんなで考えたら、「工場」までは当たっていたが、正解は「タイヤのホイールを作る工場」の人たちであった。

空港へ行くと、事務局の数知れないミス、だめな事務局側のエージェント、そしてだめだめなアリタリアの一職員により、席は親子ばらばら、予定の飛行機もないという事態になるが、別の人たちがかろうじてなんとかしてくれて、長々と待ったが帰ることが可能になった。席もいちおう横並びになってほっ。チビは前後の席になると見境なく乗り越えてくるので、隣の人にあやまりっぱなしで冷や汗が出るのだ。怒る声も迷惑になるし。

そしてやっと飛行機に乗ったら、機体は古くてなんとなくがたがたしているし、椅《い》子《す》が壊れていて一度倒したら戻らなかったりするのが、だいたい四席に一個の割合。TVも一台は壊れていて、一台は曲がって収納されていた。ヘッドフォンはなくて、イヤフォンのみ。もうこの会社はつぶれて当然だと思う。いちばんすごいのは、ヒロチンコさんが見たのだが、客室乗務員がコーヒーのポットを持ったままトイレに入って出てきたことだ。

いったい、なにをしたのだ？

水を足した？　捨てた？　まさかポットをそのへんに置いておしっこしちゃった？

いずれにしてもこわすぎるが、笑ってしまった＆コーヒーは飲めなかったそうだ。

前回も書いたが、今回は招待なので仕方なく乗ってしまった……しかし！　アリタリアにはできれば二度と乗りたくないものだ……。

6月23日

夜明けまで起きていて、エマちゃんが来た時やっと起きた。時差ぼけである。チビなんか二時まで寝ていた。十三時間寝てたのだ。よほど疲れていたんだろうな。

ふんばって起きあがり、夜は実家へ行く。寝ぼけながらも久々に会う家族がなんとか無事なのはよかった。転んで骨折した母もいちおう歩いているので安心した。姉のコロッケをがんがん食べて、増えた体重に拍車をかけてみた。

6月25日

ゲンイチとタイ料理屋さんに行ったら、店のお客さんほとんどがそれぞれの知り合いというすごい状況だった。貸し切り気分？　サラダだけにしてみたけれど、結局チビのパッタイを手伝ったので、お腹《なか》いっぱいに。

そのままここぺりに行ったら、それほどぐうぐう寝なかったものの、なかなか体がほぐれず、飛行機に長く乗ると疲れるなあというのを再認識した。

夜は稲庭うどんだけ。

チビが「もうはなさないよ！」と抱きついてきたあとで「はなさないってどういうこと？」と聞いていた。どこでなにを学んでいるのだ！

それから「ジョルジョがいなくてさびしいね」と言ったら、「さびしいけど、いいよ。チビちゃん、女が好きなんだ」としみじみと言っていたのでおかしかった。

ウルトラマンブームが再燃の彼は、ジャミラがどうして人間からジャミラになったかが気になってしかたがないようで、百回聞かれる。それはさあ、私ももちろん気になるけどさあ、一生かけても科学的に説明できる気がしないな〜。能で、母親が執念のせいで鬼に変わるとか、そういうのにいちばん近いとしか。

だって水がないってくらいで、あんなにまではならないだろうからな〜。

6月26日

フラへ。

いろいろなものがうろおぼえなままに、てきとうに参加したので、めまいがするほど忙しかった。最後クムがいらしてみんなが騒然となっているのに、ちっとも気づかないくらいにボケボケであった。ああ、二番の振りが全然わからないのにいちばん前になっちゃったよ〜！　なんか遠くで騒ぎが起こっているな〜、とぼうっと思っていた。

クムの生声はもはや天国からの音みたいにきれいで力強かった。

ホクレアに乗っていた強者、内野加奈子さんが見学にいらして、ご紹介いただいた。だって、ホクレアってカヌーなんだよ、それに、エンジンとかないんだよ。五ヶ月も船の上に暮らしてたんだよ！　たくましい肩ときらきら笑顔のすばらしいおじょうさんだった。貴重な旅の記録を描いた著書をいただいた。こんなへなちょこな俺がもらっていいのだろうか……釣り船に乗ったら五秒で吐ける俺が……。

帰りは久々にみんなでごはんを食べて、たくさん笑って帰った。

チビはぜんそくで大騒ぎだが、元気は元気ではしゃぎながら深夜に思う存分ウルトラマンを観《み》ていた。夏休みの悪いパターンがもう定着……直すのに一ヶ月、戻るのは一瞬という、ダイエットによく似たシステムとなっている。

6月27日

チビはまだごほごほ。

しかし負けずにチビをあずけて、恵さんとごはんを食べに行く。

限定二十食の薬膳《やくぜん》黒酢冷麺《れいめん》があまりにも奥深すぎて、酒を飲もうが、おしゃべりしながらじょじょに食べようが、どうしてもどうしても喉《のど》を入っていかず、ふたりでしみじみと顔を見合わせた。うなぎの揚げたの、にんにく、クコ、杏《あんず》、山芋、牛肉、朝鮮人参《にんじん》の揚げたの、などなど体にいいものがいっぱい載っているのだが、どれも麺と全くからまないのだ。

いつもエロく美しく服のセンスが良い恵さんだが、今日も足が出ていて鼻血ブーだった。男だったらもう大変だろう。美しいというのも大変な仕事だ。

そう思いつつ、とにかくがんばってその麺を食べていたら、うつされたと思った風邪がみるみるひいていった、さすが薬膳！

夜中に、義理のパパの暴力に悩まされたゲリーの切ない自伝を読んでいたら、横でチビがめそめそ泣いているから「どうしたの？」と聞いたら、「大好きなパパが先に寝ちゃって淋《さび》しい」と言っている。

君のケースはこんな幸せな涙でよかったね、と思うと同時に、大人はやっぱりそういうことを麻痺《まひ》させているんだなあと思った。それほど純粋な悲しみはなかなかないだろうと思う。パパが死んだ、でも出かけた、でもない。そんな大きな理由があれば、それにすがれるから、現実の悲しさになる。

でも、自分の届かない眠りの世界に行っちゃったということは、人は産まれるときと死ぬときはひとりきりだというのに通じる大切な気持ちであると思う。

6月28日

さらにチビの名言。

「パパのにこにこした顔が好きなんだよ、ずっと見ていたかったの、でも寝ちゃって見れなくなったから、淋しくなったの」

そうかいそうかい。

森田さんといっちゃんが来てくれていたので、ひたすらにただひたすらにゲリーの自伝を読む。一日中少年ゲリーといたみたいで切なくなる。あまりにも綿密に読みやすく描写してあるので、幽体離脱先の世界以外に当時のアメリカの文化もよくわかる。昔、一回だけ真っ昼間に離脱してしまったことがある私だが、確かに世界はものすごくきれいに光っていたし、木が透けて葉脈を流れる水が見えたっけなあ。レンズが近くなったり遠くなったりも自在だったのも同じ体験だし、自分から出てるひもが見えたときにはぎょっとしたなあ（なんだかなあ）。でも一回で充分ってくらいびくびくした体験だった。まあ夢ってことにしとこうかな。

夜は原さんのライブ。

新曲がとてもよかった。大人でないとわからないような内容だったので、これがわかる自分でよかった、と思った。階段の上から、音楽を聴いて幸せそうなお客さんたちの顔をいい気持ちで見ていた。チビは原さんのライブ初めてだったので、子供を連れてくることになるとは、とそれも感慨深かった。

チビはてるちゃんと大騒ぎして、飴屋《あめや》家の一歳の美人ちゃんにぽうっとなったあげくに、原さんに「ライブはよかったです」などと堂々と言っていた。

6月29日

ゾンビについて考えた。

ロメロの新作群を含め、どのようなゾンビ映画もアイディアという点においては「ナイト・オブ・ザ・リビングデッド」が基本になっているのは確かだが、身びいきではなくて最高峰はやはり「ゾンビ」(ドーン・オブ・ザ・デッド)であろう。ちなみに私が評価しているのは当時日本とイタリアで公開になったアルジェント監修版のバージョンである。

リメイクの作品を次々観たが、その薄さは「現代のゲーム世代が作ったから」というだけでは言葉が足りない気がする。どの映画も、ロメロ本人さえも「ゾンビ」一本だけに憧《あこが》れてあの水準を夢みているが、到達できていないと思う。

はじめにゾンビになるのが差別されていたプエルトリカンであり、主役が結局は妊婦と黒人であるのも当時の世相を反映しているし、巨大なショッピングセンター(撮影に使ったところ、まだ営業してるんですね、こわくて行けねえ!)があってもなぜか空《むな》しいというのも時代の空気だったし、人々が信仰を失いつつあったし、TV局に勤めるのが花形だった時代でもあり、さらには宇宙に対する夢が不安と結びついた時代でもあった。

細菌感染なんかではなく、宇宙線だったところが大事なポイントであった。

ただのパニックものではなく「人類の尊厳とはなにか」というところまでテーマは深かったと思う。

そしてアルジェントの力により、音楽と美術がものすごく優れていたし、脚本も奥が深かった。なぜ深かったか、それはアーシアさんの「死んだ人がよみがえって生きている人を食べるという考えには、なにか人間の根底をゆさぶるものがあると思う」という言葉がいちばん生きていた映画だからだろう。ある行動は必ず次の行動のきっかけとなり、命を失うときは必ずなにかしくじったときだ、という法則が現実的にきちんと描かれていたし、黒人と白人の間の友情もリアルだったし、「これはしょせん映画だから」と思わせない人物描写が見事だった。あんなとっぴょうしもない設定なのに、ドキュメンタリーを思わせるものがあるほど、撮りかたがうまかった。

しかしそれは七〇年代の恐怖であり、現代の恐怖とはなにか？　と考えたとき、やはり私の頭にはアルジェントの最新作「マザー・オブ・ティアーズ」が浮かんでくる。最終的にマザーがあんましこわくない、アーシアちゃんがいちばんすごい殺戮《さつりく》をしてないですか？　などいろいろ突っ込みどころもあったし、低予算だった。しかしあれを上回るほど、現代の不安な感じをしっかりと描いたものを、やはり思いつけない。街を歩いているだけで、不安にさらされているこの気分は、あの映画の中の気分だ。そこにはゆったりした善や光は遅すぎてなかなか届かないだろうという、あの絶望だ。わざわざローマまで観に行ってよかった！

彼はいつだって早すぎる、敏感すぎる。そして後から評価される。惜しいことだ。しかしわかる人にはわかるのだ。

……こんなせまい範囲のことをこんな熱く語ってどうするのだろう、しかも喜んでくれるのは荒井くんと矢澤さんくらいかも……。

6月30日

Hanakoの打ち合わせ。

懐《なつ》かしい人、新しい人、久しぶりの人などに会って、ああ、マガジンハウスってこういう感じだったなあとしみじみ思う。会社のカラーってあるんですよね。和やかに集い、なんとなくだがいろいろ決定。

来年の連載は、これ一本しかしないつもり……というか、単にゲストで出るだけで、自分の連載ではないので、かなり気楽。

その後、別の打ち合わせで、そこまで行かなくてもよかったけれど、わざわざたくさん歩いて遠くまで、おいしいコーヒーを飲みに行った。贅沢《ぜいたく》だが、それができるのはかなりの幸せだ。上馬《かみうま》時代はおいしいコーヒーのお店が一軒しかなく、この状況で生きられる人しかここには住めない！　と思いつめたものだった。しかしなんとそのお店もなくなってしまった。茶房遊のマスターは元気だろうか、たまに彼のコーヒーが飲みたくてのたうち回る私。あれほど惜しまれた店ってなかなかないかも。

7,1－9,29

7月1日

　突然の病気で、通っていたお店のなじみの人が辞めてしまったというものすごくショックな知らせがあった上に、ふらりと寄った大きな書店で普通のビジネスマンがすごく大きな声で文句を言っていて、うるさいな〜と思って見たらなんと携帯電話でしゃべっていたのではなく、おかしい人だった……のも憂鬱《ゆううつ》な気持ちにさせたが、エステでストーンマッサージを受けて少し落ち着く。あまり「うまいでしょう！」という感じを出さないのにすごく上手だった。手に職があるってすてきだなあ。

　人との別れは、再会があるとしても突然だ。そのとたんに、これまでなんということなく重ねてきた日々が思い出の中で輝きだす。悔いなく接しておいてよかった、と思えることを増やしたいものだ。あと、ものごとには必ず予感がある。今回は当たってしまった。また会えるとは思うけれど、その人と最後に話したときに私たちを包んでいたあのムード、それは明らかに別れのムードだった。なんというか、元気で無理がきくことの問題点とか人生の大きな変化とかについて、かなりまじめに考えさせられた。その人を見ていていつも「こんなにていねいに手を抜かず、ぐちらず、遠くから通っていて、ほとんど大きな休みも取らず、いくら人を和ませる才能があるとはいってても大丈夫なのだろうか？」と思っていた。どうかゆっくりと休んで回復してほしい。

それとは関係なく、若いうちは無理をしなくてはいけないけれど、それを支えるものはなにかというと、実は体力ではなく、情熱だ。歳《とし》をとってもそれは同じだ。意図や情熱がない無理は、必ず体に来てしまう。

おまえはいくらでも時間があると思っていろいろうかつなことを言うが、わしにはこれっぽっちも時間がないということがいつでもわかっているから、口から出る言葉はいつでも吟味されている、失言などしないというようなことをドンファンが言っていたのをしみじみと思い出し「全くその通りだ、気をつけていよう」と思った。

帰りに焼き鳥屋に行ったら「食いしん坊」がやっている店らしく、全《すべ》てのメニューが高カロリー&うまみ満載でとても幸せであった……食いしん坊には食いしん坊がわかるのだ！　メニューを見ただけで、もうわかるのだ！

7月2日

英会話。暑くても美人さんなマギさんだった。忙しいからか、さすがのバーニーさんにも疲れが見える。自由人にとって日本って多分ほんとうに住みにくいんだろうなあ！　かなり真剣に会話したのでとても充実した。同じ一時間半を、どう過ごすかは自分次第だ、がんばろう、細々と……。

と思いつつ、家ではギリシャをひきずったメニュー、ウニとボンゴレの晩ご飯を食べる。

だらだらしているのと、ふっと気が抜けてリラックスして安心しているのとは全然違う。夕方の商店街で、リラックスした人があまりいないのは淋《さび》しいなと思った。だらっとした人はいくらでも見つけられるのに。お店の人も気さくな演技をしているがぴりぴりしていた。これが時代の不安な感じなんだなと思う。

7月3日

いろいろあって、やむなく子連れ太極拳《たいきょくけん》。

しかしじゅんじゅん先生の気が通じたのか？　なぜかじゅんじゅん先生に言われる

ととたんに静かになって二時間待ってくれたチビ。ううむ、おそるべし。

というか、私たちがなめられているだけなのね。

しかもそのあとも気の効果は続き、チビはお昼に率先して苦手なキノコや豆腐まで食べていた……！

夜はフラ。せこさんのチームに入って、ゆうこちゃんと猛特訓してなんとかついていく。猛特訓でゆうこちゃんと親しく過ごしたのがなにより楽しかったけれど、せこさんがどんなときでも落ち着いているのがものすごくすてきでぽうっとなってしまい、自分も踊っているのに鏡の中のせこさんばっかり見てしまった。

7月4日

前田くんのお見舞い。元気そうでほっとした。人生はいろいろだなあ、去年の今頃はいっしょにミコノスにいたのになあ……。笑ってしまって傷口が大きくひらきそうな漫☆画太郎の漫画を持っていった。こういう思いやりこそが大事よね（そうかなあ）！
帰りにF.O.B COOPのバーゲンに寄り、夏の光の中戦利品を抱えて元気に帰ってきた。他の店舗に問い合わせたら「もうどこにもないでしょう」と言われてしょんぼりしていた、昔なくしてしまって悲しかったコユキちゃんのブレスレットもなんとあった。なんだかあるような気がして、行ってみてよかった。

名倉さんおすすめの「万福児」の四巻（出てくるお母さんが名倉さんに性格的にもそっくり……世が世なら？　名倉さんは全くこのように暮らしていたのでしょう）や江古田《えこだ》ちゃんの三巻を買いに行って、ものすごく漫画欲が満たされた。そのときなんとなく絵が好きで買った「町でうわさの天狗《てんぐ》の子」岩本ナオ著ががっしりとつぼにはまり、タムくんの漫画を読んだときのような懐《なつ》かしい気持ちになった。この人の絵や性格の中にあるものを、私も全く同じに持っているのだと思う。他人が描いたものとは思えない。

そしてうちの姉やチカさんや……知っている漫画家の人をみんな思い浮かべてみて、なんとなくだけれど漫画家というものがどういう人たちなのか、やっと、ほんとうにわかってきた。

7月5日

レバカツを買いに千歳烏山《ちとせからすやま》に。サガミ・ミートの人たちのよい人度、さらには千歳烏山のいろいろなお店のよい人度はかなり高レベルなので、すがすがしい。あんないいところだとは知らなかった。千歳船橋のようなところなのだろうと勝手に思っていた。でも小田急線沿線と京王線沿線ってなんかのどかさが違うのよね。

カツを持って、実家へ走る。父は、レバカツを食べる速度とハムカツを食べる速度が目に見えて違ったので、思わず交互に食べてもらって実験をしてしまった。やはりレバカツのほうが二倍速い。

全員が体の問題で苦しむ実家の人たちだが、チビがいるだけでなんとか笑いが出るので、ほんとうに産んでよかったと毎度のことだけれど思う。チビがいなかったらその役目は私に回ってきただろうから。

7月6日

曽我部《そかべ》さんのバンドのライブに行く。しみこさんが別の赤ちゃんを抱いていて度肝を抜かれたが、ものかげにちゃんとほんものの息子さんがいてほっとした。

曽我部さんは、こんなにポジティブな空気で会場をいっぱいにするなんてすごいなあ、とまた感動してしまった。弾き語り以上にバンドがすばらしいってどういうことだ!?　いつも予想より一段階大きな感動が待っている奇跡の人だ。

それに、曲に対する解釈がツアーによってどんどんこなれて集中していって「自分たちがやって楽しいこと」と「お客さんが嬉《うれ》しいこと」の間がどんどん近づいている。自分たちが楽しいから長く演奏したりしなくなってきている。

プロにおいてお客に甘えないことは絶対条件なのだと思う。

私は小沢健二くんが今も大好きだし、すごい才能も自信もあると思うし、ライブもいっぱい行った。あるライブで、ビデオ撮りがあったのかもしれないけれど、長い長い名曲「天使たちのシーン」と「ラブリー」を間違ったからとアンコールで「もう一回やっていい？　くやしいから！」とまるまるもう一回やったとき、ああ、この姿勢は必ずお客さんに伝わってしまうな、と少しだけ失望した。オーディエンスというのは、ほとんど舞台に立つ人の無意識の闇《やみ》のようなもので、ものすごく厳密なのだ。もちろんファンだし何回も聞きたいから得したなと許してくれるけど、それでも、どこかに小さな棘《とげ》みたいなのが生まれるものなのだ。

曽我部さんのバンドの人たちみんな、お顔も実によくって、ただただいいものを見たという感じ。

チビは音の大きさにぽかんとしていたけれど、ずっといっしょに見ていた。いつかバンドをやるとき参考になるでしょう……。レコファンで「キラキラ！」のジャケットを見ると「この人知ってる」と言うようになってるし、いいぞ！

曽我部さんのものすごいスタミナを見ていると、だらっとした気持ちがすがすがしく吹き飛ぶようだ。自分をだらっとさせるのは自分だけだ。

陽子さんもいっしょに幸せなライブの余韻でにこにこしながら、ラーメンを食べて帰った。

7月7日

那須《なす》へ。

行きにチビが盛大にゲロを吐き、その片付けで疲れてしまいぐうぐう寝ていたらついてしまった！

ヒロチンコさんのパパの家に行ってから、温泉へ。

今回は山の上の古いお宿にしたら、とてもよかった。感じがよくて清潔で、いろんなものが最小限だけれど落ち着いていて、気取ってないし、安いし、泉質もすばらしい。

ごはんを食べるときにチビが「もし悪い人に会ったらどうする？」とヒロチンコさんのパパに聞いたら「悪い人をこわがっていてもしょうがないだろう」と間髪入れずにきっぱり言った。ものすごくかっこよかった。こういうお父さんが昔はいっぱいだったのだ。普段は忙しくてごはんをいっしょに食べてくれない、あまり遊んでくれない、でも強いし絶対的に守ってくれる。

「でもじーじはこうもりがさがあれば、だいたいは勝てるぞ、飛び道具にはかなわないけどね」

このふたつの単語、久しぶりに聞いたけど、もうなんでもとにかくやっぱりかっこいい！

7月8日

りんどう湖にカートに乗りにいく。

私が運転してヒロチンコさんを乗せてあげたら、「絶対に免許をとらないで」と念を押された。なぜ!?

チビは何回も乗って大喜び、あと少し背が伸びたらひとりで乗れるようになる。昨日の夜はいっしょに露天風呂《ぶろ》で大騒ぎして遊んだけれど、もう少しでいっしょに入れなくなるのだな。

なんのためらいもなくヒロチンコさんのパパにぶつかっていくチビを見ると、こういう幸せを知らない子供たちについて考えざるをえない。せめて自分は疲れたとか面倒だとか言わずにチビを見守っていきたい。でも、ヒロチンコさんのパパとチビがいっしょに手絞りで作ってくれたスイカとコーンのジュースには、いろんな意味でちょっとどきどきした……。ちょっと下痢もしたよ。

夜はなみちゃんを誘って、焼肉屋へ行く。チュウなどしてもらってチビはすごく嬉《うれ》しそうだった。そしてマッコリをぐいっと飲んで大騒ぎして酔いつぶれて寝ていた。

7月9日

イハレアカラ・ヒュー・レン博士と、平良美人母子と会食。

すばらしい人だった。自分のなんとも言えない奇妙な話が100%伝わり、分かち合えることの幸せをかみしめた。平和な世界を自分の責任で自分のうちに創《つく》りだすこと、これもまた大きな反逆なのだと思う。

ちょっとしたときにお礼を言うタイミング、人を気遣う態度などに真摯《しんし》なものがあり、過激な発言の多い彼だが、その黒く澄んだ瞳《ひとみ》を見るたびに、やはり信頼できる人だ！　と思った。ホ・オポノポノは日本人に合っているのだと思う。私もクリーニングを続けていこうと思う。

それからここぺりに行って、私の体と関さんの、真剣な対話をありがたく聞く感じでマッサージを受ける。きちんと扱ってもらえると、普段てきとうに動かしている体の声が聞こえてくるようだ。

夜はいっちゃんのバイトするお店にチビと行く。チビがあまりいっちゃんのじゃまをしないできちんと座っていてえらかった。焼きトマトをまるまる二個も食べたし。生き生きと働くいっちゃんはいつにも増してかわいかった。そして「まかないで飽きているし、お店で働いているときは食べたいと意外に思わないんですよ～」という話を聞き慣れた私たち夫婦だが、いっちゃんの「いっつも食べたいな！　と思って焼いてます！」という発言にが～んとなり、かえって感動してしまった。

歩いて帰って、ある場所を通った。なぜか通るだけでも気が遠くなり、うつろになるのだ。そしてそこを通ることになると、いつも誰かが死ぬ。

そこを通っている時刻におじさんがいきなり亡《な》くなり、びっくりした。前もほとんど時差なく、そこを通っていやな気持ちになっているとき知人が自殺したのだった。

だれもにほんとうはあるのかも、そういう、異界に通じてるポイントって。

いつもは行かないようにしているのだけれど、そういうときってなぜか用事ができたり道に迷って、そこを通ってしまうのだ。さらには、どちらがわからアプローチするかにもよる。踏切を越えてそこを通るときだけがまずいときなのだった。

おじさんはいつもうちの母を守ってくれた。かなり難しいうちの母を、文句なく受け入れ、愛していた人だと思う。

いつも健康だったおじさんがガンになってしょげていると聞いたとき、そして「もう自分はだめだ」と言っているのを聞いたとき、いや、まだ時間はあるだろうと思っていた。そんなにすぐ進行するという感じではなかったから。でも、おじさんの勘のほうが正しかった。いさぎよい去り方だったと思う。

うちの母方の人たちはものすご〜く口が達者で、思いをすぐに口にできるタイプの人たちで、それは完全に私やいとこに遺伝している。それのなにが損かって、実は大きくわかっていることがあって、それが真実でも、あまりにもちゃんとしゃべれすぎてしまうのでかえって信用されにくい、という点だ。もっと真摯に受け止めて、会いに行けばよかった。もう遅い。おじさんごめんなさい、そしてありがとうございました。

7月10日

映画観《み》る前に予習しようと思って「闇の子供たち」を読んでかなり落ち込む。小説としてどうとかいうよりも、これって事実なんだろうな、とただ思えたからだ。

私にはバックパッカーの友達が多いし、若いときはだれでもそうだからなにも言えないし、これからもその人たちが大好きだし尊敬しているけれど、しかし、自分はもうあえて自分の体験や異国を楽しむために貧しい人たちの地域にある屋台で安くごはんを食べてみたり、異様に安い宿に泊まったり、遊び半分で麻薬を買ったり子供を買ったり女を買ったり男を買ったり（しないけど）、しないようにしようと思った。この問題に関して自分はそれしかできない。「世界はそうやって回っているのに、なにきれいごとを言ってる、その人たちだって食っていかなくちゃいかんのだ、甘っちょろい」と言われたらなにも言えない感じだが、それでもそれしかできないからそうしよう。

私は動物の扱いに関してどうしても疑問が消えず、親しかったし文章は今も大好きな銀色さんや坂東《ばんどう》さんと絶交してしまった。苦しかったけれど、うやむやにしてにやにやするよりも、考えを表明して、つきあうならつきあう、別れるなら別れる、としたほうがよい。バックパッカーの友達たちは、予算と長い滞在日程の関係がわかっているので意見の違いとは思わないし、これからも友達でいると思うけれど、同じく考えはしっかり伝えて、つきあってくれるのであれば、つきあっていこうと思う。

毛を切って初めてのフラ。怒られるかと緊張してタクシーの中で「ごめんなさい！

のばします！」とあやまる練習をしながら行ったが、「またのびるし」「似合うし」

「私も切りたい」「毛が長いとシャンプーが減る」など案外鷹揚《おうよう》な展開でびっくりした。ええ人たちや〜。でも、ショートでフラを踊るとはだかのような気分でしっくりこないわ。

7月11日

ぼくねんさんの展覧会があり、出かけて行く。懐かしい人がたくさんいて、みんなにこにこしていて、木がいっぱいあって、絵はでっかいものほどすばらしく、とてもよかった。着物の田口ランちゃんも美人さんだった。久々にまあこさんやみゆうちゃんにも会えたし、高砂さんもいたし、ベイリーくんも来たし、不思議……！

ぼくねんさんはどうしていちいちあんなにかっこいいのだろうか。

ヒロチンコさんは握手をしながら「大自然の手は大きい」と声に出して言ってしまっていたよ……。

夕方、退院した前田くんが来たので、楽しくお茶をする。またいっしょに下北を歩けるなんて、幸せだなあと思った。元気になっていて頼もしかった。仲間の成長や健康を見ると、こちらまで元気になる。

夜は、デナリさんと百合《ゆり》ちゃんとじゅんちゃんを招き上馬《かみうま》の会をする。犬の散歩で私と犬たちの足形がぺたぺた押された感のある全《すべ》ての路地、とても切なく懐かしい。

いつもの焼肉屋さんで、みんなで笑いながらいっぱい食べた、とても初対面の人がいっぱいいる会とは思えないくらい、なじんだ感じであった。デナリさんがかわいらしいのでチビがぽうっとなって、そこに目標をしっかりと定めながらもいきなりは行かず、食事時間内に次々に女子を渡り歩いて最後に到達する、その技と時間の配分は見事であった。

最終的にはソファの真ん中に自分が座り、左にじゅんちゃん、右にデナリさんを指定して座らせ、りさっぴにもちょっかいを出すという天国を創《つく》りだしていた。

天国ってすぐそこにあるのね（?）。

7月12日

ブックフェアに行く。ほんとうにここで商談が成立しているのか？　と思うくらい、なんていうか、てきとうな感じであった。

森先生と押井監督のお話を聞く。押井監督がどんどんこの映画について話し慣れていってるのも、名倉っちがどんどん女子アナみたいになってるのも、面白かった。森先生はいつも変わらず安定感あり。

うちの子、押井監督に顔が似てると思いませんか？　と子供の手をひいてぐいぐい迫っていったら監督がすごく動揺したので、なんだか別のことを迫っている気分がした。慰謝料だとか……。

自腹だったので堂々と書くが、有明のシェンロンの飯が激まずで衝撃！　町の中華屋よりもまずいぞ！　点心火が通ってないぞ！　うお～（怒り）！

家に帰ったら丹羽《にわ》さんの力で庭がきれいに刈り込まれてさっぱりしていた。いつもこのきれいな状態を見ると「保つぞ！」と決心するんだけれど、すぐむちゃくちゃになってしまうのよね……。

真っ黒で瘦《や》せていてフットワークが軽い丹羽さんを見ていると、やっぱり外で体を動かそうとシンプルに思う。

夜は人とけんかして、電話口でおいおい泣いた。この歳《とし》でけんかしておいおい泣けるなんてすばらしいことだな……と自分で自分をほめた。やるだけのことはやった、悔いなし。明日のことは明日考えよう。

7月13日

大変なことのあった田中さんが寄ってくれたので、生きててよかった！　と思いつつ、自転車貸したり、チビを貸して手伝わせたりして、笑顔になった。大変なことがあったとき、どういうふうでいられるかがそのあとの人生を大きく左右するなあ、と思った。

今回の田中さんは、かなり立派でほっとした。やっぱり底力があるんだな、おいしいものを作れる人って。

私はおじさんのお通夜《つや》に出る。

永遠の香典係、たづちゃんとかよちゃんがしっかりと今回もそのお仕事をしていた。みんな明るく笑っていて、和やかで、おじさんはいい人生を生ききったんだなと思った。こんな陽気なお通夜はないというくらい、さっぱりとしていた。彼の描いたすばらしい絵がたくさん飾られていた。そんな絵の才能はお孫さんにばっちりと受け継がれているし、よかった。

7月14日

としちゃんとかわいいスペインのおじょうさんたちを案内して下北を歩く。下北の象徴、前田さんや曽我部さんやドラムの人やしみこさんやせいたろうくんにも会い、満喫した（むしろ私が）。曽我部さんは街で会うとふつうのお兄さんである。でも発声が違うので、声を聞くとどきっとする。ふつうの人の声じゃない！

仕事をばりばりとやり、片付けもし、夜はとしちゃんとカレーを食べに行く。外国に住む日本人がいちばん幸せを感じるカレー、茄子《なす》おやじのカレーを。

信じられないくらい蒸し蒸ししているけれど、夏なので私は元気いっぱいだ。

7月15日

サマースクール。チビがはじめておしめをとって学校に行った、記念すべき日である。遅すぎる気もするけど。

ものすごい勢いで家事をしたり、植え替えをする。汗だくになって痩せた気さえ。

アレちゃんがちょっと寄ってくれたので、おしゃべりして別れる。また夏には私が決して覚えられない地名の場所にひとり行くらしい。黄熱病の注射何回しましたか？もうやけくそになっていませんか？　でも元気そうで楽しそうなのでよかった。教えるのもうまそうだ。アレちゃんは今、准《じゅん》教授。アレちゃんが先生だったら、面白いから一生懸命勉強するだろうと思う。学生さんたちがうらやましい。
サマースクール疲れが出てチビは眠くなりでも遊びたくてすねてぐずっていたが、いっしょに買い物に行ったら「ママとおデートができたので、もう大丈夫です」などと言っていた。

7月16日

ヤマニシくんにお誕生祝いに「つぼみちゃん」の像をもらう。すっごくかわいい、魂入ってます！　植木鉢と並べておいたらあまりに自然でびっくりした。
忙しくてかけまわってる感じなのだが、なにも進まず、終わらない。読むべき資料も山積み、観てないＤＶＤもいっぱい。不義理しまくり。でも久しぶりに「LOST」を見たら、こっちまであの暮らしに慣れていてびっくりした。みんな一生あの島で暮らしそうな勢いだ。しかもだんだんあの人たちを好きになっていく、まずい、はまっている〜。

7月17日

焼鳥屋さんに行ったら、なぜか城先生がいらした。小さい頃大好きだった漫画家さんで、今は萩尾《はぎお》先生の秘書をしておられる。萩尾先生とも十年ぶりくらいに電話でお話してどきどきした。ひきあわせてくれたのは、役者さんのトビちゃんで、ほんとうに私の本をずっと読んでくださっているのがひしひしと伝わってきた。ああいう人を見ると「書いてきてよかった、むだではなかったんだ！」と本気で嬉《うれ》しい。

そしてそういう本気の読者の人を見ると「もっともっと本気を出して、ついてこられないくらい本気でいくから、いっしょに走ろう！」と言いたくなる。

ここが地元のすてきなご夫妻とも知り合ったし、飲みに行ってみるものだ……（？）。

チビがじゅんちゃんに「じゅんちゃ～ん」と話しかけながら自然に手をつなぐところを見ると、感無量。

フラを始めた頃、いまひとつみなが話しかけづらかった私に、はじめてオープンな気持ちで声をかけてくれたり、みんなで出産祝いをくれたりして輪に入れてくれたのがじゅんちゃんだったことを思うと、美しい歴史を感じる。

7月18日

菊地さんのライブ。

あまりにも、みなさんの演奏がうまいので、が～んとショックを受けた。ジャズってこういうものだったのか、的なショック。

スタンディングでよかったな～と思った。座って聴いてるなんて無理！　終わった後みんながエネルギーをもらっていて、笑顔で帰っていくのもすてきだったし、さすが菊地さん、半裸の美女がたくさんいて男子の気持ちがわかりすぎる私までハッピーになった。

チビをあずけていたので時間がなく、帰りにあわててごはんを食べていたら、となりの席の人たちも多分同じライブに行ったらしく、笑いが絶えず、注文したものが来るといちいち「うまい！　うまいな！　これ」「うますぎますね！」「うまいものを食ってるときは、だれもけんかなんてできないよね！」「うわ～、まじでうますぎる、どうしよう」「う～ん、うまいよ、これは」などと言い合っていてこれもまたハッピーになった。音楽の力だ！

7月19日

父のほぼ日での講演。

ものすごくこちらも緊張したが、さすがキャリアが長いだけのことはあり、驚くほどの安定感。かえっていろいろ教えられた&すばらしい内容だった。なぜ人は芸術を求めるのか？　ということがはじめてほんとうにわかった。三時間ぶっとおしでしゃべり続ける父に、この年齢になってまだ新しく言いたいことがあるということのすごさを感じた。私もそうありたいと思う。

なによりもすごいと思ったのは、このプロジェクト全体にかかった、ほぼ日のひとりひとりの人たちと糸井さんの情熱と手間とお金である。それはもう想像しただけでめまいがするくらいだ。どんなにたいへんなことだったか。

糸井さんはその気になれば、みんな優秀な部下にまかせて、自分はアイディアだけもってきたり、ちょいちょいと編集したり口出しして、うまいものを食って寝たり、何人もの女性にモテモテになってつきあったり、いくらだってできるのである。でもきっともうそんなことはいくらでもやってしまった（ちょいちょいの部分ではなくほかのおいしいところ）し、わかってしまったんだな。いろいろなことをやってもうわかったからいいやというのと、やらないでがんばるの大きな差が、よすぎるセンスと、余裕があるように見えてしまうかっこよさに出ていると思う。いろいろなことをやってくると、その全体像とか関わる人たちが「結局トップが本気でないとだれたり離れていってしまう」ということがいやというほどわかってくるのだと思う。

糸井さんはきっとあるとき本気で父の考えにひきつけられた。父と長くつきあってきて、彼の芯《しん》になる考え方の秘密を残そうと思った。よい形、よいデザイン、よい人材を駆使して、父のしてきたことを世に出そうと決心した。

それは「これで商売しよう」ではない。

それから「彼ももう歳だし今しかないからとにかくやってあげよう」でもない。

もっと大きな視点だったのだと思うし、それは意外にだれも気づかないポイントでもあった。

糸井さんの全才能と父の全才能をガチンコでぶつけあって、全てをオープンにして、「もうけてる」とか「商売がうまい」などと言われねたまれてもちっともきっと気にせず、そのありえないほどの手間を決して大きい声で言わない。

だれかを本気で尊重し、その人のために最善のこと（高齢の父がエキサイトするようなテーマをぶつける……どちらもリスクを負って）をして、しかもボランティアではない。

それは、人が人にあげられる最高のことなのだと思う。

父は長く仕事を続けてきたが、これほどまでに本気でぶつかってきてもらったことがあっただろうか？　全才能を駆使して、無理もせず、かといって手も抜かず、情熱をもって、全身で動いてもらったことがあるだろうか？

あったとは思う。でも晩年になってからこんなすばらしいことをしてもらえるなんて、思っていただろうか。

「こんなすごいことを他人に対してした」ことのすごさが糸井さんのこれからの人生を常に支えていくことを信じてやまない。

でも父は舞台で思いっきり「ほぼイトイ新聞」などと言っていて、イトイ新聞の価値を半減させていた……。日刊にかかるから、すばらしい「ほぼ」なのではないだろうか～？

7月20日

全《すべ》てのソフトバンク、世界で一番サービスの悪い携帯会社ソフトバンクですっかり売り切れて影も形もない、予約さえできないiPhoneを、ヒロチンコさんが「もし入荷したらおしらせします～」と言われ、だめだろうなと思いつついちおうノートに名前を書いておいた「どっきりカメラのキシフォート」からゲットしていてびっくり！

やるなあ、キシフォート！　かっこいいぞ、キシフォート！

夜は安田さんのところに行く。

体が「そうなんですよ！　酷使されまして！　そこですそこ！」と、安田さんに全部理解してもらえて喜んでいるのを感じた。大好きな美香ちゃんと陽子ちゃんも来て、みんなでおしゃべりして、幸せに過ごす。

私はやっぱり強くて優しい人が好き、偽善的と言われようと、気をつかう上品な人が好き、明るい人が好き、人のために体を動かせる人が好き、しみじみとそう思った。もうバカにされてもほんとにバカでもいい。

夜は勉強のために（?）ウルルンを観《み》る。この世でいちばんスタイルがいいのはもちろんいろいろなジャンルのダンサーたちだとして、その中でもトップはタヒチアンのダンサーだと思っていたが、やっぱりそうだな、とこれまたしみじみした。あのダンスのプロの人たちの体って、人類の体つきのなかでいちばん美しいと思う。フレンチのセンスが入っている体つきだからかもしれない。個人的な意見だけれど。ちなみにその次にスタイルがいいのはキューバのダンスの人たちだと思う。

7月21日

休日で、町に浮かれた人がいっぱいいて、見ているだけでも楽しい。

でも私は炎天下で植え替え。めまいがしたしいっぱい蚊にさされた。

夜実家に行って、たまたま来ていたなっつと私のプレお誕生会。「今日は地味飯で量も少ない」という姉の聞き飽きた嘘《うそ》もすてきだった。結果腹いっぱいに！

チビは久々になっつに会って照れまくりながら「おいくつですか？」と聞いていた。今最も彼の気になることは、人々の年齢。そして聞かれてないのに「陽子ちゃんは四十一です」などと勝手に教えていた。なっつはしっかり働いていて楽しそうなので、やっぱ男の子は鼻血出るまで仕事しないとね！　と思わずにはいられなかった。会えてよかった〜！

7月22日

恵さんとデート。

和食を食べ、就職話などをしたり、そのへんを見たりしてだらっと過ごす。恵さんもはじめて知り合ったときなんてまだ子供だったのに、すっかり大人になってしまって、としみじみと思う。人は変わるものだなあ、そして変わらないところがあるからつきあいが続いていくんだなあ。

恵さんと会うと「人は見た目だ……」といっそう思う。

ようするに、内面がはっきりと定まっていて、それが外に出ている服装、外見の人はあいまいな内面の人に比べて、輪郭がくっきりとして見えるのだと思う。どんなにたくさんの人がいても、恵さんのことはすぐ見つけられる。

7月23日

昼間はひたすらに仕事をしたり、用事で出かけたりしたが、途中でチビがどうしてもママとおデートをしたいと言い出し、炎天下をちょっとだけいっしょに散歩。ピザなど食べてしばしゆっくり過ごした。家でするお仕事はなかなかその忙しさがわかってもらえず、合間に家事もしているのでますます伝わりにくい。でも「ママといっしょにいて今いちばん楽しい、このお店も楽しいね！」などと言われると、忙しさも吹き飛ぶ。

美雨ちゃんのライブ。歌も演奏もすばらしく、何回かぐっと涙がこみあげてきた。ふだん純粋な内容を歌う女性ボーカルというものの良さがさっぱりわからない私なのだが、美雨ちゃんほど音楽的クオリティが高く、声も美しく、言いたいことに筋が通っているとはっきりと理解できる。美雨ちゃんの言いたいことがあまりにも切実なので、人生のいろいろな美しい側面がよみがえってくるようであった。あの切実さを無邪気と呼ぶ人を私は好まない。とても幸せなライブだった。

彼女の声はすごいと思う。美雨ちゃんがただ「きみのいない街　空っぽの水槽みたい」と歌っただけで、なぜか涙が出てくるのだ。だれとも別れていないのに、そんなに珍しい言葉でもないはずなのに。

表現力の根幹である彼女の情緒がしっかりしているからだろうなと思う。

ロビーであんだちゃんと会えたのでこれも幸せだった。あんだちゃんはすごくかわいいのにちっとも「女」を生きてないので、ものすごく気楽。実は男の子って口では「色気がないぞ」とか言うけど、そういう子がいちばん好きなんだよね。あんだちゃんのお友達たちの人相も信じられないくらいよかったので、ほっとする親心。

歳《とし》をとるということは、知っていたちびっ子たちが大きくなって大人になるのを見ることができるというすばらしいことだと思う。

7月24日

44歳になりました。茨城へ旅をする。

高速バスの運転手さんに笑顔はなく、乗客も息をつめて乗っているような感じ。ほんとうにつまらないなあと思う。移動のための移動、仕事のためのしかたない仕事。

そういうのを見ることが多い昨今。

ぐうぐう寝ながらついた茨城は、表情豊かないい人ばっかりで気さくでなんだかほっとした。

大海先生の奥様の明子さんが迎えにいらしていて久しぶりの再会、すでにお部屋の中には大海先生の描いた超すてきなびょうぶとお誕生プレゼントのスイカとゆでとうもろこしがあって、大感激した。

いっちゃんとチビと、海を見ながら温泉に入って「いいお誕生日だなあ」と思う。お風呂《ふろ》にいる主婦たちもみんなうわさ話をしているのに、ちっとも暗くどろどろしていなくて、最後には「はやく元気出るといいね」「ほんと気の毒だね」といい感じのしめくくりなのである。茨城、いいところかも……。

夜は大海先生と明子さんといっしょにごはんを食べに行く。

おふたりがいきなりパンチのきいた「象がスイカを丸呑《まるの》みする」ものまねをしだしたり、チビに言われるがままに貝殻を目にはめたり、「このお店は……平凡ね！」などと激しいコメントを次々くりだすので、みんな大笑いして幸せなごはんの時間を過ごした。

ごちそうになっては悪いと思い「せめてここは私が」と言ったら、明子さんににらまれて（そんなこと言うと）「こわいよ〜！」とはねかえされたが、この件に関してこんな面白いリアクションは生まれて初めてである。

後からヒロチンコさんがトシ・ヨロイヅカの激うまケーキとシャンパンを持ってやってきたので、大海先生のおうちでいただいた。いいワンちゃんもいるし、おふたりも楽しそうだし、いいおうちだし、ほんとうに来てよかったとしみじみして眠った。

7月25日

大海先生のおうちでとれたてのキュウリやトマトやお芋をいただきながら、ものすごいパンクな紙芝居を見る。意外な展開、皮肉な結末、風刺がいっぱい&予定調和ゼロで、七十八歳とは決して思えないすばらしい内容だった。絵もすばらしすぎた。公立の学校では決して上演許可がおりないそうだ。こういうのこそ、子供に見てほしいのに。

十歳のときに大海先生の暗い世界に深くひきつけられた自分のことを思うと、子供にほんとうに必要なものをわからない教育者たちの頭の固さにびっくりだ。親が認めて見せてあげるしかないのだな。

当時私に大海先生の本を紹介してくださった理論社の小林さんは、千駄木《せんだぎ》のものすごくしぶいアパートにすっごくエロくて大人っぽい奥さんと住んでいて、私はたまに遊びに寄らせてもらったものだ。鷹揚《おうよう》でクールな彼女のたたずまいを見て、大人の世界は深いなあと思ったことまで思い出した。

他の絵本がどうしても好きになれず、大海先生の世界にだけ心を休めることができた暗い子供だった自分は間違っていなかった、と44にして再確認。

私の過敏さは、弱さとイコールではない。つまらない人生を送らないために決して妥協しないための、立派なセンサーなのである。このセンサーは厳しい水準を妥協なく要求してくるので苦しいが、逆らうときっとこんなになまけものの自分はすぐだらけてそこそこの人生を選んで、なんでも人のせいにして、おいしいものを食べたり飲んだりばかりしているが満たされず、てきぱき動きもせず、あまり人のためになることもせず最低限のことをいやいや要領よくやるだけで、つらいときも笑顔でいるような人をまぶしくねたましく思うだけで、いつもぶっちょうづらをしてぶつぶつ文句ばっかり言って（まあ、今もかなりこの感じはあるんだけれどさ、書いていてあてはまりすぎて冷や汗が出てきたもん）、そのまま死んでしまうことになるのが見えているので「それだけはいやだ！」とすごい葛藤《かっとう》をしながらもかなり忠実にやってきた。このセンサーのおかげでぎりぎりのラインでいつも生き残ってしかもひとりでも熱く燃えていられるのである。そして悔いない人生の時間を生きることができている。この厳密なセンサーこそがイハレアカラ博士のいうところの「ウニヒピリ」なのかもしれない。

　みんなでものすごくおいしく全てが新鮮なお店に行って、ばんばん食べて、満腹になって水族館へ行った。大洗《おおあらい》水族館は素朴なのに働く人がみんな一生懸命で充実していた。

　大海先生が「触れる水槽」で小さいサメをつかみあげたら係の人もサメもびっくりして、「お水の中で触ってください！」としかられていて、さすがだな〜と思った。あとイルカショーを見ながら「ほら、やっぱりえさをやらないと芸をしないいんだよ」とおっしゃっていて、大海先生の健在さに拍手したくなった。

　アメフラシを触ったら、信じられないくらい気持ちよくて、ずっと触っていたかった……。ちびっ子のほっぺた以上に癒《いや》される生き物であった。海で踏むとむらさきの液がどばっと出ておえっと思うんだけれど、手でなでなでしているぶんにはハッピーなものだったのね！

　別れの淋《さび》しさで胸がいっぱいになったけれど、それも旅の醍醐味《だいごみ》。だんだん時間が淋しさの中から自分の生活のほうへ戻ってくる感じもとても大切だ。

7月26日

ハルタさんといっしょに「ハプニング」を観る。

かな〜〜〜〜〜〜〜〜り、好きな映画だった。シャマラン監督がほんとうに好き。主役のご夫婦のキャラの微妙なことといったら、もうつぼにはまりすぎて具合が悪くなるほどだった。設定はかなり無理があるけど、その力技は私もよくやってしまうことなので、文句は言えない。とにかくあのふたりを観るだけでお金を払いたいようなキャラ設定だった。映像はもちろんすばらしい。

主役の男の人は、確か昔ヒップホップの人だったと思う。音楽的にはちっとも好きではなかったのだが、彼のヴィデオクリップでの表現力、演技力（たしかグッド・ヴァイブレーションズといういいかげんな曲だったような）があまりにすばらしく、なんだこの人？　と思っていて、あまりにもうまかったので録画してしまったほどだった。よくぞあの人の演技のうまさがわかってくれた、とここにも感動。

ハルタさんは変わらずキラキラしていて、ほっとした。いっしょに帰宅してチビも連れてタイ料理屋さんに行き、おいしいごはんを食べていろいろしゃべって送っていった。小学生のときみたいに、夏休みの帰り道、別れがたい感じがした。

7月27日

陽子さんとそのパパからすてきなプレゼントやお菓子をいっぱいいただき、幸せな一日。イナムラショウゾウはやはりおいしい！　谷中《やなか》にあるのも嬉《うれ》しい。

お茶をしようよといっしょに出かけたチビは抹茶フロートとこぶ茶どちらにするかですごく葛藤していた。渋いな。

そして今頃になってゲームボーイの「MOTHER 3」にはまりまくっていて、わけもわからず右往左往している彼。やっとひらがなが少し読めるようになって、ロールプレイングが少しずつ理解できるようになったので、挑戦しているらしい。

この夏はチビと庭で水やりをするのが日課で、毎日泥だらけになり蚊にさされながらいっしょうけんめいふたりで水をやって、そのあとシャワーを浴びてさっぱりするのがはやっている。ホースを巻き取ったり、木酢液《もくさくえき》をまいたりするのも彼の仕事。絶対甘やかさないで植物尊重で仕事を頼んでいると、どんどんこつをつかんでできるようになっていく。いいぞ、と思う。

昼間、タマちゃんがワクチンのあといきなり具合が悪くなって、吐きまくり、はあはあしだして死んじゃうかと思ってどきどきした。副反応ではなかったし治ったからいいけれど、動物はいつも大きく症状が出るので、悔いのないように接しようという気持ちがいつも追いつかない。移動の車が熱いのにもがいたので、熱中症になったらしい。

遅刻して実家へ行くと、安田さんが両親と姉を診てくれていた。父は講演がよかったらしく、劇的に背中が柔らかくなっていたそうだ。すばらしいことだ。母も少し元気になっていたし、姉もほぐれてにこにこしていたのでよかった。安田さんは一瞬も気を抜かないのに常にリラックスしていて、すばらしい。だからなのか、安田さんとなれ合うことは決してない。楽しいし甘えてもいるのに、なれ合う感じにならないのだ。

今日も信じられない量の鉄板焼きをみんなで食べたが、作るつもりだったビビンパをやめてみたところだけが姉の良心であろう。石森さん含めみんなで本気で「もう食べられない！」と嘆願したのがきいたのか、夏バテで本人ももういいと思ったのか……。しかし姉が買ってきたバナナパイは、信じられないくらい重かった。片手で持てないほどだ。さすがだ！

7月29日

「パコと魔法の絵本」を観《み》る。

監督の苦労が伝わってきて、ほんと〜うによくがんばった！　と肩を叩《たた》きたくなった。

役者さんたちの熱演が異様なほどで、よくこんなすごいものを見せてくれた、と思った。彼らが監督を思う熱い気持ちがびしばしと伝わってきた。

ここからは宣伝コピーになりえない深い感想の部分だ。

推測にすぎないので、監督のほんとうのところはわからないが、私が彼だったとすると、途中で「この物語は、やばいな……」という気持ちになったと思う。芯《しん》のところを支える哲学が圧倒的に薄いのだ。あるお話に長くつきあってみないと意外にわからないこのことに、いったん気づいてしまうと、これはもう致命的だということがわかり、投げ出したくなるものだ。

「ものすごくかわいい女の子がいて、あまりにも清らかで、人の心を動かした」ここまでであれば、まだいけたかもしれない。しかし決定的な間違いがいくつかあり、とりかえしのつかない土台から全《すべ》てが進んでしまった。しかし、役者さんは監督のためにこれ以上はありえないほどの熱演をしてくれた。監督にできることは、優れた編集と、観ただけで全てが吹き飛ぶようなＣＧ場面を作って、とことんこの話につきあい、とにかく圧倒してしまうことである。

それは血がにじむような作業ではないかと思う。

よくぞがんばった、と勝手に感想を抱いた。全然違う流れだったら、ごめんなさい。

そのあと、イシハラさまと壺井《つぼい》ちゃんとりさっぴと「ラ・プラーヤ」に行って、おいしいものを食べまくる。

どうしてあんなにおいしいのだろう？　と思うくらいおいしい。そのおいしさの秘密を私なりには理解できるが、それでも最後の一線でひとひねり超えるすばらしい技術がある。もう一ミリでも違っていたらだめになるおいしさなのに、作り手におかしな緊張感はなく、こちらもリラックスして食べることができる味。

そしてソムリエのワインの合わせかたがなによりもすごいのだ。全く違和感がなく、ワインを飲んでいることを忘れてしまうほどだ。料理の一部と考えてもさしつかえないほど。長年考えて実際合わせてみてベストだと思うものは、そうそうゆるがないということなのだろうか？

まるでひとりの人間がワインと料理を同時に創《つく》りだしたような合い方なので、ソムリエのお姉さんに「マスターとチュウしたことありますか？」と聞いてみたくらい。

「もしかしたらどこか洗練を欠いているのでは？」とスペイン料理に偏見を持ってい

たけれど、ほんとうにおいしいスペイン料理はすごいものだという気がしてきた。

7月30日

英会話。ヒヤリングだけが伸びていき、しゃべると「He do」とか言っている私、中学生以下。っていうか中学生のときは英語クラスでトップだったんだけどなあああ！

バーニーさんの突撃ホワイトボードイングリッシュに鍛え上げられ、マギさんに優しくさとされつつ、なんとなく英会話をしたかのような気分にしてもらい（？）帰宅。

夜は飴屋《あめや》夫妻、おじょうさん、ささじま社長、タムくん、ヴィーちゃん、そしてゲンイチという超豪華な組み合わせで晩ご飯を食べる。チビがヴィーちゃんにチュウをしていたが、飴屋さんちのおじょうさんもつられてチュウしていた。彼女がいちばんもてもてだ！

タムくんはしょっちゅう来ているけれど、ヴィーちゃんといっしょというのはなかなかないので、ふたりそろっているのを見てすごく嬉しかった。気分は息子とその婚約者みたい。チビもこんなすてきな人を見つけてほしいな。

7月31日

昨日の夜、チャカティカの近くの道にみんなで座って、田中さんもあきれるほどの長い時間子供たちと遊んでいた。風が涼しくて、夏の夜に気温が下がってくるちょうどいい感じも、考えてみたら久しぶりだった。

その思い出のある町を昼間歩いていたら、全部夢だったのかなと本気で思った。だってあんないい人たちばっかりなんてありえない、なんて。あと道を裸足《はだし》でがすがす走って行く飴屋家のおじょうさん……。私たち過保護すぎるかな、とヒロチンコさんとしみじみ言い合う。

フラに行って、新しい踊りのむつかしさに苦しんでいたら帰りは眉間《みけん》にしわができていた。フラにあるまじき現象である！

「ハレルヤ」で私のお誕生会。いばっていいと言われたのでいばってどんどん頼んだら頼みすぎたけど、みんな大人なので怒らなかった。ほっ。あやちゃんやりかちゃんの腰を抱き、のんちゃんとチュウしながらクムからの電話で生歌を聴かせてもらい、やりたい放題！　きっとモテモテ（女性に……）で傍若無人の一年になるでしょう。

8月1日

ヒロチンコさんともう一度「ハプニング」を観に行く。やっぱりいい映画だった。オチがわかっていても、しみじみといい。特にあの奥さんがすばらしい。監督の中にはっきりとあの人物がないと、あんなふうにはならないはず。

8月2日

ラキラキにタイマッサージへ行く。あいかわらずすばらしい腕前で、ストレッチを存分にして体が「そうそう、ただひたすらにのばしたかったのです」と言っているようだった。タイの人たちがみんなマッサージをしているとは限らないけれど、あのしなやかな体は野菜たっぷりと、辛いものと、マッサージの力かもしれない。

タイも韓国も、食事の割合として野菜が六割くらいだもん。みんなお肌がきれいなはずだ。日本人は、農作業をしていないのに今も基本は農作業用のごはんを食べているから、問題が生じるのかも。その上、腸も長いのだそうだ。そして欧米人のように腸が短くなく、肝臓も小さいのに食事は欧米か！　いったいどうしたらいいんでしょう。それはバランスよく、いろんなものをてきとうに食べ、深く考えないことです、のものと最近思う。野菜の質はともかく、私たちが小さい頃はバターと味の素が至上のもので、ほとんど野菜なんて飾り程度だったのがはやった時期がある。それに比べて、今はどこに行っても野菜があって、少しはましになっていると思う。

それにしても日本の食文化がいかに世界に誇れる切り札的なものかというのは、一週間もアメリカに行ったらわかります。

8月3日

お手伝いさんやシッターさんは、甘やかしてくれるし仕事だからとことん遊んでくれるけれど、ママではない。そしてママは甘やかさないし仕事じゃないからちっともまじめに遊んでくれないけれど、この世でたったひとりで、とことんママである。その違いをチビのうちにしっかりと学んでいるのはとてもいいことだと思う。

うちの母はかなり特殊な人だが「編集の人がいくら夫に優しかったり頭をさげたりへりくだってくれていても、それは妻や子供には一切関係ない、だから人として恥ずかしくないように接して、決してそれに乗っからないようにする」ことをたたきこまれたのは、ものすごくよかったと思う。なんといっても自分も勘定に入ってるところがすばらしい。

午後は毎日チビとおデートをして、ごはんを食べたりお茶を飲んだりしている。

ふたりともにかけがえのない時間なので、真剣に出かけている。

8月4日

夏休みってなんていいんだろう、睡眠がとれるし！

睡眠と庭仕事のおかげで考え方が健全になってくるのがわかる。悩みって寝不足から来てるのが三割くらいかも。

しかしそうは言っていられず（？）映画の「闇《やみ》の子供たち」を観る。

あのすばらしい原作がなければなかった映画だとしても……原作に漂っていたそこはかとない下品さや情緒の浅さ（ほんとうにごめんなさい！）がすべて払拭《ふっしょく》されて、考えられないくらいいい映画になっていた。阪本監督の最高傑作だろう。監督がどれだけ考え抜いて、作品と心中するくらいの熱意を持っていたのかが伝わってきて、内容よりもその作家魂に涙した。原作の中の大事な部分は残しながらも、これはよい！と思うエピソードは全て監督が創作していた。その創作っていうのが「映画によかれ」と思って創りだしたのではなく、魂の底からしぼりだしたのだな、自然にすごく品格の高いところから降ってきたのだな、ということがわかる。

これまでにこのことに関わって死んだ多くの大人や子供たちへの供養《くよう》もできていると思う。

これは歴史に残る一作だろう。映画館も満席で頼もしかった。ものすごいリスクを負って演じた江口くんと毎日新聞（自分がとってることをほこらしく思った……評判がおちかねないのに）もえらいと思った。特に江口くんはこのような役をやれるほどに成長してるんだな、という感慨もあった。なんて立派に育ったんだろう。初めて会ったときはただのでかいあんちゃんだったのに。表情のひとつひとつが彼の内面の葛藤《かっとう》をしっかり表現していた。

それから脇役《わきやく》の人たちのリアリティは、監督が表の世界だけ見てきてないっていうこと、普通の人たちの顔や性格の奥にある気味悪さを知ってるから選べたもの。妻夫木くんの体型ももののすごくリアル。宮崎さんも熱演。

8月5日

中井美穂さんと対談。

実は同級生で、私はたまに彼女を見かけていた。

ものすごく頭がシャープで、あいまいさや隙《すき》や甘えがひとつもないことにびっくりした。芸能界を生き抜くってあいうすごさがないとだめなんだ！　私たちの知ってる彼女は彼女の20％くらいだと思った。私服のセンスもすばらしく、深く感動してしまった。そして彼女のようなものすごい人と結婚した彼もきっとすごい人なんだ～！！！　と勝手に思った。

8月6日

ここぺりへ。

マッサージ中に体の力がみんな抜けて、歩けなくなるわ、寝すぎてなにがなんだかわからなくなるわ、自分が面白かった。なんだか夢の中で関姉妹に会ったみたいないい感じ。

調子にのってふらふらしつつ、新しいカレー屋さんに行ったら、ものすごくおいしかったのでゲンイチとヒロチンコさんとチビと喜びあった。近所においしいお店ができるのってかなり嬉《うれ》しいことだと思う。特にふだんあまり外食をしないから、たまに「今日はもう外で食べよう」となったときに、安くておいしい店の選択肢が多くなると楽しい。みんなで「どこに行こう、なに食べよう」と話すのは幸せなことだ。

8月7日

iPhoneの使い方がさっぱりわからず、研究しすぎてはげそうだ。

でも電話はまあとにかく押せばかけられるしね〜（弱気）。

アドレス帳をモバイルミー（この使い方も実はよくわかっていない）にアップして、同期してから、いろいろ入力間違いに気づき、OLになったらおしまいだったなとしみじみ思う。

フラに行き、iPhoneの操作法よりももっとむつかしい踊りを習う。これができるようになったらもう旗揚げゲームでは一生常にトップだろうと思う。

こんなことばっかり言っていてもしかたないからまじめに言うと、iPhoneは根本の考え方から違う。やはりここには幸せな未来を意図した人類の知恵を感じる。パソコン端末でもないしマルチリモコン的でもない。

8月8日

梅佳代さんの「じいちゃんさま」はすばらしかった。

彼女にはいつもタムくんに似たものを感じる。親が「おまえの感じることはなにも間違ってない」と体で教えて育てた人たちという感じ。だから創っているものはいつでも堂々としていて、唯一無二《ゆいいつむに》で、理屈抜きで、情緒はないのに、技術もすごいわけではないのに、べたっとしてない涙が出るような感じ。

うめさんはいつ会ってもどこにいてもうめさんのまま、そこが大好き。

森先生も来てるし、ひまだし、チビも夏休みなので鉄道模型の祭りに行く。愛人たち（かなり年配）にあいさつと差し入れをして、森先生をさんざんいじって、もうやることはない、そのはずなのに、炎天下で古い模型を補修して火を入れ、そっとつきそって走らせている人々にじんときたり、いろんな種類の乗り物に何回も乗ったり、最終的には中古のドイツ製の立派なトーマス線路付きで3万円を「安いな、買うべきかな」と真剣に検討していて実にあぶない。「今日はなにしにいらした？」と名倉さんに聞かれて、「森先生が都内にいらっしゃるからちょっと顔出しに来ただけです」ともはや言えない自分、やばい、おかしくなっている！　過去に鉄研に名前を貸したことで引き寄せの法則が働いてしまったか!?

夕方チビとヒロチンコさんとかき氷を食べたら、やっと頭も冷えた……。

休憩して阿佐ヶ谷餃子《ぎょうざ》の集いに走る。慶子さんとご主人とたづちゃんを待たせてしまったが、なんとか餃子に間に合う。6人で15人前食べた。そんなに食べておいてなんだが、悲しきことに「なかよし」は餃子の味が落ちていた……。

たづちゃんの家で北京《ペキン》オリンピックを見た後、5人で手をつないで夜道を歩いた。

慶子さんが笑顔で幸せなのを見ると、感無量。

8月9日

チビのいっちゃんに対する態度、悪すぎ。

なのでさんざん怒ってみるも、ききゃしない。ようするにいちばん甘やかしてくれる相手を見て甘えてやつあたりしているのだな！

そのくらいいっちゃんがまじめで根気よくつきあってくれていることもありがたいが。

というような様子をじっとじっと観察していると、男というものがとことんわかってきた。それだけはわかりたくなかったのだがなあ、夢を見させてくれよ、おいおい、というレベルまでわかってきた。

これは……蝶々《ちょうちょう》さんとの連載、面白くなるぞ！

8月10日

信藤さんの主催する夢の島のロックフェスに、チビを連れて遊びに行く。陽子さんもいっしょ。世代が近いのでなにかと「懐《なつ》かしいね〜」と言い合う大人のフェスであった。

炎天下に合わない知世《ともよ》ちゃん（でもきれいでした）とか鈴木慶一さん（でもすばらしかった）をしみじみと観ながら、チビは曽我部《そかべ》さんちのかわいいおじょうさんハルちゃんに夢中であった。モモちゃんはまだちょっと小さすぎたみたい。曽我部さんもすばらしかった。あの声には野外が合うな〜！

なんといってもシーナ&ロケッツが衝撃的にかっこよかった。変わらない！　というかすごくなっている。夕方の空の下、激しくシャウトされる懐かしい名曲「レモンティー」を聞きながらうとうとしていたら、ものすごく幸せだった。

HASYMOもよかったが、聞いているうちに後ろのおじょうさんたちが「う〜ん、ライディーンとか胸キュンとかやってほしいよね！」と言いだした気持ちが痛いほどわかり、ものすごくおかしかった。ライディーンはやってくれた。

チビがいちばんうれしかったのは、リリーさんがおでんくんを引き連れて主題歌を歌ってくれたことだった。その歌をいっしょに歌える自分が切ない……。

美食の王様に負けないくらい食いしん坊の私だが、日本の「なんでも細かい方向に信じられないくらい細かく発展する」という傾向がいちばん悪く出たのは、外食産業だと思う。クオリティを下げずコストを抑えるにはメニューを少なくするしかない。だからアジアの屋台では新鮮なものをいためるゆでる揚げるだけで出している。なのに日本はまったく逆で、複雑にすればするほど安くまずくなるようになっている。

帰りにあるチェーン店に入った。晩ご飯をとにかくあれこれ組み合わせてセットにすればだいたい千円前後で抑えられる店。いろいろな種類のピザがあるが、台はみんな冷凍で、コンビニレベルのもの。パスタには全《すべ》て、よく安いインド料理屋でナンに塗ってある、あの機械油の味がする業務用マーガリンがからめてある。こくを出すためだろう。とにかくいろいろな種類のものが安く食べられるしコーヒーも飲めるから、一見いいように思えるが、人間とはそんな単純なものではない。

自分から行っておいて店の文句を言いたいのではない、もっと根本の話で、外食産業にたずさわるなら、もうけを出しながら「客を満足させる、客の健康に貢献する」というのをどうして考えられないのだろう?

トマトソースの麵《めん》とマルゲリータだけにして、材料はそこそこ（そこそこで充分）いいものを使う、というようなことにどうしてならないんだろう。

というのも、もし自分が無人島で何日間も過ごして帰って来たときかぶりつきたいのは、そういうものではなくって、お高いレストランのごはんでもなくって、新鮮で簡単に調理されたものに違いないと思うし、かなり飢えていてもあの機械油の味や古い小麦粉の味を「うまい！」とがつがつ食べることは多分ないのではないか？　だとするとこの世でいちばん地球に優しくないのはああいう食べ物では？　と思ったからだ。

8月11日

日焼けでアロエを塗りまくり。

一日なんとなく熱っぽい。しかしくじけずに実家へ向かうと、安田さんが家族を診てくれていた。安田さんが昔足こぎボートに乗って沖に出たらボートがこわれて遭難し、ものすごい日焼けをしたおそろしい話を聞いた。下手すると熱中症で死んだかもしれないな～と思い、もしそんなことがあったら「テキメン！」のような名著もこの世になかったわけだ、としみじみした。あの本に出てくることとって、さらっと書いてあるけれど、まじめに読むだけで人生の深いところでなにかが変わるくらい効果的だと思う。というか一度「安田回路」につながると「幸せとはなにか」を体得できるのがすばらしい。

みんなで鶏《とり》のからあげや冷や汁やチーズケーキを食べ、大満足で笑顔いっぱいに過ごす。

ヒロチンコさんが「今日の晩ご飯はなんだろう」というので「俺が霊視してみる……いっぱいの鶏のもも肉が見える」と言ったら、ほんとうに当たっていたのでびっくりした。しかも冷や汁はきのうフェスの屋台で陽子さんが食べていたのを「ううらやましい！」と思っていた一品。空を超えて姉に届いたのね。

姉との間にしか通わないいこの超能力、ここを読んでいるみなさんにはもうおなじみでしょうが、ほんとうに、意味がない。

8月12日

チビとは夕方おデートをし、ワンラブで箸《はし》置きをいっぱい買い、抹茶フロートも飲み、充実。

ついに「LOST」を今観《み》ることができる最後まで見切った。だんだん出てくる人たちに愛着がわいてきて、島の暮らしが好きになっている自分……おそろしいことだ！

「悪夢探偵2」も観る。すばらしいできだった。飽きさせないし、面白いし、感動するし、大泣きして観た。塚本監督はほんとうに全身で人の親になっているんだなあと思った。それにしても悪夢探偵は気の毒なくらい大変そうだなあ。松田くん、うまいなあ。

8月13日

いつもの焼肉屋さんで、斉藤くんをはげます会。

奥様とおじょうさんもいらして、年の近いチビが大喜びでDSを教えてあげていた。チビ同士でどこまでもはしゃぐことが幼稚園でもなかなかないので、すごく嬉しかったと思う。渡辺くんがものすごくいじられていた。

人が去って行くのはいつでも淋《さび》しいしやりきれないけれど、この年になると死別が増えてくるので、生き別れに関しては「生きて元気にいてくれるんだから全然オッケー」と思う。いちばんやりきれないであろう石原さんも「行った先で幸せになってくれればいいと思うものだよ」と言っていたが、本音だろう。

うちを辞めた人でも、とんでもなく不幸になったり消息を絶った人はいないし、今もみんな笑顔で会えるのでなによりもありがたいことだと思う。

8月14日

昼間は「仮面ライダーキバ」を観に行くが、あまりにもすいていてほんとうに心配になった。

内容も、映画館でやっちゃいけないくらいの気が抜けた感じ。しかし、役者さんたちは熱演していた。えらいなあ。

夏ばてで胃が重い。しかしくじけずにりさっぴとじゅんちゃんと銀座ヴィノリオにイタリアンを食べに行く。

おいしかったし、清潔で感じのいいお店だった。メインに三元豚を持ってくるところにシェフのすべてが出ているというか、メインが肉でほとんど二皿というのが好みのわかれるところだろう。肉大好きな私はもちろんオッケーだ。帰宅したらチビがまだ起きていて「寝る前にぎゅっと抱っこして」などといっていて胸キュンだった。

8月15日

まずいことに(?)、いや、ありがたいことに、星野さまからトーマスの改造機関車が送られてきてしまった! 引き寄せまくりだ! なんでお金とかと違って簡単に引き寄せられてくるのだ(笑)! 嬉しくて走らせてみたらオハナちゃんがありえないくらいに大騒ぎしておかしかった。

お墓参りに行って、みっちりと日焼けする。いつも行く前は「帰りにお茶でもしよう」と思っているのだけれど、行くと暑くて動けなくなり、すぐ帰ってきてしまう。ロルフィングを受けたら、もう眠くて眠くてしかたなくなり、お酒も飲めないし食欲もない境地になったけれど、チビとパパの夜中のジョギングにつきあってしまい、ますますよれよれになる。自分の体の重さが信じられない！　これが中年の重さなのね。

やまじえびねさんの「愛の時間」がついに単行本になる。いろいろな意味で懐かしく切ない作品で、彼女たちの静かな生き方が私の中でまだ息づいている。自分の気持ちをいつもぐいぐい人に押し付けないように生きるしかないのは私も同じだ。とてもそうは見えないと思うけれど、とても控えめに作品にしている。だからやまじさんの志が痛いほどしみてきて、私もこうあろうと思う。

8月16日

炎天下にとんかつを食べる会を結成。油物が苦手なヒロチンコさんはしぶしぶと参加。

でも結局みんなぺろりと「ぽん太」の真っ白くおいしいとんかつを食べ、お茶をして帰宅。

ロルフィングの力でまだまだ眠い。眠くてなにもできないくらい眠い。仙骨がのびたら脳もゆるんだらしい。気力がゼロで困るのだが、ここで休まないとだめってことだなと思い、とにかく休ませてみた。疲れきっているときって気持ちがあせってまだまだ動かなくてはと思うものだけれど、思い切って投げ出して寝てしまうのがいちばん回復が早いと思う。

8月17日

雨降りの日曜日。陽子ちゃんとチビの声が響き渡る平和な午後。あと何年こんな幸せが続くのかな、チビは大きくなってしまうし。でもきっとこの雰囲気は一生大事なものとして残るだろう。みんな外国にばらばらになっていく私の友達たちだけれど、元気で生きていてくれれば会いに行けるし。

バーゲンでむやみに服を買ってしまう。秋のはじめに一年だけ着たおす感じの服。これが、意外に重宝するんだな。それから珍しく空《す》いている伊勢丹《いせたん》の地下に行き、手羽揚げなどを買う。それをみんなでピクニック形式でてきとうに食べた。

ウルルンが終わってしまったらドイツ平和村と日本からの支援の関係はどうなるん

だろう？　としみじみ思う。珍しく前向きに続いていることなだけに、うまく続いてほしい。きれいごとじゃなくて、必要なのはお金なんだなあとか。東さんは一生続けるやるべきことをしっかりと得ていてよかったと思った。縁ってそういうものだから「日本にも困ってる子がいっぱいいるのになんで外国の子を助ける」っていうのは筋違いだと感じる。

でもあんなに重い病気の子をみんなで助けようとしている反面、子供を次々産み捨てる日本の母を数人知ってるので、なんだかなあと思う。この全部が世界なのだな。

そのあと益若《ますわか》つばささんという賢いモデルさんを見ていて「ついに庶民の反撃が始まった！」という感じがした。あゆでもエビちゃんでも救いきれなかった層の支持をがっつりとつかむカリスマ性。

8月18日

安田さんのところに、いつものメンバーで行く。

体は全体的に疲れてきゅうきゅう言っていて、安田さんがそれを的確につかんでいた。なんでこんなことわかるの？　という感じ。カバンが重く感じて立っていられないんじゃない？　とか。すごいなあ。

それでみんなで晩ごはんを食べる。安田さんに「ここで食べておいしいのはこの二種類のソースだけ」と言われたが、ほんとうにそのとおりだろうと思った。確かにおいしかった。「言い忘れたけれどもちろんコーヒーもいまいちです」っていうのが最高だった。地元のことは地元の人に聞くのがいちばんじゃよ。

いつものメンバーとさらっと書いているけれど、意外にこれがまた奇跡のメンバーで、お互いに気をつかいすぎるタイプという難点はあれど、よくぞここでまた会えましたね、という人たちである。会うたびに、ああ、みんな、いろいろなことがあったけれどまじめさんたちよ、生きていてよかったと幸せをかみしめることができるのだ。

8月19日

チビとケバブサンドを食べに行くが、肉が少なく、日本人そして多分トルコ人の常識をもはるかに超えた生タマネギが入っていた。ギリシャで毎日のように食べたけれど、あれっておいしい奴《やつ》はほんとうにおいしいのだ。肉とソースももちろん大事だけれど、なによりもパンが大事。それからバランス。なので、あのお店の寿命は一年と見た。ふふふ……。

なによりも下北の洋食マックが閉店したことがこの夏最大のショックである。お姉さんの店も露先館の改築に伴い移転しそうだし、まったくお先真っ暗な世の中だが、明るい気持ちで生きていこう。

「奇跡のリンゴ」を読む。すばらしかった。木村さんの言うことなすこと、なにからなにまですばらしくて文句の言いようがないくらいだ。こんな人がいるなんて！　しかもその考えを惜しみなくシェアしてくれるなんて。でも半端《はんぱ》にまねする人には決してつかめないなにかをつかんでいるのだろうし、あとを追う人たちは、いくら教えてもらってもまたその人やその土地特有の苦悩をくぐりぬけるのだろう。

ところで中に出てくる宇宙人の話、ドキュメンタリーなのであっさりと現実的に解釈されているが、私の毎日読んでいるたぐいの本の中ではほとんど常識的体験。地球の生命カウントダウンのカレンダーの話までよく読む話。あれ？　なんの本読んでたんだっけ、と一瞬世界が混じっておかしかった。深夜に読んでいたのに目が覚めてしまったくらい。

8月20日

英会話。自分のできない雰囲気がチビがひらがな読めない生意気な雰囲気にそっくりで、気恥ずかしくなる。でもそんな私に今日もマギさんとバーニーさんは真剣に英語を教えてくれて、頭の下がる思い。どういうふうにしたらいいかいつも考えてくれてるんだろうなというのが伝わってきて、とにかく一歩でも進んで行こうと思いながらも、けっきょく意気込んで買った電子辞書の使い方まで教わってしまい、頭の下がる思い。

でもあの人たちに会うと、なんか前向きな気もちになるのが教師としてすばらしい人たちだと感じる。

いっちゃんのお店に、こんどこそヤマニシくんと行こうと思い、はりきって予約して行く。酒好きにはたまらないおいしいおつまみがたくさんあり、今日もいっぱい食べた。ヤマニシくんも風邪ではあったが、健闘していた。チビは「いっちゃん、このあいだおしぼり出し忘れたでしょう」と姑《しゅうとめ》のようにいやなことだけねっとりとおぼえていてびっくりした。

8月21日

家で、たまったことをひたすらにする。それでも机の上がきれいになる兆《きざ》しはない……。

その合間に必死で電子単語帳など作ってみたが「頸椎《けいつい》」「育《はぐく》む」「焼却場」「肉を切

り分ける」など偏《かたよ》った単語ばかりだ。なぜに？

送られてきたノブヨさんの表紙のラフスケッチを見て「うわあ、ありがとう！」とただただ思う。ちゃんと読んでくれたんだ、そして感じてくれたんだ、と思った。

中井さんにジャムのお礼の蜂蜜《はちみつ》を渡すべく、劇場前で待ち伏せ（連絡はしましたけどね）！　ストーカー気分炸裂《さくれつ》&すらっと美しい背の高い彼女が来て、にこっとしながら「もうこのままデートしたい気分なんだけど」などと言ってくれたので、まるで男になったような気持ちを味わう。

今日はもうひとりのみほさん、絵を描くみほさんに結婚式の写真も見せてもらった。ふたりが白い服を着てにこにこしていて、いまどき珍しくほんとうに「この人たちは結婚するんだな」という新鮮な気持ちになる写真で、涙が出てきた。みほさんは昔から、絶対に自分を自分以上に見せない人。人の悪口を言わない人。男の人に好かれようと計算したりもしない。無理もしない。彼女の描く世界は悲しいくらいきれいな鳥やお城や花がある天国みたいな国ばかり。そんな彼女が全くがつがつしないままで結婚する相手に見つけられ、その人がよさそうな人だというだけで「神様っているんだな」的な気持ちになった。

8月22日

朝からはりきって出発し、逗子《ずし》へ。

大野さんのおうちに集合して、舞さんも合流、寒いのでとにかくコーヒーでも、と「coya」へ観光しに行く。本で見た通りのすてきなお店だった。猫もフレンドリーでうらやましい。写真を撮らない、スリーエフの駐車場に停めない（すぐ停め直しました）などなどさまざまな掟《おきて》を破って申し訳なく思いながらも、しっかりと楽しんだ。

そして海へ行き、ばりばりと泳いだと言いたいが、寒いのでちょっぴりだけ泳いだ。この夏最後の泳ぎになりそうだ。チビは大野母娘《おやこ》に砂に埋められ、かなり幸せそうだった。それからコスモミロスの見学、すてきなお店でガラス器を買うなどして、おうちで舞さんの作った大ごちそうをいただいた。みんな異国の料理みたいで、ものすごくおいしかった。大野さんのご主人や猫も帰ってきて、夢のような幸せなひとときを過ごした。愛のある家族の団らんにおじゃますることは、人類の喜びの中でもかなり大きいと思う。その家の歴史があり、重ねられてきたものがある空間で、みんな笑顔で食事をして、チビもとても嬉《うれ》しかったと思う。楽しい会話を聞きながら安心してソファでうとうと寝る幸せを、私も知っていた。

あんなに果てしなくスピリチュアル&忙しい人なのに、家庭もしっかりと育んできた、大野さんはやっぱりすごいなあと静かに尊敬の念を深めた。私も無理なく、しかしがんばっていこう。

8月23日

「今日がいっちゃんに会える最後の日だと思って接しなさいよ!」と言ったら、チビはいっちゃんにきちんと接していた。やればできるんじゃないか&私もあまりの彼の生意気さにいつも怒った口調で話しかけていることに気づき、もう少しフラットに行こうと調整。まあ幼稚園が始まれば、自分の年齢の子と接することが多くなるので、大丈夫だろう。

近所のエステにふらりと行ったら、超絶技巧でびっくりした。四十過ぎたら週に二時間は自分の弱い体に投資すると決めていたので、いいところがいくつかあるのはほんとうに幸いだ。超近所のもう一軒もメニューが違ってなかなかいい感じだし、豊洲《とよす》にはいつもセントグレゴリーがあるし(遠いけど)、自由が丘にもいいところがあるし、エステ部門も体部門もラインナップは四年かけてやっといい感じにそろってきた。幹のところにロルフィングとここぺりがずっとあったのもほんとうに大きいし、体と心のマッチングに関しては完璧《かんぺき》な安田さんがいるし、よいタイマッサージも受けられるし、リフレクソロジーも長年通っている上手なところにふらりと行けるし、ますます育児に仕事に燃えるぞという感じ。

8月24日

大雨の石葉《せきよう》へ。チビと陽子さんと。

大雨でもいいお宿だ。ごはんが多すぎずおいしいし、よけいなものが置いてないので、気持ちがいい。若だんなさんはよくがんばったと思う。彼の心の努力の軌跡が随所に見える。ごはんの品数を減らすときにどれだけ苦しい決断をして、よけいなものを入れず、質だけを保つか考えたのだろうな、とか。普通、どうしてもこれ以上はがんばれないとなって、大物（鍋物《なべもの》やおさしみのようなもの）を減らすときは、それを減らすだけではなく、米の質を落とすとかヨーグルトにかけるブルーベリージャムを減らすとか、できあいの一品でなんとか目をごまかそうとする、などをしてしまいそうになるはず。でも、いさぎよくばんと減らして、他のものの質をしっかり保っていこう、と彼は思ったのではないだろうか？　他のあらゆる場所に彼の決断と線をひいたはっきりしたラインが感じられたし、そういう志があるところには人はついてくるものだと思う。お風呂《ふろ》に、よく見る営業的な字数が多いでかボトルシャンプーやリンスがないのも、目に嬉しい。

露天風呂に三人で傘をさして入って楽しかった。三人で入れるのもあと数年だね、と言ってにこにこしながら柿《かき》の木の下でくっついていた。

8月25日

石葉のおかみさんと若だんなさんが親切なドライバーさんを手配してくださったので、チビは吐きながらもなんとか土肥《とい》に到着。今回は、母の骨折が治らず私たちも一泊だけ急遽《きゆうきよ》来ることにした。土肥に行かないと夏が終わらないのだ！　宿のみなさんがとても優しく迎えてくださったので、来てよかったと思った。

親や姉と三十五年間いっしょに泊まった部屋に三人だけってもっと淋《さび》しいかと思ったけれど、みんななんとか生きているし、チビは騒ぐし、陽子さんがいて嬉しいし、淡々と楽しんだ。

あじフライ定食を食べたり、柳にあいさつしたり、展望風呂に立ち寄ったり、かき氷をむりやり（雨なのに、寒いのに）食べたり、海に足をひたしたりして、やりとげた感あり。

8月26日

昨日の親切で運転のうまいドライバー、八木さんが来てくださり、チビははしゃいでおしゃべりしていたので、吐かずに峠越え。ものすごく気をつかって運転してくれたのでありがたかった。

クレマチスの丘に行って、倫子《りんこ》さんの写真展を見る。おじいちゃんがスーパーに行ったり、入院したりしている写真が切なかったけれど、花や地面を撮っても同じように「メランコリックで透明な切なさと残酷さ」が出るのが彼女の真骨頂だ。美術館全体とも合っていて、とてもいい写真展だった。ピッツェリアも石窯《いしがま》があり考えられないくらい本格的で、ものすごくおいしくって、八木さんもいっしょにみんなでおいしくお昼を食べて帰宅した。

旅はいいなあ、いろいろな人のいいところを無条件で見ることができて、とこの歳《とし》になって初めてちょっと旅の良さがわかってきた。遅いし！　なんでも遅いのが自分の特徴だし。

8月27日

タマちゃんが吐き続けていてかなり心配だが、おさまってきたので出発。名古屋、奈良、京都へ夏休み最後の旅。

昨夜、大きな別れがあったのでタマちゃんは多少影響を受けたのだろうか？　とてもそんなデリケートな猫には見えないのだが……私もしょげていてがっくり。ちほちゃんにメールを書いて、なんとか気持ちをとりなおして荷造りをする。メールを書いて、その返事を待つだけで、なにも相談に乗ってもらえなくてもなぐさめられる友達がいてよかった。落ち込みを察してくれた美香ちゃんから、ほんとうに強く優しいメールが来たのも嬉しかった。繊細すぎようと、熱すぎようと、偽善的であろうと結構、そんな子たちと生きていくし！　それでもらうもののすばらしさといったら、もう人生最高のものだもん。

それにしても名古屋のマリオットの中華はおいしい。高いけど、値段に見合ったおいしさだ。ヒロチンコさんに食べさせてあげたくて、名古屋経由にした。プールもいいし、チビもこのホテルが大好き、国内でもかなり好きなホテルである。

伊勢《いせ》―白山道ではないけれど、このごろ、思ったことが現実に反映する度合いが速すぎて少しこわい。突然糸電話からWi-Fiになったような感じがする。私だけではなく、世の中全体の感じだ。まだ慣れないが、やがてあやつれるようになるだろう。

8月28日

一度やってみたかった「名古屋から近鉄で八木に行く」っていうのを実行。

昔の旅みたいで、のんびりといい感じ。

大神《おおみわ》神社について稲熊《いなぐま》さんや嶋田《しまだ》さんと笑い合っているうちに、正式参拝をして正座しているうちに、いつのまにかぱっと頭の中の重い霧が晴れていた。

二十年間、ずっと友達で、なんでも話して、いろんなところへいっしょに旅をして、基本の考え方が合うことを何回も確認して、それでもたったひとつのできごと、たった一夜で別れてしまうこともある。いちおうつなごう、いやなことは一度も言うまい、という感じで電話を切ったが、最後に「ありがとうね」と言ったとき、私の心はもう決まっていた。ほんとうは言えないような精神状態だったが、言えてよかった。

ずっと助けてもらった感謝の気持ちは忘れないし、遠くで幸せを心から祈ろう。

こんなふうに道がはっきりと、あからさまに別れるのが今の時代なのである。

多少違うけれど、好きな人だしまあいいか、みたいなことがどんどんなくなって、いろいろなことが露呈していく傾向を肌で感じる。

この中で何を書いていくか、それが今後の課題だが、やりがいのある時代とも言える。この状況でついてきてくれる読者さんたちはほんとうの仲間だからだ。

夜はすっきり楽しい気持ちで、京都タワーの中に入ったり、「こぱん」で串《くし》かつを食べたりした。京都の若者たちは、優しくて働き者。

疲れて帰った人たちを、空気や建物や自然がしっかり抱いてくれる独特の雰囲気があるからかなあ、と思う。

8月29日

一年間そのことで悩んでいたので、一年ぶりに気分爽快《そうかい》!

一年間毎日悩むというのはかなりきつかったが、悩み抜いたので悔いがない。

朝はりきってイノダコーヒー本店へ行き、鳥など眺めてから、「志る幸」でお昼。多少おかずが少なくなっていたが、おいしさは健在! 白みそ汁は最高においしかった。それから「祇園《ぎおん》小石」ですだちや夏みかんのかき氷を食べる。食べながらチビが「寒い……寒い」と言っていておかしかった。だから一気に食べない方がって言ったのに。チビのおかげでかき氷マニアになりそうだ。錦《にしき》でおいしい鯖寿司《さばずし》も買って食べちゃった。

豪雨のため遅れている新幹線でなんとか帰宅して、あわてて下北のための会のライブに行く。原さんが出ていたので、顔を出そうと思い！　おおたか静流《しずる》さんのすばらしい歌も聴けた。「ふるさと」を聴いていたら涙が出た。原さんもすばらしかった。ハワイでいっしょに買ったウクレレも大活躍。山本精一さんや内橋さんも出てきて、ものすごい豪華さだった。さらにはそれをもりばやしみほさんといっしょに見るという！

チビが「なんで原さんはこの間と同じ曲をやるの？」と大声で言い、どっきりした。いいんじゃないか？　そりゃ。

大雨と雷の中、原さんともりばやしさんとうちの家族で泳ぐように走って帰った。夏休みの最後の大嵐《おおあらし》、なんだか楽しかった。

下北、どうなっていくのだろう。最後まで私もあきらめない。個人的にではあるが、あきらめない。もしだめでも絶対抜け道はある。私は裁判所には行かないし、支援もへなちょこだし、大勢でやる運動はできないし、小説でも露骨には書かない。でも、個人のレベルでできる最高の、目に見えない暗黒（？）の力を発揮して、がんばろうと思う。しかし洋食マックの閉店は痛かったな～……。

8月30日

湯河原、土肥、名古屋、奈良、京都を子連れで4泊でかけぬけた俺……なんてタフなんだ！　営業マンみたいな移動の仕方だ！

朝「星星峡」の会田誠さんと奥様の子育てエッセイを読んでいたら、なにひとつうちの子供にあてはまらないことはなく、衝撃を受けた。お弁当作りと早起きに負けて、小学校は近所の公立に入れようと一瞬思った私だが、むりなのかもしれない……うちの夫婦の収入からしたら高くて泣きたくても、今のポンチな学校でいいのかもしれないな。

彼のエッセイにはいつもはげまされる一方で、この欄でも何回もとりあげているのだが、今回ははげまされたなんてものではない、奥様の岡田さんの書いた文章、内容も出来事も自分が書いたかと思った！　っていうかうちの子の話かと思った！　エピソードがみんな同じ！　ああびっくりした！

午後はじゅんちゃんとチビとごはんを食べて、送っていく途中の道ばたで曽我部《そかべ》さんにばったり会った。チャリに乗っていて、目深《まぶか》にキャップをかぶり、大きな荷物をつんでいて、見るからにむちゃくちゃ不審な人物。

「これから札幌行って、ライブやって、明日帰ってきて、下北ライブに出るんですよ〜！」と言っていて、自分の移動などちっぽけなものに思えたことだよ。

8月31日

チビが夜中にめそめそ泣いて「夏休みが終わっちゃう〜、幼稚園に行ってるあいだママといっしょにいられない」などと言っていて、かわいそうだがかわいいっシモ。

その気持ちを書くことにかけてはプロのママだから、気持ちはわかるよ……。

しかし気をとりなおして、陽子さんとりさっぴと世田美へ。

そう、お友達のダニ・カラヴァンさんが大きな展覧会をやるのです。

ご家族みんなお変わりなく、毒舌&厳密&陽気で仲良し。ほっとした。七十八になる彼だが、むしろ七十三のときよりも元気だ。サポート態勢が整っているからだろうと思う。ご家族に対する賛辞を惜しまないのが、すてきだった。

展示はすばらしかった。その平和に対するオープンな姿勢、妥協のない態度、高いクオリティ、美しさ。いつまで見ていても欠点を見いだすことはない。

特に舞台美術とそのためのドローイングは大感動！

ただ絵を描くということがむつかしくても、立体のためにデザインをするとなると突然絵がすばらしくなるというところに、彼の魂を感じた。

しかし！！！　砂つぶひとつにこだわり創作された彼の砂を使った作品に、チビがためらいなくどん！　と手をついてしまった。一同愕然《がくぜん》。

ダニさんは一瞬驚いて、走りよってきたが、チビの手の跡がかなりはっきりとうまくついていたのを見て、一瞬で「待って！　このままでいい、このままにしよう！」と判断。

親は冷や汗で胃に穴があきそうだった。

立体作品では世界でいちばんと言われるこの人の作品……！

ごめんなさい！

しかし、何回も「直すの手伝います」と言う私に「いや、これでいい、よくなった」と言い続ける彼。娘さんも「いいんじゃないかしら」とか言っている。そうしたらまわりの大人たちも「うん、子供の手の大きさなところがいいかも」「平和をイメージできるかも」などと言い出して、ほっ。

運のいいガキだ！

冷や汗のまま、じゅんちゃんの晴れ舞台を見にタヒチアンの祭りへ。ものすごくよかった。みんなかなりうまく、リラックスしていて、なによりも一体感があった。

帰りに階段のところでクムと美しいみなさんが記念撮影をしていた。そんなところに通りかかるなんてすごく幸せ。クムにおつかれさまのハグ。みんなきらきらしていてとてもきれいだった。でもチビはじゅんちゃんのココブラをぎゅうぎゅう押したり、へそにチュウしたりしていて恥ずかしかった。それをやりたい男子がこの世にどれだけいると思っているんだ！

下北を救うライブに顔を出す。曽我部さんはほんとうに帰ってきてライブをしていたのでびっくりする。チビとかわいいおじょうさんがしゃぼん玉で舞台に効果を出す係になったが、あまりに力んで飛ばない&ふたりがだんだん歌う曽我部さんにせまっていくので、胸がどきどきしながら、じょじょに引き戻した。人の親ってほんとうに大変……。

へとへとになって、チャカティカへ行き、おいしいごはんを食べて乾杯した。

さよなら夏休み！

9月1日

朝、チビがめそめそしながら幼稚園に行くが、ふたをあけてみたらいちばん好きな先生たちが担任でごきげんで帰ってきた。ほんとうによかった。彼にとって、これほど嬉《うれ》しいことはない。おふたりともチビの絵の力をのばしてくれようとするので、ありがたい。勉強の時間にたとえば水槽に一匹だけ魚が入っている絵があったら、チビは必ずそこに魚を描きたす。それを落書きととらえて注意したりはしない、そういう先生たちだ。

大渋滞の中、姉と銭湯で待ち合わせ。チビも連れてみんなでお風呂《ふろ》に入って、ビールを飲んでから実家へ行く。おいしいタイカレーがあってみんな幸せ。

母は骨折の疲労で（疲労骨折ではないのだ〜）よれよれ。痛いと泣きそうにしていてほんとうに気の毒。がんばれ！　と思う。でもこの歳で「今回はほんとうにつらい」と言っているところに、底力を感じる。若い気持ちじゃなければできない表現だ。

父も、あちこち問題を抱えているが頭は元気で、神に感謝したい気持ちだ。

昨日ダニさんを見ていて思ったが、不安になったりしないで問答無用に燃えていることは健康にとってとても大切だ。したいことがあるから、これをするまでは死ねないから、健康でいたい、その志向でスタートしないと全《すべ》ての健康法は意味がない、そう確信した。

9月2日

びっくり！

実は幼稚園は28日から始まっていたのに、知らずに堂々とさぼっていた！　さよなら夏休みとか言ってる場合じゃなかった！　てへ。

サウナに入っていたら、大学の同級生のりえちゃんがセレブ御殿を建てて女社長になっているのをサウナ内のＴＶでやっていてびっくり。ああ、私が韓国サウナに入ってひとりシッケを飲んでぺらぺらのガウンで汗だくになって、なんかちょっと足の裏がかゆくなったりしているのに、彼女は成功してステーキを食べているわ！　と一瞬ねたみそうになったが（嘘《うそ》）、なんか幸せそうでがんばっていて、よかったね、とほんわかハッピーになった。違う道を歩んでいても、まるで接点がなくっても、いっしょにいたことのある人ががんばっているのを見るのは嬉しい。

サウナの帰りに飴屋《あめや》家にちょっと寄った。くるみちゃんがにこにこしてくれたりチユウしてくれて、かわいくて食べちゃいたいほどだった。このご夫婦、なんとなくだがうちの実家の両親とかぶるものがあり、妙に落ち着く……。がんばって笑ったり、気をつかったりしなくても、その人たちは嘘をつかないだろう、思ってないことは言わないだろう、と思っていられることはとても幸せなことだ。それに急に親しくならないで、こんなふうに、何年もかけて自然に会っていく感じが、いちばん好き。

9月3日

遅刻して幼稚園のカンファレンスに。

「もう終わるところですよ……」と小林先生に優しく言われ、廊下から様子を見る……デジャブが襲ってきた！　っちゅうか高校のときって毎日こうだった！

りゅういちくんのママとお話をして、子供が日本で英語を覚えることのむつかしさを考える。でも、まだ日本語も満足にしゃべれないのだから、今は頭に貯金をしていると割り切ろう、と最後には思った。りゅういちくんもいっしょにがんばろう！

iPhoneのアプリケーションでiGotchiというのがあり、単なる育成ゲームなんだけれど、ふさふさしたものにごはんをあげたり、シーソーをしたりしてものすごくかわいい。夢中になる私を見てヒロチンコさんが「これ以上まだ育てるのか……」と言っていた。

そして関さんは「まほちゃんは育てるのが好きなんだね……」と言った。そうだったのか！

ここぺりになだれこんで、マリコさんとゲロの話などして和み、関さんに一挙に体をゆるめてもらう。すみずみの疲れが表面に浮いてきてふらふらになるが、これはほんとうにいい状態。緊張するのは簡単だけれど、自分でゆるめるのはとてもむつかしいと思う。自分でもわからなかった疲れが取れていくのがわかる。ここがあるからがんばれる。

よりみちパン！セシリーズの叶恭子《かのう》さんが思春期の女子に向けて語っている本、とてもすばらしくて、やっぱりただの色物ではあの完璧《かんぺき》な外見にならないし、食べてもいけないのだな、と心から思った。とにかく賢いし、言葉の選び方もすばらしいし、子供に対して手を抜かないし、その場しのぎのかっこいいことを言っていないし、なによりもほんとうに優しいのだ。

9月4日

りかちゃんのお誕生会。久しぶりにみんなを見ると、とても幸せ。元気そうでかわいくて大人ばっかりで、誇らしい。たくさん食べてみんな笑って、ハグをして別れた。

成功哲学の本ではあまり重点をおいて書いていないが、成功するには、人間の力がどうしても必要である。宇宙的ソースからのパワーではなく、ハイアーセルフや天使の導きでもない（結果的につながるとは思うが、それは鼻血出るほど現実をしっかり楽しみ苦しんで生きてないとだめだと思う）。人に成功をもたらすのは人だけだ。そして人は敏感だから、自分が利用されていると考えるとすぐに去っていく。心をこめて誠実に接することで、いつかなにか（お金ではないが最低限のお金ももちろん）が戻ってくる、そういうものだと思う。お金だけが短い期間にたくさん欲しい場合は話が少し違うが、自分に曇りがなければ、必ずいいタイミングでものごとがやってくる。

9月5日

朝は太極拳《たいきょくけん》。なまっていてけっこう苦しかった。ももが痛い！　じゅんじゅん先生はますますパワーアップ。でも宵っ張りだそうで「朝起きるたびに苦しくて『私は前世どんなひどいことをしたんだろう』と思うくらいだ」とおっしゃっていた。気持ちがわかってしまう自分が切ない。おいしそうな梅干しをいっぱいいただき、耐えきれずすぐ一個食べちゃった。この夏は梅にいっぱい救われたなあ。

中島さんのオープニング。

文字に書かれたことを別の形で表現することにおいて、彼の才能のすごさを感じた。テキストの内容がわからないうちから、内容がなんとなくわかるのだ。それにものすごくポジティブ。そのポジティブさが、なかなかないほど男性的。ほれぼれとするオープニングだった。奥さんもお子さんたちも輝いていた。私は、彼の感覚にこれからもついていこう。

9月6日

お祭りに行ったり、チビとランチをしたり、ワンラブの伊藤文学コレクション（裸にふんどしとかもりあがる筋肉をしばってるとか、貴重だけど買っても飾れないよ！）を見せてもらったり、お天気のよい平和な土曜日。チビといっちゃんもすっかり仲直りしていて、かわいい笑い声が響いていた。

「リーシーの物語」を読む。

キングさんがうまく読者に伝えようと、あるいはほんとうに自分でもちょうどいいラインで書いていると思っているのかもしれないが、基本的に美しい話やうまい表現や天才的な女性一人称の語りをさておいても、昔からかなり微妙な狂気じみたラインで書いてきた彼だとしても、これはあくまで私の個人的な判断だが、いろいろなところが度を超していて、彼の精神状態がかなり悪いのがわかる。これは、ほんとうに、心配だ。そのことを思うと、暗澹《あんたん》とした気持ちになった。

占い師も孤独だが、作家も孤独な仕事だなあと。

9月7日

チビが夜中にぜんそくになり、吐いたり熱を出したり大騒ぎ。

朝かかりつけの病院に行ったら、たまたましまっていたので、しかたなく別の病院にふらふらのチビを連れて行った。先生は私の目を一回も見ず、チビもろくに見ず一回も笑顔にならず「早く連れてこないからこんなにひどくなるのよ！」（だって日曜だったじゃんとは言わなかった。もう来ないしと思って）と吐き捨てるように言い、体重は？　というので「18キロです」と言ったら、「こんなにやせてるのにそんなにあるかな！　体重計持ってきて！」とアシスタントに持ってこさせ、ちょっと減って17キロだったら「ほら！」と怒った。そんなに変わらないじゃん。しかもせっかく計ったのに粉でもシロップでもないでっかい錠剤を五歳の子供に出した。

医者にはありがちな現象だが、全く不愉快だ。あんな態度で人の体を扱うなんてとんでもないと思う。別ににこにこしてなくてもいいから、人を人として扱ってほしい。

二度と行かん！

すっかりこわくなってしょんぼりしたチビがかわいそうだった。

夕方は久々のお友達と会って、お茶して、楽しくパンを買って、ハグして別れる……のハグは、私たちには常識だけれど、一般にはそうでないのだろうな〜。

友達の素直な悲しみやかわいい笑顔に触れてちょっと感動し、同じテーマでも、いつも自分はずいぶんいろいろ勝手にひねって考えていないか？　自分は感情に素直ではないのではないか？　と反省までした。そしてそのちょっとの幸せな時間で、看病疲れも吹き飛んだ。

9月8日

朝、レーネンさんとヨッシーからコメントのお礼に百万本（うそだけど、夢みたいにいっぱい）のバラが届いて、超幸せ。

家中がバラのいい香りと気配でいっぱい。

レーネンさんの場合はうまくいったけれど、最近「コメントを頼む」と依頼してきて、依頼字数で正直に（決してけなしていないし、ネタバレもしていない）書くとダメだしをしたり抜粋しようとしたりするのでお断りするケースがやたらに多いが、それだったら、コピーを書いてくれる人に頼めばいいと思う。私が字数通りに書いたものので悪意がないものなのに、変えるなら、自分で書きゃいい。私でなくてはいけない理由が全く見当たらないのに、なぜ依頼するのだろう？　わからない世の中だ。空気が読めないと言われても、ゆずれない線だ。頼む段階で「なんとなく広告の意図に沿ったものを」と言ってくれれば、ちゃんと断るのに。あとは「名前だけ貸してください」とか言ってくれれば、いやですと言えるのに。

コメントに関しては誠実に仕事をしないと、信用問題にかかわるし、もしそれで買ってしまう私の大事な読者さんたちがいたら申し訳ないので、ものすごく厳密な私だ。それがいやなら依頼してこないでほしい。ゲラを読む時間が超もったいない。

治ってきたチビのトークが止まらない！　ずっとしゃべりっぱなし。まだ熱はあるし、ぜえぜえいっているのに、止まらない。なんなんだ？　熱でおかしくなっちゃった？

と思いつつ、しばし看病を抜けて妙子さんのエステに行く。私とヒロチンコさんが初めて会った懐《なつ》かしい場所にあったのでじんとしたし、笑顔の妙子さんにも感無量。お仕事に復帰されてよかったし、相変わらずの腕前にほれぼれした。お肌もぴかぴか。

帰ってチビをかかりつけの病院に連れて行ったら、先生に向かって「おいくつですか？」「きのう違う病院にいったらいやなババ～がいて、大きな薬くれて、それ飲んだら大きすぎてゲロ吐いちゃったから、甘いほうの薬にしてください」などと止まらないトークをしている。そして「それは……どこの病院かな？」と聞かれて私は恥ずかしかった。さらに「のどは痛いですか？」と聞かれて、「それはとっても言えないなあ」などと言っている。ふう。

9月9日

しゃべりすぎてまたせきが出てきて、幼稚園を休むチビ……立派なおばかさんだ。

事務所の税務調査だというのでおびえて行ったら、お仕事のできそうな優しいお姉さんがいらしたのでほっとする。税理士の天野先生としばしおしゃべり。別の業種の人と話すと心が活性化されてすごく面白い。

チビをヤマニシくんにまかせて、英会話へ。

気合いは充分、実力はがっかり……だけれど、とにかく勉強。マギさんとバーニーさんが今日も本気で教えてくれて、ふたりの顔を見てるだけで元気になった。メキシコ人の漁師のいい話を聞き、妙に納得する。そうか、今の暮らし以上の暮らしを望むのって、単に向上心がその方向に出ているだけで、満足する方向やＱＯＬにすばらしい力を向けることもできるんだ……特に足りないという意識が強いし、それがお金であると簡単に思い込みやすい現代人はもう少し今の毎日の幸せをかみしめたほうがいいかも。帰りはしみこさんちの赤ちゃんのお誕生日プレゼントを買い、楽しい気持ちで届けにいく。

帰宅したらふたりはゲーム三昧《ざんまい》で、ふつうに口喧嘩《くちげんか》とかしていて、まるで息子の友達が来ているような自然さであった。

9月11日

私にもじわじわと風邪がしのびよってきているので、子供の抗生物質など飲んでみる。効いたみたいだった。神田さんちのバラの植え替えで丹羽さんがいらしているので、たまにのぞきにいった。魔法のようにどんどん植え替えられていく……植木のお仕事はすごいなあ。一本おすそわけしてもらった。ガーゴイルもいただいた。でも神田さんたちが引っ越していってしまうのはすごくさびしい。

夜は風邪をおしてフラへ。

ちっともわからなくて、パズルを見ているようであった。参加すらできないありさま。これでハワイに行くから二回も休んだら、かなりまずいことになるな〜と滅入《めい》っていないでなんでもいいからガンガンいく、これが大事なのである。もやもやしている人はきっとこの世に今たくさんいるけれど、もやもやは確実に時間のムダである。私がそれを学んだのはほんとうに物理的に時間がなくなってからであるが、しかもそれって人生半分過ぎてからであるが、死の直前でなくってほんとうによかった。思う存分もやもやぐだぐだしたので、悔いもないし。

夜ご飯の材料がなく、チビも熱が下がっていたので、外に食べにいく。

とあるお好み焼き屋さん、変わったのは名前だけではなく、内装は同じなのに店員さんがほとんど全とっかえで、なんとなくいやな予感がしたのだが、あたっていた。店全体が前みたいにぴかぴかに磨いてなくて、なんとなく不潔。材料のコストは三分の一に落としてあるので全く以前のおいしさの面影はなく、お好み焼きは生焼け、中のエビや豚肉も質が悪い。以前はいつも行列ができていたが、最近なくなっていた理由もわかった。いつでもお客さんというものはだまって去っていく。ここでもやはり「叱《しか》ってくれる人は自分にとって大事」みたいなことが当てはまるなあ。

9月12日

服装は釣りとホームレスの微妙な境目のおじさんが、ビニール袋にパック入りとうふ二丁と生の川魚を丸ごと一匹入れて下げて歩いていたが、ほんとうにもうちょっとでいろいろな質問が爆発しそうになる心をぐっと押さえた。

それから、自由が丘のお店に六本木から息子さんがシェフとして移られたという話をしながらタクシーの運転手さんが、「よかったら今度行ってみて！『はげおやじから聞いてきたんだけど』って言えばきっと歓迎してくれるから、ぜひそう言って。

『ケンぼういる?』って言えばすぐ出てくるから」と言われたが、どっちも絶対言えません! と答えた。

さらに「フォカッチャの店」というのに行ったら、ほかほかの、できたての、でも、絶対! これはピタパン! が出てきた。言おうかどうかものすご〜く迷ったけれど、根本をくつがえしてはいけないと思い、黙って食べた。

9月13日

わけあって、パパとママがいない男の子にちょっとだけ会った。苦労が多いからだと思うけれど、大人でびっくりした。しっかりしているし、生きのびるためのがんばりとかわいらしい幼さが同居していて泣かせたが、ふるまいはとにかく立派だった。

この子が見ていくものの半分も、恵まれすぎたうちのチビは見ないだろう。きっとこの子が得ていく人と人の絆《きずな》の半分もうちのチビは得られない。弱っているときにしみてくる人の親切さ、そして気遣いをかみしめて彼は育っていく。世間は冷たいことも、悪い人には際限がないことも、自分の実力で他人《ひと》の愛を勝ち取っていくしかないことも、彼はもう本能的に知っている。きっと強く大きく育つだろう。

でも、チビの恵まれた無邪気さにはそれはそれで良さがある。ゆるく甘く育ったからといって悪いわけでは決してない。別の世界ではあっても、葛藤《かっとう》や苦しみを乗り越えて自分になっていくのは同じ。それぞれががんばってほしいと思った。

9月14日

フリマに行って、またも占いをしてもらう。

なんかいろいろありそうな楽しみな秋！

チビが恋愛を見てもらっているのでどっきりした。聞いちゃいけないね、と陽子さんと隠れていた。ビールを飲んだり、おつまみを買ったり、ワンラブでトイレを借りたりしてだらっと過ごした。午前中ばりばりに働いたので気が楽なよい日曜であった。

こんな日曜日は、昔自分が夢見ていたものであった。友達がただ遊びにではなくバイトで来ているというところだけがちょっと違うけれど、そこはそんなに気にならない。ここまで忙しくなると、単なるプライベートで人に会うっていうことが、ほとんど不可能に近くなるから。

でもこの忙しさのおかげで、人にごちそうしたり、忙しくても豊かな時間を過ごせる。節約ばっかりしていたら、得られない時間である。この時間が小説の種になる。

9月15日

父のほぼ日での講演をみっちりと聞いて、なるほど！　と思うところを自分なりにいくつも発見して満足した。だから昔の本を読むとこうなのか！　とか、小説としての聖書とはなにかとか。それからこれは他のだれとも違うところだけれど、純粋に声が懐かしい。この声はまさに私が小学生くらいのときの、お父さんの声。

さあ聞け、と丸投げにするでもなく、苦労したから有料にするでもなく、チャプターにわけてわかりやすくのせているほぼ日の工夫にもなるほど！　と思う。こういう見えない工夫が見えない貯金となってほぼ日の土台を分厚くしているのね……。

夜は実家へ。安田さんが来てくださったので、みんなでごはん。送られてきた丸ごとの鯛《たい》をわかちあった。その上揚げ春巻きとサムゲタンがあった。このメニュー、やるな～……。うちの猫全員と人ほとんど全員がおなかだけぽっこり出ている秘密がここに！

安田さんがいると、みんなが安心して笑顔になるけど、ご本人はもりあげようとか楽しませようとむりに思っているわけではなく、自然かつ透明。でも安田さんにふまれると痛いところは泣くほど痛くて、父も私たちが帰るときまで「いや～、痛いところをよく知っているなあ、あの人は」としみじみ言っていた。

9月16日

押井監督の「凡人として生きるということ」はさすが犬や人のお父さんかつ賢い人の言うことだなあ、と感心して読んだ。

私は、がむしゃらに仕事仕事仕事で走ってきて二十年、気づけば、まわりはいっしょに走ってきたよい人、できる人がしっかり残って少しえらくなっているケースが多く、みな基本的に優しく仕事が大好きで、今はじめてやっと、ほんとうに人と関わることや仕事が楽しい。こんなときがくるなんて、若くてつらいときには思ったことがなかった。だから、今つらい人もいつかそういうときが来るといいと思う。中年は楽しい。チカさんが「自分はポップミュージックにあたることがしたい」と言っていて、すごく感動したけれど、私もそういう意味では一生ロックでありたい。文学でなくてもいい、俗っぽくてもばかっぽくてもいい、今の時代に生きる人たちと単純になにかを嘆き、喜び、分かち合いたい。

「FRaU」の取材。ハワイの話やちほちゃんの話なので、楽しかった。取材陣も私も読者もみんなハワイが大好きで、日本人とハワイは両想《りょうおも》い、そこがすてきだなあと思う。

9月17日

朝はホメオパシーへ。

ちゃんと処方されたレメディーのおそろしいまでの効果に驚くばかり。前に受けていたところでは、かたくなに薬や予防接種は否定され、人生そのものを変えないとだめだったが、ここのやり方は違う。その人の本質だけにぐいぐいと食い込んでいく。ものすごくパワフルな思想だ。私には、こちらのほうが合っていた。

せはたさんのお話も、今日はちゃんと聞けたので嬉《うれ》しかった。いつもはチビがいてそれどころではないのだ。チビのぜんそくのパターンも変わってきているし、かなり手応《てごた》えがある。いっしょにごはんを食べて、すごそうな人生の話をいっぱい聞けて楽しかった。インドに行ってほこりっぽい雑踏を歩いてもなんとなくシャツが白いままのようなイメージのある、目標にはまっしぐらそうなかわいいせはたさん。がんばってほしい。

ヤマニシくんにチビをあずけて、今日は近所の痩身《そうしん》エステに行ってみる。興味しんしん！　肩こりも治るっていうし。変わらず凄腕《すごうで》のサワチカさんがていねいにほぐしてくださった。秋だし、ちょっとダイエットでもしようかなあと気持ちを変えた。太りきるとやせたくなるし、やせきると太りたくなる、この自分の内面をなんとかしなきゃ。体が変わるのってとにかくどっちにしても面白いんだけれど、筋トレ方向にいけないから、そうなっちゃうのかも。

9月18日

久しぶりに一気に下書きを一万字書く、というのにトライしたら、年齢のせいでよれよれになった。春樹《はるき》先生に対する尊敬の念が増す。しかも、ジョギングも十分が限界の私……。

フラへ。

ちっともおぼえられない！　なんてむつかしい踊りだ！　鏡にうつってる自分は謎《なぞ》のエビ踊りをしているぞ！　腰回ってなくて、死にそうなエビみたいだぞ！

珍しく4人でごはんを食べに行く。おつまみ程度にいただき、ビールをきっちり1本。おじいさんのような食生活である。

この、のんちゃんを好きでしかたない気持ち、どこからわいてくるのだろう。高橋みどりさんを好きな気持ちにもちょっと似た、憧《あこが》れの気持ち。その人たちが女子校の先輩とかでなくってほんとうによかった……！

9月19日

　河瀬さんとタムくんがいっしょにお仕事をするというので、そのコメントを録画。河瀬さんは自分の好きなもの、したいこと、考え方など全《すべ》てがはっきりしているところが大好き。私とひとつも趣味が合うところがないが、だからこそ、お互いを尊重しているのだと思う。なんていうか、はっきりしすぎていて相手におもねるところがないから、違いを楽しめる。

　私は、泥臭いことも人間の生々しい匂《にお》いも自然も嗚咽《おえつ》も堕胎も愛憎もみんなテーマとしては好きじゃないはず。なのに、河瀬さんの映画は大好きなのだ。それは彼女が極めているからだと思う。

　あわててチビをお迎えに行き、帰宅して仕事をばりばりやってから、スタジオライフの「マージナル」を観《み》に行く。このあいだ知り合ったトビちゃんがイワンの役で出ているのだ。萩尾《はぎお》先生のあのむ～つかしい原作をよくぞテンポよく二時間にまとめたと思う。トビちゃんはかなりすばらしく、要《かなめ》となる役をしっかり演じていたし、オーラがきらきらと輝いていた。彼は、そうとうなところまで、伸びていくだろう。私に内蔵されている才能アンテナが彼を見るとぴしっと立ちます。

終演後にものすごくきれいな男の子たちがグッズを売っていてどきどきした。なんとキラもあの服のままでファンクラブの入会申し込み書を配っている。う〜ん、これこそがＳＦ。

9月20日

久々にいっちゃんと森田さんがそろって、雨でもチビは幸せそう。

私は昨日鯖《さば》にちょっとあたってしまいよれよれだったので、あまり大きく動かずに仕事をしたり部屋周りのことをしたりした。

しかし！　夜は憧れの朝倉世界一さんにお会いした。なぜか歴代シッターさんたちといっしょに会ったので、チビも私もすごく幸せ。

「この人の中にあの骨太の世界がある」ということが確信できるすばらしい人だった。どうして彼の作品のすべてがあんなにも好きなのかは、世代とか好みとか絵柄の問題もあるとしても、彼の作品を読むと私が自分でいちばん大事に思ってきた、全ての作品の原点である年齢（7〜12歳くらい）に考えたことがどうしようもなく、いてもたってもいられないくらいむずむずするのはどうしてか、やっとわかった。彼のお父さまのご実家が、私の地元だったのである。あの町の夜、空気が含まれているんだ。ものごとには理由があるんだなあ。

久しぶりにものすごく緊張した。そして朝倉さんには「親戚《しんせき》と話したようだ」と言われ、また「ミスいとこ」記録を更新してしまった。

9月21日

昼間、小雪ちゃんに教わったやり方でお弁当のストックをがんがん作った。そうか、ここで取り除かれるのはなによりも「寝坊したら」「朝起きてなにも材料がなかったら」という不安なのだな！　と感心してしまった。途中でまたメールでやり方を聞き直したりして。

夜は、久々に健ちゃんが帰っているので、寄ってもらいいっしょに焼肉。元気そうで安心した。やっぱり国外にいてばりばり移動してる人は健康だ。でもインドで靴擦れが絶対治らない話はすっごくこわかった。

うちのおじいちゃんが、戦争に行くとはりきるうちのパパに「おまえは戦争というと一気に死ぬイメージを持ってるだろうけれど、だいたいそうはいかず、流れ弾にあたった傷がだんだん膿《う》んできて感染症でじわじわ死んだり、知らないウィルスに感染して弱って死んだりするのがほとんどだ」と言い、あまりのリアルさに思いとどまった、というような話があるが、健ちゃんはそもそも健康だし戦時中でないから病院もあるし、もちろん大丈夫だけれど、その話に似たはっとするこわさがあった。インドにいるからって誘拐されたり殺されたり交通事故にあったりする人はまれで、むしろほんとうに弱っているときに軽く判断をあやまると、じわりと命取りになるリスクが旅人にはあるんだなあ。でも健ちゃんはかしこいから常にしっかり判断できるのだろうな、安心してまた会える日を待てる。

ゼリ子が健ちゃんをおぼえていて足元にずっといるのがなんとも切なかった。目が見えなくても声でわかるんだなあ。

焼肉屋さんでたづちゃんと合流。いろいろしゃべりながら思う存分いっぱいに食べた。私はまだ鯖ショックが残っているので、ちょっと控えめであったが、それでも久々にお肉をいっぱい食べた。炭水化物を食べないで肉を食べると、翌朝絶対体重が減るのはなぜだろう？

9月22日

幼稚園がおやすみなので、ヒロパパに会いに行く。

せっかくだから那須《なす》のアウトレットに行ってみようか、と寄ったら案外長くいてしまった。いろいろ新しい工夫があるけれど、各店舗の品揃《しなぞろ》えが浅く、サイズがほとんどないのが命取りな感じあり。でも子供の遊び場もあり、犬もオッケーで空気もいいしなかなかよかった。養老先生に送ってさしあげたいほどの大きなゾウムシもいたし。シリコンのケーキ型のでっかいのも買えたし。

ヒロパパにとって別にアウトレットなんて面白くもなんともないと思うけれど、文句もおっしゃらず、チビとひたすら過ごしてくれるので、嬉しかった。前も書いたけれど、うちの父は歩けないし、母もほとんど外出できないので、ヒロパパとチビとヒロチンコさんといっしょに歩いていると、わきあがるものすごい幸せを感じる。もう理屈のつけられない、走り出したいみたいな、はしゃぎたいみたいな、幸せだ。この幸せがあるとわかっていたら、二十代で三人くらい産んだのにとまじめに思うくらい。そうしたらうちの親もいっしょに、みんなで旅行に行ったりできたのになあ。いつかチビの子供たちにもこの幸せをあげられたらいいと思うが、その頃ってなにがどうなっているのだろうな〜。あまり変わらないといいな。

餃子《ぎょうざ》を食べまくり、新幹線で帰宅。餃子のお店にはあれほど行きたがっていたのに、いざお店についたら寝てしまったチビ。しょうがなくおみやげに持ってきた餃子を、大喜びで待合室で一気に十二個くらい食べたのでびっくりした！　やるなあ。でも待合室が信じられないくらい餃子臭くなり、ものすごく申し訳なかった。

9月23日

朝からチビがものすご～く悪く、かわいいと悪いのジェットコースター。

本屋さんで、道で、お茶をしながら、けんか道中。

でもなんとなく気分はわかる。行き場のなさというか。またもどかしい期に入っているというか。けんかする私たちに田中さんもあきれつつ、いっしょにワンラブまで散歩してくれた。なんかそれが妙に楽しかった。田中さんも私も仕事のすきまでちょっとだけ歩いてるみたいな感じ。

小説をばりばり書いて、いろいろ思う。

藤谷くんが日記に書いていたように、わりきれないものが人間だとしたら、そして純文学だとしたら（ほんとうにそうだと思います）、私は純然たるエンタメ人間&作家だ。だって現実がほんとうに割り切れるんだもの。バカみたいに。おまえはマンガの中の人か？　しかもつげ義春《よしはる》とかではなく、スラムダンクか？　っていうくらいに。森博嗣《ひろし》ではなくって新宿鮫《ざめ》か？　っていう感じに（このどの人たちもなにに関しても劣っているわけではなく、たんなる種類の違いを表すたとえです）。

そして書くのも、エンタメに純文学の風味があるくらいのものがいちばん好き。

しかし、自分のこのくどさ、重さ、しつこさ、ねばっこさ、それをまさにかろうじて純文学的要素だと感じる。考えて考えて考え抜いて何回もぐにゃっとなって立ち直って、まだねばって考え……自分をすっかり嫌いになり、嫌悪《けんお》し、でも自分を許す、中身はその繰り返し。ほんとうに親しい人はみんな「しかたないな〜、くどいけどな〜、それがこの人だなあ」といやいや許してくれるほど。だからこそ何回書いても飽きないなにかが立ち上がってくるのだろうし、内面の重みと関係なく人に優しくもできるのだろう。あと、そういう内面の重さがない人は多分作家になれないと思う。もし他者がいて他者のせいにできたらどんなに楽だろうと思う。自分しかいない考えの世界で、自分ととことんやりあうことほど重いことはないから。

9月24日

今、森先生がご自身のブログでiPhoneとソフトバンクについてのあれこれを連載しているが、むちゃくちゃ溜飲《りゅういん》がさがる。

ものすごく派手に宣伝をして、在庫がなかったり余ったりしていてもとにかく売らんかなの姿勢で、でもできればiPhoneを買ってほしくなくって、説明ができる人がほとんど現場にいなくて、でもとにかく買わせて、買っちゃえばもうアフターケアはしないし、これまでずっとソフトバンクを使ってきた人にもなんの特典もなく、サポートも全く後手後手。こんなすばらしい機械（情報の管理に関して、パソコンとの連携がすばらしい。目先の機械をどんどん買わせるよりも、情報を扱う端末として長く使えて便利であるという本質を根本から見直した名作だと思う。明日落として壊しても、新しいものを買ってパソコンにつなげば、もうその瞬間からほとんど不自由なく使える）を開発してきたAppleが気の毒としか言いようがないし、何を考えてあの会社と契約したのか全くわからない。

世の中の人をなめてはいけない、こんな売り方をしていたら、どんなに広告を上手にうってても、いつか必ず契約する人は減ってくるだろう。かわいそうなのは右往左往している末端の社員たちだなあ。

小説の取材のために「お姉さんの店」へ行き、いろいろなお話を聞く。考え方に筋が通っていて、なんとなく「もし自分でもこうするのだろうな」という判断を、人生の場面のあちこちでしていらっしゃることがわかった。あのお店がますます好きになった。

夜は、石原さまと壺井《つぼい》ちゃんと「房」へ。たまっていた打ち合わせを一気にすませる。そして「まだおなかの調子が悪くて」とか言っていた自分が馬刺を注文したのには自分でもびっくりした。本能が呼んでいたのか。

9月25日

フラの前に健ちゃんが寄ったので、ゼリ子大喜び。露骨に嬉《うれ》しそうでかわいい。犬ってほんとうにいい生き物だなあ。

フラはクリ先生に直訴して教えてもらい、やっと少しわかるようになったけれどなんとも言えない感じ。すごいむつかしさで冷や汗が出る。細いからこそかわいいマミちゃんが細いのを気にしていて、全く気にすることないのになあ、悩みにもいろいろあるなあと思った。細いからこそ切れのいいステップができることもたくさんあるし、太いからこそゆったりとした風を起こせる場合もある。自分の持っているものを深めるのと基礎が大事なのは小説も同じ。フラは深いなあ。

チビが淋《さび》しそうだったので、帰りはみんなでごはんを食べず、チビとパパと食べた。

そうしたらその店に曽我部さんとかりえちゃんとかマナちゃんとか知っている人がどんどんやってきて、すごい濃厚な空間でごはんを食べた。

9月26日

父を連れて、ダニ・カラヴァン展へ。チビの手形がほんとうに残っていたのでびっくりした。父や姉に見せてあげられて、砧《きぬた》公園も散歩できて、とても嬉しかった。晴れて、ちょうどいい気候で、大きな木がたくさんあり、芝生もきれいであった。ついでにちょっと山河の湯にも寄って、遠足みたい。湯上がりにビールを一杯飲んだり、ちょっとおつまみを食べたりした。

実家まで送っていって、さらに姉の鶏《とり》すきをみんなで食べた。母はまだまだおじさんが亡《な》くなったことでしょげていて、なぐさめることしかできなかった。母の骨折の痛みは、心だけが痛むよりも体にも痛んでもらって乗りこえるしかない、そういう感じだ。もう一回、生きていることの楽しさを思い出してほしい、そう思う。

9月27日

大事に6年間飼ってきたホシガメのホシちゃんが、朝、死んでいた。

血がたくさん出て、かわいそうな死に方だった。結石ができていたのに、兆候に全く気づくことができなかった自分が悪い。忙しかったからといって、世話がちょっとルーチンになっていたかもしれない。数日前、ちょっとおしっこが濃いなと思ったときもしも病院に行っていれば助かったかも。

ものすごいショックだった。たかがカメと言うなかれ、毎日温度を見て、おそうじをして、いろんなえさをあげて、赤ちゃんのときはつきっきりで、週に一回は温浴させてきたのだから。五センチくらいから二十センチくらいになるまで、いろんなことがあったのだから。ホシガメの見事な紋様の固い甲羅を触るときが（あまり喜ばないからあまり触らないけど）私のいちばん癒《いや》されるときだった。

ヒロチンコさんが死体を見た瞬間の反応があまりにも優しかったので、泣けてしかたなかった。こんなときこの人と結婚してよかったと思う。「だってカメでしょ」と思う人だったら、きっとだめだったかもしれない。

なので、エステに行っている間、ほとんど上の空だった。上の空でもちゃんとウェストが細くなっていてびっくりしたけど。なんでもするから一週間前に戻してください、と思っても、戻れないのが、動物の世話をするということ。まだまだたるんでいるなと自分に活をいれた。もう一匹はせめて生きてもらおう。

夜は健ちゃんとビザビへ。橋本さんもさっちゃんも健在で、トリュフ三昧《ざんまい》。ほんとうにおいしかった。ちょっとだし（？）の効いたようなイタリアンを作らせたら、あの人たち以上の人はこの世にいない。もはやイタリアンというよりもビザビの味だ。

健ちゃんの旅のいい話もいっぱい聞いたし、生きてきてみんなでまた会えて、これからも人生は続く、いろんなものを見るだろう、それってすばらしい、というまさに「万祝《まいわい》」みたいなすがすがしい気分になった。おいしいものを食べると元気になるし、懐《なつ》かしい人が元気だとただただ嬉しい。

9月28日

ホシちゃんのお墓にお線香をあげて今日もあやまり続ける。

しかし突然ヒーターもお水入れも新調、検査の予約までしてもらい、ぶどうを手から食べさせてもらってお大尽ライフに変わった残されたホルスフィールドリクガメ、チビちゃんはちょっと嬉しいかも。持続しなくちゃ。先生が「カメは、あまりにも毎日見ているから、そして長いから、飼い主がいちばん異常に気づきにくいんです」と言っていたが、ほんとうだ。反省した。

しみこさんがホシちゃんにお花を持ってきてくれたので、昨日までケージがあったところに飾る。まだ信じられない。会いたいと思う。まだ重さも模様も実感として目や手に残っている。

マッドマンに行って、病院を教えてくれたことに感謝を伝えてきた。ものすごく優しく教えてくれたのだ。あのお店のお姉さんと専門医の先生が話を受け止めてくれたので、大丈夫でいられたのだと思った。ありがたかった。は虫類ビタミンも買った。しょげているので、だらっとしてるチビとケンカしながらあの有名な「瞬足」という靴を買いに行く。計るともう足の大きさが21だ。五歳で！　すぐ追い抜かれてしまうなあ。

そして彼はその「瞬足」を履いて走りながら「ただし、きさまをこのきっちりとした手で攻撃してやる！」とパパに言っていたが、ただしの使い方もむちゃくちゃだし、きっちりとした手ではあんまりこわくない。

9月29日

残されたホルスフィールドリクガメのチビちゃんを病院に連れて行く。

考えられないくらいいい先生で、涙が出るほどほっとした。チビちゃんの飼い方もやはりかなり問題ありで、生きているのが不思議なくらいだった。まあ劣悪とまではいかないが、適した環境にはほど遠い。できるかぎりがんばることにして、次回の予約をさせてもらった。先生がチビちゃんをべたっとした意味ではなく心から大事にしてくれたので、ありがたく思った。「今日はこれ以上やると、君がおちこむからね」とチビちゃんに話しかけてくれたり。心細さが消えたし、前向きになった。だって今はまだ生きているのだし。

夜はついに「崖《がけ》の上のポニョ」を観《み》に行く。

チビが、ポニョが動くたびに「うわあ！」という顔をしてにこにこして観ている横顔を見て、涙が出た。親ばか。

宮崎さんの心は、もう半分以上この世にないということが、痛いほどわかる。

あの人は、もうとっくにある意味、死んでいるのだ。なにかが、彼を生かしているのだと思う。でないと天界をあんなに知っているはずがない。この世の映画ではなかった。ハウルもそうだった。あの頃、彼は半分肉体を離れたのだ、そう思った。もはやスエーデンボルグみたいだ。

NHKの番組は内容を知らせないためにものすごく違って作ってあったのにもびっくりだ。

そして、宮崎さんが思い入れた母親はトキさんではない、あまのじゃくだからそう言ってるけど、描きたかったのは、リサさんだ。お母さんの動き、考え、帰宅したらとりあえずお茶を入れる、大人の部分は見せても子供には絶対的に親として接する、ご自分が小さい頃の若いお母さんがもう一度だけ見たかったのだろう。

もう書いても平気とは思うが、ネタバレを避けてランダムに感想を書いてみる。
・珍しい金魚をひろうとたいへんなことになる
・思春期になって「俺、なんちゅう選択をしてしまったんだろ」と彼は思うだろうな〜
・海でいちばんえらいのは、サンディーだ！！！！！！！
うちのチビ「なんだか今日はいっぱいサンディーに会ったような気分」

ママもだよ！！！！！！

でも、ほんとうにいい映画だった。大好きだったし、歴史に残る一作であることも間違いないと思う。

10,1－12,31

10月1日

ヤマニシくんが「21エモン」のTシャツを買ってきてくれた。嬉《うれ》しい！

私の人生はじめてのショック（自殺とはなにか、いい人でも凶暴になることはある、場所が変われば風習も違うなどなど）なことはみんなこのマンガの続編である「モジャ公」から受けたものだった。あれがなければ作家になってないかもしれないな。

ここぺりに行って、またもぐっすり寝てしまう。

起きたら、カメが死んで初めて少しだけほんとうに大丈夫になっていた。自分を責めていたが、体のほうがゆるされたら心もゆるされた気がする。関さんは謙虚だけれど、固くなっていた体をていねいにほぐしてもらえるだけで、人間は心も変わるのだ。ということは心が固まっている人は体も固まるし、その逆もあるということだ。

10月2日

レーネンさんと対談。

私たち夫婦が本棚にためているキラ星のような本の数々を作った、私たちだけのすっごいアイドル石井さんもいらしたので、緊張した。彼がいなかったら、日本はどうなっていただろうと思うと、ぞっとしてしまうくらい、大事な本をいっぱい出版してくれた人。

うちの父と同じで、レーネンさんは「自分がこの世を去っていくまえに、自分の得たものを惜しみなく伝えていくよ」という決心に貫かれているので、エネルギーが透明でキラキラだ。こういうのを長老的愛というのだろうし、その中には普遍的に若者のような力が宿っている。

言っていることは過激なのかもしれないが、愛に裏付けられた過激なのでなにもひっかかってくることはない。マネージメントのヨッシーが、息子のようにそっと世話をやいているのにも感動した。さりげないけれど、ほんとうによく見て、できることをさがしていないとできないようなサポートだ。「僕やってますよ」というサポートのしかたじゃなくて、自然なのが、すばらしい。

私の人生はもっとエキサイティングになっていくし、ヤマニシくんは病気じゃなさそうだし、ちらりちらりとそういうすてきな情報も得たのでよかった。

細かいことや自分の悩みはいいから、もっとみんな地球環境や孤児が多いことや動物の虐待《ぎゃくたい》を改善しようよ、とおっしゃっていたが、ほんとうにそうだと思う。言ってるだけではなくて彼はほんとうにそういう活動をしているし、提案もかなり具体的なので説得力があった。

10月3日

太極拳《たいきょくけん》。こんなに太ももを使うことはないっていうくらいの、使いっぷり。じゅんじゅん先生に「よしもとさん、決めのポーズだけがやたらにうまいので、途中はでたらめなんだけど、たまに振り向くとすごくうまいんじゃという気にさせられる」と言われ、おお、それはフラの成果か？　と思う……意味ないか！

夜は、中島さんを囲む会。

健ちゃんも中島さんもお互いに会うとほんとうに幸せそうで、いっしょに仕事をしていろんなことがあって、信頼をつちかったんだなあと心から感心する。チビもふたりが大好きで、何回も「し〜！」と言わなくてはいけないほどの大はしゃぎだった。

10月4日

あまりにもスペシャルすぎるスピリチュアルウィークである。

今日はミッチェル・メイさんと対談であった。

私は人一倍単純な感激やさんだけれど、ほんとうにいいものと思うものしかすすめない。

ピュアシナジーは私の人生を変えた。いちばんネックとなっていたわけのわからなかった健康上のある問題が、飲み続けて半年でほとんど消えた。考え方まで変わった。そこから本気でホメオパシーにも踏み込んでいったし、安田さんのセッションも別れを恐れずに受けることができるようになった。常にいろいろなヒーリングも受けて体をケアしているし、他にはゼオライトも飲んでいるし、プロフィーラもとっているが、私の基本の食物はピュアシナジーだと言っても過言ではない。あんなすごいものを作ってしまったら、自分ならどうするだろう、こわくなるのではないだろうか、と思って質問をぶつけてみたが、彼はそんなことで揺らぐような人ではなかった。あまりにも賢くかつすばらしい答えがめくるめくスピードで返ってくるので、感動しすぎてほとんど泣きそうだった。

ミッチェルさんは、本の内容のすばらしさに、そして尊敬に値するすばらしい人だった。

若松さんや社員の方達も、誇りを持って仕事していた。

ほんとうにすばらしいものを正直に売ることのたいへんさ、そしてその幸せを知っている人が、この世にそんなにたくさんいるとは思えない。これまで感じていた孤独が薄れるような気がしたし、今、もしもなにか体調がはっきりしないという人がいたら、一度でいいから試してみてほしい、と思う。

私はこれからもまわりの人にことあるごとにピュアシナジーをプレゼントしていこうと思っている。

むちゃくちゃ宣伝くさい日記だが、本音なのでしょうがないのだ〜。

10月5日

近所でやっていたkurosawaというかばんのお店の展覧会、寄ってみたら、なんとマヤちゃんのお友達がやっていた。なんだか幸せな気持ちで、かばんをいっぱい買ってしまった。チビはそこのおうちのおじょうさんにあっさりふられて、カウンターでひとり、

「ふられるときはふられるときでそういうこともある、あまり考えないようにしたほうがいい」と言っていた。できすぎのセリフだ。

よれよれのへとへとで安田さんのところへ行く。

あまりに疲れていると、ぐったりしてあまりしゃべらないんだけれど、みんなのすてきな顔をガラスのこっち側から幸せに見ている感じ。

今日は踏んでもらってるとき、これまででいちばん痛かった。疲れてる証拠であろう。思わず爆睡してしまった。

みんなでカレーを食べて、ビールで乾杯して、雨の中ににこにこして帰った。

久しぶりに食べ物の味がしたのでびっくりした。まさか、亀《かめ》が死んだのがこれほどショックだとは思っていなかった。

10月6日

突然熱が出たりのどが痛くなったり、体が大掃除をしようとしているのがわかる。

実家へ行き、姉の豚鍋《ぶたなべ》とあじフライとポテトサーモンパイと松茸《まつたけ》ご飯を食べる。すっごくおいしい、食欲がないのにおいしい！

父が足のことをいろいろ考えていて、姉は姉で介護に苦しんでいて、こちらも考えさせられる。ヒロチンコさんも同じ意見だったが、もしもお医者さんが本気で救いたい、治したいと考えてぶつかってきているのだったら、どうなっても悔いないから賭《か》けてみようと思うはず。どこかで逃げ道を作りながら人の命に関わってくるのだったら、やはり不安が残って賭けきれないはず。どこまでが自分の権限か、きっちり線をひいて、なおかつ本気で食い下がってくれるような名医はなかなかいない。

母は、まだ悲しんでいるので、ぎゅうと抱っこしてから帰ってきた。

10月7日

風邪ウィルスが最高に力を発揮している。どこで眠っていたのだ！　奴《やつ》らめ！

しかし妙子《たえこ》さんのエステには負けずに行く。心をこめてやってくれたので、気持ちがぐっとゆるんだ。それでもまだ力が出なくて、すかすかしている。ラブ子の抗がん剤をやめたのは過失ではなかったけれど、亀は過失だから、これほど苦しいのだろう。

仕事を入れすぎた……とまた反省。私はこの家のみんなのお母さん、それがいちばんの仕事だ。

夜はなじみのタイ料理やさんで、雨の中、健ちゃんを囲む会。ただだらっと、みんなで飲んだり食べたりするのこそが、楽しい時間だ。チビもいっしょにそれを味わって、いつかだれか大切な人たちとそんなふうに過ごしてほしいなと思う。

10月8日

疲れすぎて、悲しみすぎて、体が動かない感じ。

這《は》うように一日をすすめていたが、夜、ゲリーがにこにこしているのを見て、となりで「この人と前世とかみんな入れたら何回こうやってごはんを食べたんだろ」と思っていたら、だんだん元気になってきた。大好きな百合ちゃんとえりちゃんも、舞ちゃんも桂ちゃんもヤマニシくんも、みんないい人たちで、笑顔だった。ヤマニシくんはチビを抱っこしながらビールを飲んでいる。ゲリーがそれを見て「ほんとうに安心していないと、ああいうふうには眠れない」と言った。そういうのをただいっしょに眺めていたら、活力のようなものが、じわじわっとわいてだんだん戻ってきた。

あの、なにもかも徒労で人生は悲しい、空《むな》しい、好きな人もものもどんどん去っていく、という気持ちが、人の笑顔で癒《いや》されて行くのを、人ごとのように見ていた。

ゲリーは、生きているだけですごい人だし、よくぞ友達になったと思う。

10月9日

チビが夜中にぜんそくになり、朝いちばんで病院へ。

でも案外軽くて、先生も「多分旅行は行けるでしょう」とのこと、ほっ。

「じゃあ、遅れて幼稚園行く？」と聞いてみたら、

「うーん、みんなに風邪をうつしちゃうし、鼻水もつけちゃうし、休んだほうがいいと思う、おうちでもべんきょうはできるし」

などといかにももっともらしいことを言っていた。

10月11月はぜんそくくんには厳しい季節。

でも、チビはにこにこしてパンを食べていた。そしてぜんそくなのに、外に出て晴れていたら「う～ん、いいお天気、気持ちがいいね」と言っていた。そういうのが、なによりも嬉しい。

10月10日

今日は変な日だった、みんなと微妙にすれ違ったり、判断ミスをしたりするのだ。自分は特に肉体と精神がずれていないのに、なんかタイミングがずれていく。

もちろん自分の判断に自信を持つのが大事だけれど、弱気だと人の親切がしみてきて謙虚に静かになれるのがすばらしい。個人的にはイケイケの自分よりも、そういう自分が好き。

風邪は、ピュアシナジーをがんがん飲んだらほとんど去っていった……。まだまだ可能性を秘めているなあ、あのサプリメント。

アレちゃんと久々に会って、アフリカの話を聞きながらごはんを食べる。おつきあいももう二十年近い。お互いに大人になったなあと思う。これほどなにひとつ接点のないふたりがよくお友達でいるなあとも思う。でもアレちゃんはすばらしい人で、いつも大好きだ。

夜もこれまたたくじと絶妙にすれ違った（メールがずれて、もう別のところでごはんを注文した瞬間に、彼の元々の約束がキャンセルになってごはんを食べる時間ができたことを聞いた）ので、くやしくてタクシーで追いかけたら、運ちゃんに変なところで降ろされた。チビとふたりでとぼとぼ歩いていたら、チビが「だいじょうぶ、いっぱい歩いても、いっしょだから。ふたりきりなんてゆめのようです」と言ってくれたので、元気が出た。

ラ・ロゼッタについたら、久しぶりの若夫婦がすっかり落ち着いてお店を切り盛りしていて、ほっと幸せな気持ちになった。祐天寺《ゆうてんじ》にあるこのお店、知り合いなので宣伝しすぎてもと思って書かなかったけれど、これほどまでにローマを思い出させる店はない。なにもかもがイタリアみたいでおいしいのに、日本の食材を使っていて、食べ物に対してとても真摯《しんし》。実は子供は入店できないのだけれど、静かにしてますからと（ちょっと嘘《うそ》になっちゃったけど）入れてもらった。感謝！

おいしいサラダとレバーパテとワインをゆっくりいただき、ほろ酔いで帰る。たくじの超あたたかい笑顔が喜んで迎えてくれたから、今日の変な一日の切ない気分は全部解消された。

10月11日

荷造り、エステでほとんど終わった一日。

でも充実していた。森田さんは風邪でもメロンパンを持って来てくれたし、チビはいっちゃんと遊びだめをして、パパが留守だからとよく手伝ってくれている。エステでは背中もほぐしてもらい、ぴかぴかしかしへとへと。

いっちゃんに助けてもらい、なんとか夜まで乗り切った。

てるちゃんから借りたレインボーマンをこつこつ見ているが、ものすごくリアルでこわい。いちばんすごい内容だと言われているM作戦のところだけなんだけれど、もう充分暗澹《あんたん》とした気持ち。すごいなあ……やっぱりこれはすごいものだったんだなあ。なんかこう、ヒーローなのにとうてい勝てそうにないっていう気持ちにさせられるのがまたすごい。

お金がこれほど生々しく出てくる子供番組ってなかったよなあ。

あと、悪の波動というか感触がとってもリアル。

ダイバダッタがヨグマタさまのヨガの先生たちにマジで似ていてどきどきした。かなりリアルだっていうことですものね。

さて、今からヨガの眠りに入って風邪をもっとしっかり治そうっと。

10月12日

たくじとマルコムの来日に合わせ、新宿にかけつける。

その前に kurosawa のバッグをもうひとつゲットしちゃった。無骨でおしゃれで使いやすさはそれほどでもなくても持っているとどっしり安心する良いバッグです。

マルコムは相変わらずあっさりとさわやかで、こういう人だからああいう作品をつくれるんだろうなあと思う。ダイヤを特別視しないし、こわれにくいからこそジュエリーだという、彼の考え方がとても好き。必死で英語をしゃべっていたら、チビに「ママ、すごい英語のしゃべりっぷりだったね」とバカにされた。ぐすん。追い抜かれるのももうすぐだなあ。

そのあとイタリアが懐《なつ》かしくて、つい伊勢丹《いせたん》でデマリアのリングも買ってしまった。デザイナーのふたりと、インチキイタリア語会話をした。

たくじとはお買い物をしたり、お茶したりして、静かに過ごせてとてもよかった。

夜、アメリカのヒロチンコさんとチャットをしていたら、チビが急に淋《さび》しくなったらしく、切ったあと泣き出した。でも「淋しくなったわけじゃないんだよ、いたずらしてママに悪いと言われたら、もうそのことはしないようにしてるから長くは怒らないで」などと言っていて、とにかくかわいい。なんで子供ってこんなにかわいいのだろう……。

10月13日

かけこみ寺的にここぺりへ。まりこさんとも会えたし、体もほぐれたし、安心だ。なによりもあそこに行けばとにかく安心してしばし休めるというのがいいところ。

夜、健ちゃんが寄ったので、三人でチャカティカに行った。その道の途中で蓮沼《はすぬま》さんにもりえちゃんにもアンティークやのおじさんにも会えたし、二軒目のマザーズルインではちづこさんにもチビのいちばん好きなお姉さんにも会えたし、下北を満喫！旅立ち前にふさわしい感じであった。

それでしみじみ飲んでいたら、ルインで土曜日だけバイトをしているお姉さんをチビがナンパしていて、話を聞いていたら「エッチな顔の女だな〜」とか言っていて、おやじ以下のナンパ術にびっくりした。どういうところがエッチなの？　と聞いたら、ぷりぷりっとしてるところだと言っていた。ふう、冷や汗。

健ちゃんとはまた一年会えないが、こうして日常の中でだらっと会うのがいちばん楽しいから、またどの町でかわからないけれど、必ず会うだろう。チビも健ちゃんといろんな場所で会うんだなと思っているだろう。なんかいいなあと思う。

10月14日

コナについて、レンタカーを借りて、一路ワイメアへ！

パーカーランチのカウボーイ像の下でちほとケビおくんと待ち合わせ。

みんな時差ぼけと寝てないのでなんとなくふらふらしながらもピザをおいしく食べて、お世話になるステイ先のおうちへ行く。3ベッドルームにちゃんとトイレとシャワーがついているすばらしいお宅でどきどきした。これぞアメリカの家！

同じ敷地内にアトリエを持つケビおさんの作った、すばらしい陶器（これが、ほんとうにプロレベルであった。奈良くんが陶芸のプロと素人《しろうと》はなにで見分けるかというと、同じものを何個も安定して作れるか否《いな》かであると言っていたが、そういう意味でもプロであったし芸術的なレベルでもかなり優れていた）が随所に無造作に置いてあり、チビ連れの私はこれにもどきどき。

でっかい犬が二匹もいて、犬欲もたっぷりと満たされた。一匹はちょっと頭の甘い甘えん坊、もう一匹はケビおだけが主人、ケビお命、でもつまみぐいはしちゃうわよという、超かわいい二匹。

時間が惜しいので、ニール・ヤングの家があるビーチへ行って、がむしゃらに泳ぐ。顔を水につけてしばらく見たら、フムフムヌクヌクというお魚がいきなりいて、目があってびっくりした。あまりにも本でよく見たので、もはや私の中ではシーラカンスくらいの架空度であった。頭でっかちはいけないなあ、と反省した。だって、普通にすいすい泳いでるんだもん。

寒く眠くなったので帰宅し、みんなで前菜作り。キッチンでわいわいとサラダを作ったり、シャスタのときみたいで楽しい。そのあいだにケビおさんがものすごおおおおくおいしいエビのバーベキューシリーズ（スパイシー、生ハム巻き、スイートチリなど）を歓迎のために焼いてくれた。これがまたあまりにもきれいで激うま！　みんな寝不足なのに信じられないくらい食べて、爆睡。

10月15日

あまりの寒さに木を入れすぎて不完全燃焼した暖炉で、軽い一酸化炭素中毒になった私とチビ。

腹痛&げえげえ吐きながらヒロへと向かう。夜中にはっと目覚めて頭痛がしていたので、窓を開けにいったのでそのくらいですんだのかも。というか、窓は開けていたのだけれど、風でその部屋の戸が閉まっていたのに気づいて、開けに行った。開けに行くとき、体が動かなくて、このまま寝てしまおうかと思ったけれど、アイザック・シンガーの小説でこういうのがあったことが脳の引き出しからさっと出てきて、がんばって起きた。ありがとう、シンガーさんよ！　あのときの体の重さといったら、子供がいなかったら起きられなかったかも。でも、煙突も機能してたし、ほんとうに軽い程度の中毒。

朝、思ったことが口から出てこず、お昼までずっとかつて見たことのない色の血便みたいなのが出ていたのでおっかしいなあと思ったのだが、最終的に一酸化炭素中毒だとわかったのだった。それまでは風邪？　ぜんそく？　などと思っていた。

チビは体が小さいからもっと深刻だったが、それにしても軽かったので新鮮な空気を吸い、お互い午後には完全復活！

でも、思った。私は今、死のずいぶん手前ではあるが、確実に死に近い場所に急に行ったのだなあ、と。ああやって人は急にあちら側に近づくのだなあ。それで、近づくと、体も心もそれに近い状態になっているので、こわくはないのだろうなあとか。

シナジーがぶのみ、窓開けまくりで運転してもらったのもよかったみたい。

そういえば、私がピュアシナジーのまわしものになってるってみんなに言われるけど、これがまた、もうなにを言われてもいいくらいシナジー教である私である。

アメリカの健康食品店で山盛りのサプリメントを買うのが趣味だった私だが、全くもう心が動かない。私の場合は、多分、脳の使い過ぎでビタミンB12が不足していたところにうまくはまりすぎるくらいはまったのだろうと思う。あと、なんといっても酒が飲めなくなったのにはびっくりした。はじめは歳《とし》のせいかと思っていたが、違った。他の人には他の人のはまりかたがあるだろう。奥深いサプリメントだ……。

ネットで調べていたら、れんたんをうっかり家に入れただけで、おなかの中の赤ちゃんとご主人を一夜にして亡くした女性の手記が載っていて、その急さがものすごくリアルにせまってきて、心から気の毒に思った。死はこわくないような気がするが、その前後の変な夜明けみたいな空間、中途半端な世界がいちばんこわい。そこは昨日や、昔ヘルペスで入院したときや出産のときにちらりと見た、そう思った。

午後、ちほちゃんの学校に行き、フラの見学をしている頃にはすっかりよくなってハッピーな気持ち。フラガールたちは万国共通キラキラだ。日本人女子たちがにこにこ踊っていてすっかり癒《いや》された。

午後いちで買ったシグゼーンドレスを着て、あいちゃんとケイタマンのおうちのパーティに行く。なつかしいゆみちゃんや、さっきのフラガールたちもいた。みんな超かわいくていい子たち。ケイタマンのすばらしい歌と生演奏で踊りまくり、みなさんの持ち寄ったり作ってくれたりしたおいしいごはんを食べまくり、すばらしいひとときを過ごした。あいちゃんはやっぱりうまかった……！　しかしじゅんちゃんも負けず劣らずきれいだった。

彼らのルームメイトがおじぃの友達だったりして、世間は狭いわと思っていたら、バークレーからきよみんが登場！　私、昔バークレーのトレーナー着ていた頃は、まさか自分がバークレーに友達できてハワイ島で集合なんて思ってなかったなあ。

ワイメアまでちほちゃんの車に乗せてもらい、あとの人たちはりさっぴの車に乗り、みんなで帰宅。眠気ざましに真っ暗な道でサスペリアのテーマを聞いて、後悔したふたりであった……。

10月16日

オフ日。ポロル渓谷一望の絶景の道を通って、ハヴィとかその周辺の町を散策してまったり過ごす。

ハヴィのサンドイッチ屋、ものすごくおいしい上に、お姉さんが超美人。こういうお店ってこの世のどこにも存在するのね。小さな宝石みたいなお店だった。ここもとなり町も、センスのいいお土産物やもたくさんあり、いくらぶらぶらしてもあきなかった。

晩ご飯の話などしていたら、きよみんがきっぱりと「食べるために生きているんです！」と言ったので、胸がすく思い。いきなり縦列駐車を男らしくこなし、女子たちをぽうっとさせたきよみんであった。

夜は今日もみんなで自炊。スーパーに寄っていろいろ考えている時間もとても楽しかったし、ビールを飲みながらの調理も楽しい。きよみんのクスクス、ケビお家の畑のハーブが効いていて、いくら食べても飽きないおいしさであった。

でっかい犬をなでたり寄りかかって寝たりする幸せも久しぶり……。

10月17日

朝はりきってドルフィンスイムに出発！

船酔いを避けるために飲んだこどもセンパアが子供より私に効き過ぎ、午後まではとんど意識不明。でもイルカが来たらなにがなんでも海に入った。フィンのサイズを間違え脱げっぱなしでたいへん苦労した。フィンをはいたのも五年ぶりくらいで全然だめ。かろうじてシュノーケルは使いこなせたので、イルカをいっぱい見る。嬉しくて信じられなくてぽか〜んとしてしまった。イルカを追いかけていると船からどんどん離れてしまい、戻れなくてじたばたしてばかみたいであった。

でもイルカってほんとうに冗談みたいにきれいな生き物だ……並んで泳いでるし。生きているだけで練習しなくてもシンクロナイズドスイミングのプロなのだ〜。イルカの子供もいっしょに泳いでいた。子供は同じ形なのにきれいに小さいのだ〜（あたりまえ？）！　かわいすぎる〜。ただただどきどきしてあっというまに時間が過ぎてしまった。

コナのバレという有名なサンドイッチ屋に寄り、辛いチキンサンドをぺろりと食べ、ぐうぐう寝ながらワイメアに到着。

しばしきよみんの冴《さ》えさえリーディングを受け、元気百倍になる。

今日も宴《うたげ》の準備をして、買ってきたポイやアヒやケジャンをばりばりと食べる。最後焼きそばがこげついて苦労していたら、さっそうと陽子さんが登場して手伝ってくれたので、無事に豪華豚ステーキ焼きそばが完成した。

10月18日

ファーマーズマーケット。野菜を買って、クレープやオムレツを食べたり、レモネードを飲んだり、コーヒーを飲んだり、ぶらぶらしたり、お花を見たり、おしゃべりしたり、いいお天気にワイメア中の人たちがやってきたみたいな感じ。みんなほとんどパジャマみたいでのどか。

ワイピオ渓谷に行く。

以前と天気も季節も違うせいか、別の場所のよう。前に来たときにじゃあじゃあ流れていた滝はみんな涸《か》れていた。それでもしっとりして緑が多くとても歩きやすい。たまに川に足をつけるのも涼んでいい感じ。ノニやグアバを拾って食べたり、プルメリアを拾って髪に飾ったりした。ノニって神々《こうごう》しい植物だ。タロも保護されてつやつやと美しく育っていた。

渓谷にはものすごい坂道を下っていくのだが、ケビおさんのトラックの後ろに乗ったワイルドなガールたち（みな三十を超えている）は大騒ぎ。帰りはチビがどうしても乗りたいというので後ろに乗ってがんがんはずんでいったが、なんとガールズが重すぎてエンスト。

ものすご～い坂道を、歩いて登った……。無言で。じゅんちゃんだけがすいすい登って行ったので、きっと体重は関係あるのね。ケビおさんに至っては、トラックを止めてから引き返してきて、チビを抱えて登っていた。かっこいい～！

途中、同じ感じで止まっていた車の中に、ものすごく美しいヒッピー家族を発見。みんな毛が長く、インドの服を着ていて、そして静かに微笑《ほほえ》んで、ぴかぴか輝いていた。

いいものを見た……。やるならここまでやらなくちゃね、みたいな気持ちに。

運動したおかげでよれよれになりながら、ヒロチンコさんを迎えにコナへ。

無事出会えたので、ナチュラルなお店に寄ってサンドイッチをちょっと食べて、帰宅。

夜は豪華ディナー。きよみんのグリル料理やりさとじゅんこの合作サラダやそしてケビおさんのスパイシーエビ&超柔らかワイメアの牛肉バーベキュー！　うますぎて、ここで暮らすちほの今後の体重が心配になったくらい。パパが来たので、チビがすごく喜んで顔もすっかりゆるんでいて、見ていて「ああ、パパがいないあいだ、チビなりにがんばっていたんだなあ」としみじみした。

10月19日

いったん荷物をまとめてヒロへ。ヒロホヌインの前でマイカイオハナツアーズの仁さんに再会。この会社は、うまく行ってるだけのことはあり、ほんとうにいい会社。お金を払っても全然惜しくないどころか、それ以上のことをしてくれるまれな会社。仁さん、懐《なつ》かしい！　頼もしい！　ヒロホヌインにはすばらしい和室があって、私たち家族の部屋&宴会場に決定する。

雨に負けずにパホアのファーマーズマーケットへ。目の前で和《あ》えてくれるパパイヤサラダやロコモコやタイカレーやカルアピッグご飯やカルビなど買いまくり、シェアして食べまくる。それからすご腕のお姉さんのロミロミを受けたり、手作り蜂蜜《はちみつ》を買ったり。ヒッピー度が高い分、お店も充実している。カヴァも飲んで冴えた気持ちに。

キラウェア火山もいつも違う顔を見せてくれる。今回はかなり激しかった。アートセンターでおみやげを買い、洞窟《どうくつ》に行ったら、突然チビが洞窟好きになり大騒ぎしだして面白かった。暗さとスリルがつぼにはまったらしい。

カラパナで暗くなるまで海に落ちる溶岩を見る。ほんとうに真っ赤だった。仁さんがいい席を教えてくれて、座ってみんなでゆっくりと眺めた。見飽きることのない瞬間の連続。

後ろにたまたまいたちほの学校の先生が「ペレがまさに大地を産んでいる瞬間なんだ」と言ってチャントを唱えていて、ほんとうだ、その通りだ、と感動した。

ヒロで中華を食べまくり、宿で大宴会をもよおし、ぐっすりと眠る。

和室すぎて熱海の高級旅館にいるとしか思えない気持ちだった。深いお風呂《ふろ》に座って陽子ちゃんとおしゃべりしながら温泉気分を味わったり、りさっぴに裸を見せつけてパワハラをしたり、陽子とチビの裸証拠写真を撮ったり忙しい（?）。窓には富士山と五重塔がいっぺんに描かれた木の装飾が……蛇口はみんな竹モチーフ。すごいなあ、そして懐かしいなあ。

仁さん、一日中私たちに優しくしてくれて、チビを肩に乗せて遊んでくれて、ほんとうにありがとう。あなたはすばらしい人ですし、プロの中のプロです！

10月20日

ヒロホヌインのご夫婦がとても親切でかわいらしく、突っ込みどころ満載の面白すぎる人たち。そしておいしい朝ご飯を作ってくれるし、フラも見せてくれるし、楽しい朝ごはんであった。バナナパンケーキが最高。

ちほの友達とダウンタウンで合流。いっしょにカヴァを飲みまくり、ハナホウ、シグゼーンで買いまくり！　プカプカキッチンでこれまた激うまのアヒ丼《どん》やエビ天を食べて、ビッグアイランドキャンディーズへ行き、甘いものを食べたり買ったり大騒ぎ。

それからアカカフォールズへ。思ったよりもずっとずっとすばらしいところだった。植物もすてきだし、滝も美しい。

それからパホア近くのウィリアム・レーネンさんのおうちに行き、犬たちと遊んだり、幻のガールフレンドを確かにこの目で見たり、祭壇を見せてもらったり、いっしょにタイ料理を食べたりして過ごす。歳をとって、なにもかも失って、でもこんな自然の中で新生活を始められる彼はすごいと思う。さんざんヨッシーに働かされすぎた！　とか彼はカメレオンが嫌いだしネットがないと死んでしまう、などと悪口を言いながら、最後は「彼の押し付けてくることは全《すべ》てポジティブなんだ、だから彼が好きだ」とフォローしていた。かわいいのう。

ちほの友達と別れの宴会。淋《さび》しいなあ……！　一日楽しくいっしょにいたら、ずっといっしょに旅をしてきたような気持ちだった。

それにしてもハワイで食べる分厚いポテトチップスってどうしてこんなにもおいしいんだろう。

みんなちょっとしんみり&眠くなり、じゅんちゃんにチュウをしてから、今日も和風のお風呂に入る。湯をしっかりためると一時間かかるので、ちょっとだけためて半身浴をするのであった。

10月21日

南回りの日。むちゃくちゃ寒い雨のサウスポイントにお礼参りをしてから、すっかり晴れているホナウナウのヘイアウへ。ブーゲンビリアの坂を下っていくと、うっとりと待っているその赦《ゆる》しのヘイアウは、すばらしいところだった。いるだけで力が湧《わ》いてくるような場所だ。亀《かめ》もきれいな水の中でぶらぶら海藻を食べたり、甲羅干ししたり、平和な光景。大きいのから小さいのまで、たくさん来ていた。

やっちゃいけないと書いてあるのに、溶岩の上で裸足《はだし》になり足つぼマッサージをしたり、溶岩浴だと寝転がったりして（まねしてはいけません）、もしもこの世に赦しというものがあるなら、こういう場所だろう、と思うほどいいところだった。

昔、罪人はもしもここまで命がけで泳いできて、三日三晩の祈りを終えたら、赦されて市民に戻れたという。赦すということの本質が感じられる場所だった。昔エジプトで行ったイシス神殿を思い出した。

すっかり充電されて、ワイメアへ。今度はきよみんとふたりきりのドライブ。おしゃべりして、音楽を聴いて、美しい雄大な景色や夕日を見て、最高だった。コナに近づいて行く道は、人々の営みが平和に続いている幸せな道だ。西日でいっぱいの一本道、真っ黒い大地が明るい茶に見えた。

夜はメリマンズというワイメア唯一《ゆいいつ》の高級レストランに行く。みんな気持ちドレスアップして最後の夜なのでワインもたくさん頼む。チビはケビおさんと突撃英語&日本語講座をしあっていた。ケビおさんはそのハンサムなお顔でまじめに「日の出、日の入り、七面鳥」ときっぱり言い、そのあと「めっさおいしい」という関西弁を完璧《かんぺき》コピーしていた。チビはインターナショナルスクールで鍛えた発音でベジタボー、トメイトウなどと言っていた。このふたりをひとつの部屋に入れておけば、お互いの上達は間違いないだろう。

肉も、畑でとれたての野菜もたいそうおいしく、サービスも完璧、デザートもよく、確かにここはハワイのレストランの中でも上位だろうと思った。でも、お客さんが10

時でほとんどゼロになったのにはびっくりした！

10月22日

ワイメアとも犬たちともちほとケビおさんともお別れ。

朝、ちほがチャントをしてくれて、じゅんちゃんが泣き、みんなもらい泣き。長くて楽しい日々だった。ずっとみんなでいたみたい。

ケビおさん、初対面の私たちを離れに泊めてくれ、いっぱいエビを焼いてくれ、すばらしい作品やアトリエも見せてくれて、ありがとう。

コナの空港でまったりとポテチを食べ比べ、飛行機へ。

いつもあまりにＪＡＬの文句ばっかり言ってるから、いよいよ向こうもいちばんクオリティの高い女子をぶつけてきた（被害妄想《もうそう》）。でも免税品の売り方も前みたいにしつこくなくなったし、ごはんも前みたいにだめだめじゃないし、改善は進んでいるのかもしれない。

眠れずに思わず「セックス＆ザ・シティ」を初めて観《み》てしまい、あまりにキャラ作りがよくできているので感心してしまった。それぞれがいかにもしそうな違いのあるセックスシーンを妥協なく描き込む技もすごい。これは、人気があって当然だと思った。あと階層による生活感の違いを全く脚色なく描いているのもすごい。これでTVシリーズより劣るとみんなが言ってるのだからどんなに面白いんだろう！　やばいやばい、いちから観てしまいそう……。

「ドリームガールズ」に出ていたときから「ナタデヒロココに顔も体も似てるな～！」と思っていたジェニファー・ハドソンが、ほんとうに弱った主人公のアシスタント役で出てきたが、アシスタントとしてやることなすことそしてその存在のすばらしさといい当時のナタデヒロココにそっくりで、当時弱っていた自分がどんなに助けてもらっていたか、思い出してしまった。彼女はこの中のルイーズと同じくらい天才だった。この映画を観て、彼女が辞めるところでいちばんリアルに泣けたのは世界で私だけだろうなあ……。

10月25日

いっちゃんが来るも、森田さんが来るも、意識不明くらいの時差ぼけ。

しかもなんかたまに謎《なぞ》のシャットダウンで目の前が暗くなったり、記憶がぱつんとなくなるのは、まさか、後遺症？　まあだんだんなくなっていっているので、大丈夫であろう。

一酸化炭素、こわいよう。

チビの異様なはしゃぎぶりもまさか？　いや、これは、いつものことだ……。

夜、たくじが寄ってくれたので、近所でお茶する。久しぶりだしふだん離れているのに、いっしょに旅をして十年以上ともなると、体の言葉というか、勝手に気持ちがリラックスして、イタリアやギリシャにいるみたいな感じがする。

いつもの焼き肉屋さんでおいしく食べまくる。いつも通りの、そしていつにも増して冴えている味であった。新婚さんあり、もうすぐ赤ちゃんが来るお兄ちゃんありで、いつにも増してにぎやかであった。こうして家のメンバーが移り変わっていく感じを、下町出身の私は、痛いほどよく知っている。これがあるから、みんな生き生きといられるということも、おじいちゃんおばあちゃんがその場にいなくなった悲しみが和らぐということも。アジアはいいなあと思う。

たくじともしばし会えないのが不思議だけれど、また元気で、いっぱい食べよう！

10月26日

今日もまた寝ぼけながら、りえちゃんのところで番茶を飲む。

りえちゃんが「旅」という雑誌の表紙になっていてびっくり。よく見かけるニノンちゃんもいっしょだった。

店の前を通って、格子《こうし》ごしにりえちゃんがお茶をいれている姿を見ると、あまりの美しさにはっとすることがしょっちゅうある。ほんとうにアジア美人。看板娘だ……どんな髪型でも服装でもいくつになってもぶれることのないそのたたずまい。こうして街の平和を支えている人が必ずどこにもいるものだ。

整理整頓《せいとん》も終わらず、家中ぐちゃぐちゃだが、こつこつ片付ける。

冷蔵庫の中身もきれいにする。お弁当に備えなくちゃ！

昨日時差ぼけのチビがもう白目むいて寝そうだったが「もうすぐ陽子が来るよ」と言ったら、「え？　陽子ちゃんが？」と言ってゾンビみたいに起き上がった。ほんとうに好きなんだなあと思い、感心してしまった。

10月27日

久々の幼稚園、チビはお弁当に入れたスパムむすびを二個食べたのでびっくりした。ハワイ帰りって感じ〜！

しかも時差ぼけの力で朝起きて着替えてちゃんと登園している。すごい（これがあたりまえなのか……）！

夜は、父のほぼ日の講演。

車いすでなく自宅からの中継なので、父がリラックスしていてよかった。

話の内容をむちゃくちゃ簡単にかいつまむと、

・詩の起源は古事記あたりで、問答歌である

・そのあと問答歌の形式を残した俳句、和歌に発展していく

・それはだんだん間延びしてただの詩になっていくが、西行、芭蕉《ばしょう》などの強者《つわもの》はちゃんとその中に問答歌のニュアンスを残しつつ、主観性と客観性をひとつの句の中におりこんでいく方法を編み出す

・日本の詩は三木露風の路線、日本人にしか通じない優れた叙情の感覚だけで成り立っていたが、それを西欧にも通じさせようとはじめて試みたのが朔太郎《さくたろう》である

・岡井隆や辻井喬《つじいたかし》は近年「長老詩」、「自伝詩」（自己劇化）とでもいうべき新しいジャンルで優れたものを創作しているのでびっくりした、辻井喬に至ってはかつて街まで創造していたぞ

・行動や声や姿で世界共通の普遍性を表すというのが本筋だが、自分は全く逆に言葉というものから、それを表したい。まず言葉だけがあるという考えを示したい、人は実は肉体ではなく頭の中で寄り集まっている抽象的存在であるという考え方

は、近年少し理解されてきたように思う。人間の内面の言語が、世界のどこでも通用し共有できる、限りなく固有性を持ちながらも開かれたものになるという期待、希望、それについて的確に、しゃべりでなく書くことができるところまでは、
　自分の人生でやっていきたい
かいつまみすぎたか……。
　この合間に次々説得力のあるエピソードや実例が入っているので、飽きることはなかった。
　しかし「しゃべるよりも書きたい、書けばもう少しうまく表せる」と父が言っていたのには、感動した。
　あと、糸井さんの気配りが、どこをとってもお金めあてでなく愛情から全部出ているのが、すばらしかった。いやな匂《にお》いのしない空間であった。いやな匂いのしないイベント空間を作るのがどんなにシンプルで、どんなに大変なことかと思うと、ほぼ日の人たちの行動力と志の正しさにまたも涙した。
　しゃべるよりも書きたいと言っている人にしゃべらせるのはどうなんだ、という意見もあるだろうが、だれだって霞《かすみ》を食べて生きてるわけではない。存在を人に知られなければ、だれも読んでくれない。そして糸井さんは父としゃべっていて「この角度

からなら、俺も理解以上に理解できるし、俺のサイトを見ている人たちにも伝わる」というあるポイントを見つけたのだと思う。その発見の力、それを世に知らしめてお金に変えるノウハウこそが糸井さんの最大の才能なのだ。これまで副業にしてきた講演、それで収入を得られたなら、父の老後がどんなに安定し、たくさんかかる医療費に対する安心がどれだけ増すか、考えてみてほしい。

「娘さんが稼いでるじゃないですか」というやっかみほど、私にも収入はない。

前にも書いたが、私は、糸井さんとかなり長くつきあっているので、と〜んでもないところをたくさん知っている。でも、その触れ幅が大きいことが彼の体当たり的人生の深みそしてたいていの男の人が「やってみたい」と思うことを思う存分やったから、今のシンプルな彼があるのだろうと思う。そして、なによりも、今やっていること、今目指しているもの、今見つけているものがすばらしい、そこがすごい。大人なのに、子供みたいにばんばんいろいろなことにぶつかって、成長し続けているのが、すごい。

そして父には静かで地道な人たちと安定して難解な本を出せる土台がしっかりあるのだから、それは専門としてやっていけるといいと思う。

10月28日

ヨッシーのおまねきで、ヨッシーのところの岡本美和子さんと明日香天翔《あすかてんしょう》さんのヒーリングとリーディングを受ける。なんというか、あまりにも、スタイルが違いすぎてまるで外国に行ったよう、ぽかんとしたまま終わってしまったが、実力はすごかった。あと、ふたりともすっごいいい人。こんないい人たちはなかなかいないというい い人。きっといい人ゆえにこれまでたくさんのたいへんなことがあったんだろうな～という感じ。美和子さんに至っては「おばちゃ～ん」と相談したくなる感あり。優しい目をしていた。

久しぶりに行ったたちほちゃんの家（会場として貸し出していた）、とにかくいろいろな思い出があり、ああ、もうあの人はここにいないんだなあと思った。あの人の家は、ワイメアなんだなあって。三鷹《みたか》の駅まで行く道がものすごく関西に似ているのも切ない。

思わず切なくてハルピンで小籠包《シヨウロンポウ》を食べてしまった……。

残された亀のチビちゃんが、突然しゃきんと後ろ足をたてて歩き出した。今までずるずるっとひきずっていたのだ。ということは、やはり日光不足であったか、となくしたホシちゃんのことをいっそう悔やむ。リクガメを飼っている人は、紫外線蛍光灯だけではなく、もちろんバスキングライトだけでもなく、効果絶大なメタハラを取り入れてほしい！

10月29日

チビちゃんの病院へ、くちばしをけずりに行く。だいたいこんなにくちばしが伸びていること自体、紫外線が足りなかったとのこと。チビちゃんはカメにしてはオープンな性格なので、案外ショックをひきずらなかった。多分死んだホシちゃんだったらこんなことしたら、三日はハンストしただろうと思う。先生がカメに話しかけてくれるタイプの人で、ほんとうに助かる。かなり濃厚にくせのある先生だけれど、私はこういう人が好き。

夜は、クムであるところのサンディーさんのライブへ行く。うちの近所にいた内山さんがアムリタ食堂でがんがん働いていて、その仕事ぶりが懐《なつ》かしかった。

歌っているときのクムはほんとうに美しい。でも放っておくと（？）クム魂が炸裂《さくれつ》してすぐサポートに回ってしまう。ほんとうにすてきな性格しかし歌手はもっともっと「俺様」でいてほしい、そう願ってやまない。あなたの声は、神様がたったひとつ、あなたにさずけたものすごい兵器そして宝、世界を変えることのできる声なのです、もっともっともっと前に出て！　と思う。でも人格があれほどまでに優しいとむつかしいことなのかもしれないです。

ハワイでたくさんのフラに触れたけれど、あゆちゃんとクリちゃんの踊りを見たら、ああ、帰ってきたと思った。ここが私の場所でよかった、ハワイでもみんなほんとうにすばらしかったけれど、私の場所はここしかない、そう思った。

そして、そのあとスペシャルゲストとして伝説のダンサー、パトリシアさんが出ていらした。座っている時の印象は「うわあああ、こわそうな、フラの先生だ」であった。しかし、彼女が右足を前に出してスタンバイしたら、空気がぞうっとするような研ぎすまされたものに変わり、頭がき～んと冴《さ》えた。そして「プアリリレフア」を踊りだしたら、悲しみでも喜びでも情緒でもない、知らないタイプの涙が出てきた。ヒロチンコさんも「すごいね、これはすごい」と言っていた。正直に言って、プアリリレフアは素敵な曲だし歌詞だが、そんなに珍しい曲ではない。多分初心者でもおぼえられる振りだろうと思う。しかし、彼女が踊ると全く違う。違う世界の扉がいきなり開くのだが、その先にはハワイさえ見えない。なにかすごい神の域みたいな世界が開けているのだった。

いろいろフラを見て、知った気になっていた自分が恥ずかしかった。

13歳のときからさまざまな人を魅了してきた天才ダンサーが、衰えなくますますごくなっているということが、よくわかった。ヒロチンコさんに聞いてきたら、あんなにアイハア（低く）踊って、なおかつ膝《ひざ》を傷めないのは、背骨が体の中で柔軟に動いていて、柔軟に動いているから上半身は固定されているように見えるが、実はそうではないからだと言っていた。つまり、上半身を固定するから膝を傷めるのだと。

あまりの感動にその場にいたみんながくぎづけになってしまった。

となりにいたまゆみさんに「すごい！　すごいです！」と言ったら、まゆみさんが「そうだよ、すっごいよね～！　ばななちゃん、ハナホウ（もう一回、の意）！　って言ってよ！　ほらほら！」と言われた。そんな畏《おそ》れ多いこと言えません～！

10月30日

森先生と初対談。

とても信じられないことだが、実はそうなのだった。

ものすご～く面白い話を、瀧《たき》さんといっしょにたくさん聞いた。

瀧さんは、元事務所員のハルタさんにものすごく似たところがあり、私にはなじみやすいが、とにかく変わった人だ。でも変わっていても優秀なところもハルタさん似。同じく優秀な稲子さんも交え、優秀なりさっぴも同行してもらい、無事終了、みんなでカレーをごちそうになった。

タンドリーの食べ過ぎでめまいがするくらい、タンドリーものを食べた。

森先生の食べっぷりは、私の知っているほとんどの男の人の中でもかなり上位に入るすごさで毎回ほれぼれする。今、食べっぷりのいい人の小説を書いているので、人の食べっぷりをものすごくよく観察している私だ。

それにしても森先生は今のところトップのすばらしさ。静かに食べながらも確実、上品、かつ量を食べているのがまたすてき。一日一食の力か、あるいは元々持っている才能なのか。

カレーの力か、スバルさんにいただいた女優ミラーの力か、帰宅したら鏡の中の自分のお肌がつやつや！　でびっくりした。

10月31日

朝早くからチビの幼稚園のハロウィンで、仮面ライダーキバのかっこうになってもらい、パレードに参加。眠い！　しかし子供たちのかっこうが面白すぎて、目が覚めた。忍者率が異様に高いのはなぜ？

午後まで、久々にゆっくりと過ごす。ハワイでもこんな時間はなかったというくらいのゆっくりぶり。

夜はベイリーくんと啓子さんに沖縄のためのミーティングで会う。新大久保《しんおおくぼ》の、地元の人が次々やってくるおいしい中華。この人たちに会うと「こんな大人になりたいな～」と本気で思う。こんな人たちいるわけがないと思うようなすてきな人たちだからだ。でも、ちゃんといる。もちろん人間だからいろいろあるだろう。でも、人生を愛して本気で取り組んでいる人たちなので、隠している感とかいやみ感がない。そしてなにより、現場での仕事をがんばっていないとこの人たちといつのまにかいっしょにいられなくなる、そんな緊張感もある。ふたりとも笑顔がきれいなのも大好きだ。

11月1日

やけくそになって低レベルでもくじけずに参加したパットさんのワークショップ。出際《でぎわ》にチビがげ～げ～吐き出し、遅刻して半泣きでタクシーに乗っていたら、うふふ、おほほ～という感じで笑顔で遅刻しながら日差しの中をきらきらに歩いて行くパットさんと通訳&アテンドのじゅんこさんを見つけて、力が抜けた～！

ワークショップはすばらしかった。そうか、これがフラなんだ、とあらためて思った。

「ハイナになって、ほっとした顔をしてはいけない、気持ちをゆるめてもいけない。もしも自分がこれまでの踊りの中で、少しでも悔いがあるとしたら、ハイナはそれを取り戻す最後の大きなチャンスなのです。そして、同じ踊りを五回踊るとしても十回踊るとしても、これが自分の最後の踊り、毎回そういう気持ちで踊ってください。そしてもっと膝《ひざ》を曲げて～！！！」

とおっしゃっていたとき、涙が出た。これこそが合気道の『時間を割る』ということだ。

そして、課題曲を最後に踊ってくださったが、それはステージでの踊りではなく、みんなに教える踊りだった。何万個もの引き出しが彼女の中にはあり、自由自在なのだな……。

これまでたくさんのフラを見てきた。どうしてうちのハラウだけ、あんなに低く、くねくねとしているのだろう？　と疑問を持っていた。なにがしたくて、そうなのだろう？　とわからないと思うこともあった。というのは、すっと立ったままかっこよく踊っている人たちがちょっと楽そうでうらやましく（笑）、しかも低い位置で踊ると腰が動きすぎセクシーすぎると思うこともあったからだ。

しかし、この形が、クムがクムのクムから受け継いでいる、唯一《ゆいいつ》絶対の継承すべきもので、これだけは守るべき遺産であり、それが完成形になると、どういうことができるのか、完璧《かんぺき》に今はイメージできる。自分が踊れるかどうかは別として、迷いがなくなった。

しかし、四時間も踊ったら、さすがにふらふらになり、実家に来ていた安田さんに踏んでもらった……安田さんを見ただけで、全身が「助けて〜！」とこのところの疲れを訴えだしたので、驚いた。人を救う力のある人は、たいへんだと思う！

安田さんの力、ヒロチンコさんの地道なロルフィング、みんなの祈り、父の底力、ピュアシナジーの力、全部を総合して父の足が治りつつある。先月まで指を切るかどうかもめていたくらいの状態だったのにだ。まだしたいことがある人の底力は違う。そしてそれを助けたいと思う人たちの本気さはなににも勝る。このことを通して、私もいろいろ勉強した。

11月2日

今、私がいちばん好きなジュエリーデザイナー、ピッパさんが来日しているので、はりきって用事のあとにかけつける。買えるものなら全て買いたいと思いながら、予算のつごうで一生懸命三点選んだ。ほんとうに美しく、よいものを創る人で、昔から注目していたが今やその才能は炸裂している。

目と目を合わせれば気が合うことがわかる、あたたかい笑顔の、希有《けう》な人だ。

小林さんの元気な姿を見ることができたのもハッピーだった。

11月3日

人と別れていくのって、なんでこんなに悲しいんだろう。なんで慣れることはないんだろう。何回も未練を持ってぶつかっていき、ちょっとした笑顔でぬか喜びをして、希望をもって、またくじかれ、真っ暗になり、それでも希望をつないで……そうしてちょっとずつ別れていくのかな、と思う。だから、あまり深く考えないようにして、何回も連絡しては、何回も今の現実を思い知るしかない。愚かだな～。もうあの頃みたいじゃないんだ、信じられない、でもそうなんだ。いつか誤解はとけるかな、でももう戻れないんだろうな。

こういう思いをしている人が、今、地上に何人いるんだろうな、いっぱいいるんだろうし、どうしようもないことだから、あがいているしかないんだろうな〜。

自分が自分のことをわかってあげているだけでも、救いだと思う。

気を取り直してここぺりに行く。

さっきまでこの台に恵さんが寝ていたよと聞かされ「そうか、会えずに残念だった！　せめて残留している恵のエロ汁を全身で吸い込んでいこうっと」と言ったら、関さんがまじめに「じゃあシーツとか換えなければよかったかなあ」と答えてくれて、すっごく恥ずかしかった。

チビとパパが迎えに来てくれたので、新しくできたピザ屋さんへ行く。フロア担当の奥さんがかわいそうなくらい片付け下手で、もと喫茶店従業員としては、何回も手伝いたくて腰が浮いた。

11月4日

彼のすごい風邪のせいであまりにも会っていないので、ヤマニシくんと晩ご飯を食べる。というか、うちでてきとうに作った鍋《なべ》を食べて、チビとゲームをさせられたので、これではまるっきりバイトに入ったのと同じである。

でもヤマニシくんに会ったら、少しだけ元気になった。

決して愛想のいい人でもないし、陽気でもない。でも、うそをつかない。そんな人は実はほとんどいない。だから、元気になるのだろうと思う。

11月5日

ホメオパシーのセッションを受けに、チビといっしょにせはたさんの元へ。暴虐《ぼうぎゃく》の限りをつくすチビ……あまりに気疲れして、自分の状態をしっかり言うのが精一杯だった。ホメオパシーはいいですか？　とよく聞かれるのだが「すごいのだが、どうすごいとは言えない」としか言えない。ただ、すごいというのはほんとうに確かなのだ。せはたさんは今日もしっかりと観《み》てくれたので、安心した。

ホテルのロビーでヒロチンコさんを待っている間に、暴れ疲れたチビが寝た。私はしみじみとビールを飲みながら、チーズを食べていた。そしてチビが寝たので、ゆっくりとまわりの人たちを見ていた。ああそうか、今私は家族を待っているからただ普通の気持ちだけれど、もしひとりで、たとえば彼氏の浮気を張ってるとか、来そうもない人を待っていたら、このロビーの景色もグレーなんだろうな、と思った。ホテルって、なんかそういうことを考える場所だ。空港もそうだ。

いろいろな人のたまらない思いが漂っているのかな、と思う。

11月6日

沖縄へ！

ベイリーくんといっしょの仕事なので、全然こわくない。

空港で古浦くんと加藤木さんと待ち合わせて、こちらはりさっぴといっちゃんとチビを連れて、出発。

夕方にはもう那覇《なは》であった。山里かっちゃんが待っていてくれた。初めて会ったときから、年上なのに、えらい人なのに、友達みたいな感じの人だった。きっと間にゲイリー・スナイダーさんがいるからだろうと思う。

みんなで「カラカラとちぶぐゎー」に行く。元副担当の林さんが結婚して長嶺《ながみね》さんになって、ご主人とやっているお店。おじぃが待っていた！　嬉《うれ》しかった～。

しかし時間ぎりぎりだったので、嬉しさを保留して、おじぃが電話中に、私の要望で長嶺さんにむりやり歩いて案内してもらい、かけこみでかよちゃんの店へ。

かよちゃんは孔雀《くじゃく》茶屋でいっしょに働いていた仲間だが、数年前、ご主人の正一さんといっしょに那覇に移住してお店を始めた。昔から自分の靴を作りたいと言っていた正一さんが創《つく》ったサンダルは、全て沖縄の材料が使われていて、シンプルで美しく、そして足に吸いつくような履き心地だった。eyefingerというそのお店、リンクしたので、ぜひ行ってみてください。この手間と材料と履き心地で一万五千円は安すぎる！　後輩の店をのぞいてみるべ、くらいの気持ちで行った私は、そのクオリティの高さに打ちのめされてしまった。根性が違う！　やるからにはやる人たちだった、いつもかなわなかった、そう言えばそうだった。

かよちゃんは私にいろんなことを教えてくれた。根性がなく甘えん坊ですぐあわてる私に比べて、かよちゃんは年下なのにいつも落ち着いていた。そして当時から二十二年間も正一さんといっしょにいるのだ。すばらしい人たちだ。

サンダルを買いまくり、店に戻り、「うない」の編集もしている長嶺さんにインタビューを受け、おじぃが写真を撮ってくれた。おじぃがいるといつでも安心だ。

それからはベイリーくんのものすごいおやじだじゃれの独演会を聞いて、みんなげらげら笑い、幸せになった。ベイリーくんのすばらしさには、何回も驚く。人が「こうだろう」と決めた着地点をいつでもいい意味で裏切り続け、すごいエネルギー。やはり会社の社長というのはこうでないとなれないのだな。チビもベイリーくんが好きでしかたない。いつもつきまとっている。

やがて仕事を終えたかよちゃんたちがやってきて、カウンターでごはんを食べ始めたので、たまにそっちにも行きながら幸せな時間を過ごした。しかしここでも根性が違う彼らは、あっという間に泡盛のボトルを二本あけ（泡盛だよ！）、すっごく陽気になって帰っていった。

11月7日

ベイリーくんの大切な店、タコスの「メキシコ」にお昼を食べに行く。考えられないくらいおいしかった。メニューはひとつだけ、そして静かに満席。こだわりのタコスであった。

それからみんなでぎゃあぎゃあ言いながら足裏マッサージを受け、顔色がよくなったり、足のむくみが取れたりしながらも、琉球《りゅうきゅう》大へ向かう。

公開対談は、ベイリーくんのすばらしいリードで全然問題なく進んだ。ひとりでしゃべれと言われると言うことが特にないが、こういう形でならなんとかできる。学生さんたちが教室いっぱいで、みんな快活ではきはきしていて、さすが沖縄だと思った。質問もいっぱい出たし、みんな真剣に生きている。この学生さんたちの将来に幸あれと思わずにいられないかわいさだった。

ベイリーくんが最後にものすごいヨーヨーの技を次々披露し、拍手喝采《かっさい》のうちに対談は終わった。こんなことまでできるなんて！　ロレックス万歳！

　私も、これまでに彼から聞いたことのない会社の話や、時計の会社を支えているのは結局広告とか営業とか販売ではなくって、技術者たちだということがわかり、感動した。

　琉球大の人たちに「月桃庵《げっとうあん》」でごちそうになる。

　かわいいおじょうさんたちがていねいに作っているおいしいお店。

　学長「おまねきして申し訳ないが、よしもとさんの作品を一冊も読んでいないんです」

　副学長「私は、一度飛行機の待ち時間が十時間もあって、英語版を買って空港で読んだのですが、全くおぼえていませんのですよ〜」

　ふたりとも笑顔でおっしゃるので、どちらをより責めたらいいのか、ちっともわからない！

　しかしこの状況で私たちを呼んでくれた山里かっちゃんの苦労がしのばれ、彼の学生思いの心を思うと、しみじみと感激。いい先生ってまだまだいるんだなあと思う。

　私が名声よりも常に読者に寄っているように、かっちゃんも学生さんたちに寄り添っているんだなあ。

学長の家に貯蔵されている六百リットルだという古酒《クース》、実は六十の間違いではないか？　だって六百って、そりゃあ酒蔵だよ？　とみなで内心疑惑を持ちながら、おいしくいただく。学長が瓶に入れて持って来てくださったのだった。二十七年もので、さすがにおいしかった～、ごちそうさまでした。

あまりに満腹になったので、ホテルに帰り、なごりおしいのでベイリーくんおつかれさまの乾杯をする。いろいろしゃべればしゃべるほど、すごい人物だ。

そう信じない人がたくさんいるのはわかっている、しかし、私は成功とは結局表裏ない人にもたらされると思っている。人間はみな思っていることを隠して生きている。でも、隠すことにエネルギーを注がない、同胞に愛情を持っている人のほうが、まっすぐな道を歩める。私はそういう派。ベイリーくんもそうだし、私の仲間はみんなそうなので、よかったと思う。

裏道はもうかりそうだが、大変そうだ。

11月8日

ベイリーくんと涙の別れ、ずっといっしょにいて頼もしかったので、すごく淋《さび》しかった。太陽のような存在であった。

長嶺夫人をむりやり巻き込み、ヒロチンコさんをピックアップして、伊是名島《いぜな》へ。ブラジル食堂に寄っていく。おばあちゃんが半引退して微妙に味が落ちていたが、きっと落ち着けば戻るだろう。あのいい雰囲気は変わらない。おいしいコーヒーも健在だ！

船の座敷でぐうぐう寝て行く。

目が覚めたらもう港で、ぼくねんさんが迎えにいらしていたのでびっくりした。港が似合いすぎるかっこよさ。

複雑な法事があり、伊是名に帰っているとのこと。そのお話をちょっと聞くが、あまりにも複雑そうで、絶対嫁には来られないと思った……。でも、ぼくねんさんはこの島にまつわる行事の全《すべ》てに参加したり、法事にもしっかりと出席していて、ほんとうにえらい。島のスーパースターのような感じかと思ったら「そんなんじゃないよ、だって、もともとここにいたからさ、み～んな知り合いだし、気楽だよ」とおっしゃっていた。その言い方の少年っぽさが、むちゃくちゃモテそうだった。

神山さんもいらしていて、さくっと島中を案内していただく。

神山さんの奥様（美人……）がケーキを作っている、おいしいケーキ屋さん「菓子の島」にも行く。耐えきれずシュークリームをむさぼる私たち。

なんともいいところで、全く観光の匂《にお》いがしない。ビーチなんか天国のようだった。後から作った観光名所と元々の自然が入り交じって、逆にほのぼのしている。ぼくねんさんの絵に何回も出てくる遠近の取り方、技術なのかと思っていたら、そうではなかった。この島にしかないほんとうの景色なのだった。

長嶺さんが合間に沖縄のいろいろなことを教えてくれるので、すごく勉強になった。沖縄に来て数年で、こんなに豊富な知識を得ているなんて、さすが編集者だと思った。店を基地にして、どんどん情報を深めていっているんだな。ご主人のてっちゃんに「おいでよ」と言ったら、「でも、店にだれか知ってる人がきて、僕がいないと悪いから」と普通に言った、その気持ちにうたれた。

きくや旅館でおいしい晩ご飯を食べながら、ぼくねんさん、神山さんを交えて宴会。伊是名島のこわい話やワイルドな話をがんがん聞いて、もう何年もいるような気分になった。

11月9日

雨！

雨でも負けずに、神山さんが案内してくださったので、島中を見ることができた。

絶対ここは案内してもらわないとわからんというような、御嶽《うたき》にも森を分けいって行った。

小高い小さな山がいっぱいあるのもこの島の特徴で、登るとすばらしい景色が見える。

午後一番に長嶺さんとお別れ、淋しいよ～と船を見送る。不思議な縁でいっしょに島に来ることができて、嬉しかった。編集を辞めて二度と会えない人もたくさんいるのに、長嶺さんとはまた会えている、この嬉しさ。

レストハウスかみやまにて山羊《やぎ》汁を食べた後で、山羊に草をあげにいった。ご、ごめんなさい……。山羊汁、私は汁はおいしくいただきモツは食べることができず、りさっぴは肉は全部ぺろりで汁をちょっと残し、古浦くんは完食！　人とはわからないものだな～と感心する。

夜はバーベキュー。神山夫妻のまるで太鼓を叩《たた》くようなすばらしいコンビネーションに手出しもかなわず次々と肉が焼かれ、焼きそばができ、ぐるくんのホイル焼きができ、パンが焼かれていくのを眺めた……。おいしかった。プロパンガスそしてコンロ。バーベキューというよりは、もう店。

屋根のあるテラスでやっていたので、雨が降って来ても大丈夫。宿の子供たちもやってきてチビも仲良くなり、お泊まり保育みたいな大騒ぎ。いっちゃんがこまめに面倒を見てくれて、保育園のようであった。

古浦くんとヒロチンコさんがモテたいと叫んで一気に酒に飲まれたので、女子たちは彼らを放っておいて寝ることにする。モテることができるなら、どうぞ……という感じで。ヒロチンコさんにいたっては大暴れしてうるさいし、チビが起きたらかわいそうだから、と女子にかつがれ別室に追いやられて鍵《かぎ》を閉められていた。まるでゾンビが生前の習慣をくりかえしてしまうように夜明けに何回かやってきたが、チビが大の字で寝ていてベッドがいっぱいだったので、無視して寝た。そして深夜まで古浦くんが廊下を徘徊《はいかい》していて、ほんとうにゾンビのようであった。は虫類脳だけで動いているっていう感じだ……いや、うちのカメのチビちゃんのほうが、もうちょっとしっかりしてる気さえ……。

11月10日

チビ「なぜおとなはたおれるまでおさけをのみすぎちゃうの?」

その通りです、という感じでヒロチンコさんは一日中二日酔いに苦しんでいた。移動日で船にも乗るのに、おばかさん、くくく……。

なぜかメガネをどこかになくしていたがみごとに復活してきた古浦くんと、加藤木さんと私とりさっぴで冒険の旅へ。

ガジュマルを求めて森に入ったら、蛇が蛇を飲み込んでいた。おえ〜。びびって棒を振り回し、加藤木さんにたしなめられる古浦くん。そして「音を出して威嚇《いかく》すれば逃げるんじゃ」とびしばし音を出すりさっぴ。「この森、『ブレア・ウィッチ・プロジェクト』にそっくりだね」といちばん言わないほうがいいいらぬことを必ず言う私。人って（以下略）……。

他の蛇を飲みながらもこちらを威嚇する蛇のあまりのこわさに、かえってじっと観察しながら脇《わき》を通り、すばらしいガジュマルを見る。すごい大きさだった。

中江監督もこの島で映画を撮ってこの木を見たそうだし、チャカティカの田中さんもエキストラで出ているっていうし、楽しみだ。

それからピラミッド型のグスクに半分くらい登山して、雨の中なのになんだか気持ちよかった。うっそうとしているのに不吉さがなく、守られてきた場所なのだなと実感。五百年前の暮らしをしみじみと思う。

宿に帰り、神山さんに見送られて出発。ずっとこの島にいっしょにいたみたいで、別れが淋しかった。シャイだけれど男らしい神山さん、以前は観光課にいらして、今は保育所の所長だそうだ。なんだかかわいいぞ……。そして、ありがとうございました。許田《きよだ》で買い食いをしたりお土産を買い、こぺんぎん食堂へ。

古浦さんが制限速度をきっちり守って走っていたら、途中りさっぴから「古浦、とろとろ走ってるんじゃねえ！　悪いがこっちはスピード出して追い抜くぜ、なんぴとたりとも俺の前を走らせるわけにはいかねえ」（意訳）という電話がかかってきて、追い抜いていったと思ったら、覆面パトカーにスピード違反でつかまっていた。「うさぎとかめ」のようであった。

こぺんぎん食堂は、おじぃがお願いしてくれて、みつえさんが少し早めに貸し切りであけてくださった。感謝！　おいしいのでがんがん食べる。

おじぃがさっそうと登場して、チビと市場に行ったと思ったら、島バナナとかおせんべいとかたらし揚げをいっぱいに買って来て「おみやげだ」とくれた。なんていい人なんだろう、忙しいのに……。モテモテなはずだ！　ありがとう。

りさっぴは「山羊汁のモツを食べまくり、蛇にも強く、車に乗らせれば常にぶっちぎり」というすばらしい秘書としての称号を皆から得ていた。

それにしても過酷な旅だったのに、楽しく過ごすことができて、ほっとした。

そしてしっかり守ってくれたかっちゃん、いつもポジティブでパワフルなベイリーくん、いつも全体の様子を見てやるべきことをこつこつやってくれた加藤木さん、お茶目で賢くてよく食べる古浦くん、いつもチビを見ていてくれたいっちゃん、今回の取材を成功させてくれて、ありがとう。つぶれる前のヒロチンコさんもありがとう（笑）。

いい小説を書きます！

11月11日

加藤木さんのメール無断引用。

「男子のもてたい願望の底知れなさには、ちょっぴり驚きましたが、きっと、その力が多くの生物をここまで生き延びさせてきたという側面もあるにちがいない、と前向きに。（笑）」

その通りですよね……。

これまで、奥さんを人に会わせなかったり、長年結婚していることを隠している人に対して「そこまでしなくても」と思っていたが、全てはモテていたいからなんだね〜。

帰ってきたら東京は寒い！！！　信じられない〜！

新刊「彼女について」がやっと出た。この本は、書くのはすごくつらかったが、原作のようなものがあるので、ずっと映像は浮かべやすかった。子供がいなかったら、親が子供を思う気持ちを知らなかったら、書けなかっただろう。ひじょうにゆるく読み物らしく書いてあるが、最後の数ページに言いたいことをぎゅうぎゅうつめたという珍しい作りで、そこもアルジェントを踏襲している。

11月12日

ダ・ヴィンチの取材。岸本&瀧の黄金コンビ。

あまりにもしっかりと読み込んでくる取材者に対して、昔は、少し緊張した。変なことを言って、作品の印象をこわしてはいけないと思った。でも、今は（私が瀧さんに慣れたからか、人として好きだからか）ただ嬉《うれ》しい。感想を言ってくれたら、それとセッションすればいい、そういうふうにいつしかインタビューの受け手としても成長できたと思う。いつか渋谷社長ともう一回ガチンコで戦ってみたいものだ。

11月13日

おなかが気持ち悪くて立っていられないので、太極拳をお休みさせていただく。

のどがいたーい、熱がある〜、と思いながら、病院に行って薬をもらう。そして久しぶりにひとりになったので、ひとりでそばを食べたり、コーヒーを飲んだりムリしてしまった。

夜も、外でラーメンを食べるというてきとうな感じ。にんにくを山盛り入れて、とにかく風邪を治すのだ！

パトリス・ジュリアン「暮らしのたね」を読む。トーソー出版刊。

これがまた、ほんとうに名著だった。レシピも載っているし、写真もいいし、エッセイもすばらしいし、なによりもパトリスくんの優しい面がたくさん出ているのに、妥協してない、そのバランスがよかった。

とはいっても実はあんまり会ったことないのだ、パトリスくんには。文通の本まで出したのに！

パトリスくんって、見た通りむつかしいところがいっぱいあるし、多分私はすっごく親しくなることはないだろうと思う。あまりにもライフスタイルが違いすぎるから。私はアジアンな日和見《ひよりみ》的なヒッピーライフで服装は永遠にカジュアル＆色気なしだし、がさつだし。部屋もキッチンも汚いし。

それでも彼のメールはいつも優しくて感じがよくて、ずっとずっと本を送ってくださる。今度こそ、会いに行きたいな。

あんなにも徹底して楽しもうとしているその姿勢に、ついていけなくなった人もたくさん見た。でも、私は、基本的にパトリスの味方だ。そのくらい根性入れていかないと、人生は美しくない、美しく楽しく生きるしか反逆はありえない。

それから生活に関してヨーロッパであたりまえのことが、日本ではないがしろにされている、そのことに妥協なく取り組む彼の生き方は、反感も呼ぶだろう。それから逆に信者も出てきてややこしいだろう。また、私のように違いすぎる人にとっては、そのあまりにはっきりしたヨーロッパ人的批評性がこわくて近づき難いと思うこともあるだろう。

私は、パトリスくんが、今の日本を豊かにしたいろいろなことにいっぱい貢献していると思う。

で、いちばんすごいところは、夢を見続けているところだ。生活は楽じゃない、徹底しすぎていたら、体も疲れるだろう。でも、彼は夢を見ている、決してあきらめない。そこがいちばん好きだ。

このところ私を覆《おお》っていた気持ちの悪いもやが、彼のこの本を読んでいたら魔法のようにすうっと消えた。そして「人生はいいな、生きていこう」と小さく思った。まさか今日この日このときにパトリスくんに救われるとは思わなかった。

さすがホ・オポノポノ仲間、パトリスくん、ありがとう！

11月14日

風邪治らず。薬が体の中で菌と戦っているグレーの粒つぶのせめぎあいが見える！でもはりきって実家へ。おみやげを渡したり、両親をマッサージしたり、肉を焼いたり、もんじゃを食べたりして過ごした。姉と話していると、全然変わった経歴でない私たちだが、いかにもはや世間の女性から遠く離れているかがわかる。「世間」「女性」その両方からまったくはじきだされているっていったい。すごいことだ……。

そして全く性格の違う姉だが、年々好きになっていく。

「おとうさんの足がどれだけ奇跡的に治ったかを、包帯を毎日換えていた自分しか見てないのでくやしい！」と姉が言っていた。そうか、お父さんには見えてないからな〜。

「毎日包帯を換えては不安な思いをしていたおねえちゃんだけが見るべきだからよかったのだ」と言っておいた。

11月15日

蝶々《ちょうちょう》さんにメールでちょっと相談したら、鬼のように的確な答えが返ってきてまた彼女に恋しそうになった。なんであんなに頭がいいんだろう？　やっぱり女の時代が来るのね……ドランヴァロもそう言ってるし。

じめじめっとしていたが下北までがんばって歩いて出ていき、書店二軒でむりやりポップにサインをしてくる。店員さんたちって、懐《なつ》かしくて愛《いと》おしい。私も書店員だったんです、長い間。だからにこっとしてくれるとなによりありがたく思う。

田中さんに会ったので、生きてくのは大変だけど、がんばろうね！　とはげましあう。亡《な》くなった市川監督の「ざわざわ下北沢」を地で行っている日々だ。それにしてもあの映画の中のフジ子・ヘミングさんの異様な説得力はなんなのだろう？　歴史に残る説得力だ。

市川監督がいなくなって淋《さび》しい。いっしょにごはん食べたり、飲みにいったり、大阪でばったり会ったりした思い出が切ない。日本人でほんものの「フランス映画」が撮れる唯一《ゆいいつ》の人だったと思う。ご冥福《めいふく》をずっとお祈りしてます。

11月16日

わざわざ取り寄せたアメリカ版の「MOTHER OF TEARS」をローマ以来初めて観て、英語版なので、イタリア語版よりもまだ少し理解でき、これは、やっぱりすごいや……と思う。なにがすごいかはわからないが、悪夢を映画にしただけの、この雰囲気が。

悪とはなにか、というのが一見まるでマンガみたいに見えても、実によく描かれている。悪は、人間が悲しむとなによりも嬉しいものだし、順序よく長年つみあげたものを壊すのがなによりも幸せなのだ。さすが監督、よく知り抜いている。かといって善が勝った的な内容でもないのも、すごい。単なる肉弾戦というか、そういう内容。映像に70年代当時くらいお金をかけさせてあげたかったなあと思った。

「彼女について」の反響がものすごく、ああ、これが時代だ、と思う。

作品は私が書くのではない、書いてから読者が作品にしていくのだと思った。

突撃！　遠足！　書店ポップ書き、今日は下北最後のヴィレッジヴァンガードへ。しっかりと書いてきました。いちばん近い町三茶のツタヤも襲うべきかちょっと迷っているところである。

11月17日

ヤマニシくんとお昼を食べ、猫たちと犬に会いに行く。

みんなかわいい……みんな愛されてる顔をしているので、こちらが癒《いや》された。

ヤマニシくんのパパが作ったみかんをかばんに二個もらってきた。かばんの中のオレンジ色が幸せな感じだった。

代々木公園のお店にいる人やお客さんのおしゃれ度の高さにびっくりする。とても暮らせん！　おごってもらっておいてなんだが「この子ら、おいしいもの食べないで育ってきて、でも、お料理を勉強していっしょうけんめい作ってるんだね～」という味だったし、そういうお店が多い。

食事に関わる仕事をする人は、実力差とか予算でどんなに気持ちが沈むことがあっても、おいしいものを、自腹で、あちこちに食べに行ってほしい。手作りパンも、野菜の種類が多くて産地も作った人も特定できても、快楽のないお皿であれば命の光は消えている。快楽だけは、屋台でもフレンチのレストランでも創りだせる。おおっと思い、笑顔になり、その味とその瞬間が思い出に残るような。

そういう意味で、寺門ジモンさんの枻《えい》出版社から出ている三冊のグルメ本はすごい！！！　これが、食だ、と思う。

それにしても風邪が治らないので、もう一回薬をもらいにいく。薬、ラブレ、シナジー、エキナセアなどがまじりあって、きっと私の腸は今困惑しているに違いない。

11月18日

新転位・21の「シャケと軍手」を観《み》に、中野へ行く。

山崎さんは、人として上品で賢くてものごとには必ず筋道があると信じている。だから、一生犯罪には片想《かたおも》いなのかも……と思った。それにしてもやっぱりすばらしい。細かいエピソードの作り方と、出口のない感じを描くうまさは超一流だ。

若い人がいっぱい演じていたのも、嬉しかった。
・やっぱりにーには彩香《あやか》ちゃんに本を読んであげないほうがよかったんじゃ
・あんなにうまくいってる男女関係の元では、お金がないくらいではあそこまですさみにくい……佐野さんと真紀さんの芯《しん》のところでの深いなじみ方があたたかく見えすぎたかも。でもおふたりの演技はそれをはるかに超えたすごいものだった
・秋田に行きたいという気持ちがゼロ以下になりました
なによりもびっくりしたのは、飴屋《あめや》さんが私を招待してくれたとき、私はこのお芝

居の内容をろくに確認もせず「うちののりみずがでてるならいくっぺや」と思って即日程を決めた。

しかし、いざ始まってみてすぐわかった。

これは、秋田の連続児童殺害事件を描いたものなのだった。

あまり言わなかったが、実は「彼女について」の裏テーマは、あの事件なのだった。

「これは、あんまりだろう。いや、違う、でもあの子供たちにも絶対いい瞬間はあったはずだ、でないとだめだ！」と思って、形はアルジェントの「トラウマ」を下敷きにして書いたのだった。

なので、この偶然に震えた。

飴屋さんはすばらしかった。身内だから言うのではなく、この舞台における唯一の救い（たとえでこぼこした人物を演じていても）のような存在であった。しかも演技はキレがあって、誰もが彼にひきつけられた。妻もきっと惚《ほ》れ直しただろう……終演後に彼女の顔が感動でキラキラしていて、あまりに輝いていたので、嬉しかった。

私が小説でしようとしたことを、はからずも、彼がその声で、体で、全部やってくれた。それがどんなに重いことか一年間このことに関わってきた私にはよくわかる。私の心の重さも、取れていくのを感じた。

「自分で落ちた」という最後のくだりを、彼以外の誰が演じても「甘い！」と思ってしまっただろう。でも彼が演じたので静かにしみてきた。

ほんの小さい救済を、こうして赤の他人たちがどこかで行っている。それで死んだ子供たちが救われるわけではない、魂が癒されるわけではないかもしれない。しかし、意味があることなのだ、そう思う。

11月19日

毎日新聞のみなさんと打ち合わせとごはん。石原マーちゃんさまも。

事故にあわれた重里さんがご無事で感無量であった。毎日新聞の人たちはみな、仕事を楽しんでいる感じがずっとある。そういう大人の男の人たちを見るとむしょうに嬉しくなる。

アルジェント仲間の荒井くんから「MOTHER OF TEARS」は四月に「サスペリア・テルザ」というたわけた邦題で公開されると聞いた。やった〜！　しかし、なんであろうか、このタイトルは。テルザは「TERZA」から取ったのかな？　「第三の」の意だと思うんだけれど……。なんで「サスペリア3」とかにしなかったのかな。このほうがまだましだと思うのだが……。せめて正式表記の「テルツァ」にならないのか？

でも公開されるだけでもういいや！　というくらい嬉しい。

善がいかにもろいか、悪がいかに楽しいかを毒々しく描いた映画なのに、なぜか観た後には「いや、やっぱり善の中にはなにかがある」と思うのだ。

咳《せき》が止まらず、生きた心地がしないのだが、あとはぴんぴんしている。

ヤマニシくんも疲れてめろめろ。なので、甘いエビカレーを作って、そこにウコンやショウガや葛《くず》やゼオライトやにんにくやりんごやヨーグルトをむちゃくちゃにぶち込み、薬膳《やくぜん》カレーを作る。どこの加減がうまくいったのか、激うま。店よりうまい！

でも、食べたら変な汗が出てきました……。

11月20日

フラに行くも、フラフラ。

足はつるし、とにかく風邪でケロケロだし、その上踊りもむつかしい！

よくこのクラスに俺いるな～と自分で感心してしまった……しかし負けない！　のんちゃんに教えてもらいながら、また来週がんばるのだ！　ありがとうのんちゃん！

って素人《しろうと》のブログだ！　これじゃ！

……最悪のできでも、人々の踊りの流れを壊さないことだけはできる。それだけができることだ。今の私は「まったくの初心者ではない、でも踊れるわけでもない」というかなりまずい状況だが、もしもこれを小説に置き換えれば、うまく書けないどころか自分はだめなのでは？　と思ったときにどういう態度を取るべきかわかる。だからひとつのことでもプロになっているとかなり人生は救われると思う。

11月21日

タクシーの運転手さんに聞いた「焼いた塩を喉《のど》に巻いて寝る」とじゅんちゃんのママおすすめの「月中仙」を胸に貼《は》る、というのがかなり効いて、少し眠れた。とにかく夜中に咳が出て眠れない風邪だった。

チビを迎えに行ってから、夕方ゆりちゃんに届け物をして、ちょっとだけの時間だけれどいっしょにごはんを食べて楽しいひとときを過ごす。どうしてゆりちゃんは私よりもずっと年上なのに、くどくもおばさんにもならず、すっきりとまっすぐに生きているのだろう。底知れない人だ。

それから熟女飲み会で、りえちゃんと田中さんと陽子ちゃんでタイ料理屋さんへ。田中さんのトークが炸裂《さくれつ》して、みんな胸がきゅんとなった。ついでにタイ料理屋さんのご夫婦のなれそめまで聞けてしまい、得した気持ちだった。大人ってすばらしいな〜、こんな会ができるなんて。若いと色恋の話だけだけど、今は仕事の話もできるし、私は二十四歳で社会のど真ん中に孤独に放り出されだれもわかりあえる人がいなかったが、今はみんながキャリアをつんでいて、同じレベルで話ができるんだもの。

11月22日

久しぶりに森田さんに会えて、みんなごきげん。

おそうじをお願いして、私は原宿H&Mに寄って大人買いをしてから（ギャルソンのをいっぱい買って！　バッグも買って！　えりちゃんにおみやげのスカートも買って！）えりちゃんの家に行く。いろいろなことをしゃべるが、まるで大岡さばきのようなえりちゃんのきちっとした判断にいちいち目が覚める思い。

才能をちゃんと生かしている人を見ると、野に美しい花が咲いているのと同じような感動を覚える。咲かすのが人生なんだ、と思う。

iPhoneをアップデートしていたら、突然にiTunesがメニューバーのみ出てきて何も表示されなくなったので、サポートに電話したら、夢のように親切であった。さすがAppleだと思った。もともとあまりお話が得意じゃなさそうな人たちががんばってていねいに対応しているし、それを楽しんでいる。間に入っているたったひとつのもの、Macが道では会話もしなさそうな違う世界の私たちを同じ場所にいさせてくれている。それにしてもむつかしい問題で、ついにサポートの人がギブアップ、一段階上のもっとロボットっぽいメカっぽい（笑）人が出てきて、その人が自分では絶対思いつけない場所からファイルをいくつか探し出させてくれ、それをデスクトップに移したら解決した……。「表示されました！　嬉《うれ》しいです！」と言ったら、「こちらも嬉しいです！」とロボ太郎（勝手にあだ名をつけるな）も言った。あ〜、感動した。

11月23日

だれもいっしょに見てくれない「Xファイル」の映画、待ち合わせた六本木では早くもレイトショーのみになっていて、ヤマニシくんとあわてて新宿へ走る。映画館に電話して「Xファイルはやってますか？」と聞いたら、「やってますよ」と答えが返ってきたのに、映画は「容疑者X……」であった。違うじゃん！　X違いじゃん！　どうしよう！　しかしお向かいの別の映画館で、時間もずれずにXファイルをやっているのを発見、チケットを買ってもまだ「ほんとうに観れるのか？」「映画館が火事になるんじゃ」と心配する暗い私たち……。

映画は、思ったよりもずっとよかった。私はUFO関係のエピソードではない、狼《おおかみ》人間とか、老《ふ》けちゃうウィルスとか、日常的な（それって日常的か？）話のほうが好きだったので、まさにつぼにはまり、かなり感動した。みんな懐《なつ》かしいし。モルダーちょっぴり性格が丸くなってるし。創っていた全員があの番組を愛したことが伝わってきた。

そのあと、近所に新しくできたカレー屋に陽子さんも誘って行き、おいしかったのでチビもめずらしくいっぱい食べ、お腹いっぱいで歩いて帰った。冬の夜道も幸せなものだ。

みんながうちのチビと手をつないで歩いてくれて、ありがたい。

11月24日

チネイザンのレクチャーとセッションを受けに恵比寿へ。

大内雅弘さんと初めてお会いする。

タオガーデンでセッションを受けたブンさんやノムさんの大先生だけのことはあり、さすがの迫力、そして腕前。やはり内臓を扱うというのは、かなりスピリチュアルなことなのだなと思う。大内さんを見ているだけで、半分くらいは気がめぐった気さえ。

セッションは痛かったがすばらしく、私にしかわからないような私の特徴を内蔵が勝手に語っているらしく、あまりにも全《すべ》てを言い当てられてしまうので、どきどきした。というか、どうしたらいいのかを真剣に考えなくては、と思った。しわよせはみんな体に行くのでは、この働き者の体がかわいそうだ！

そしてほんの少しではあるが、やっぱりブンさんもノムさんも、彼の教えのいちばん大事なところはしっかりと受け継いでいるなと思った。終わった後、同じような「大事にされた気持ち」が残っているのである。それはセクシャルなものではなくって、人類愛に包まれたというような感じだ。

ヒロチンコさんも石原さまもずばりずばりと心身の状態を診断＆アドヴァイスされていたので、聞いていてぷっと笑いたくなった。

石原さまにものすごくおいしいと噂《うわさ》の眞由膳《まゆぜん》に連れて行ってもらい、杉本さんやチビと合流。おいしいし、眞由美さんのお人柄がすばらしすぎて、雨なのにあたたかいひとときを過ごした。

私の次の次の小説はついに（取材からなんと三年を経て）チネイザンを扱うことになるのだが、その頃にはいろいろ腹にためやすい日本人がもっともっとこれを受けていてほしいな、と切に思った。

11月25日

女子魂の打ち合わせで、ラ・ロンディーネへ。

お店の大きさ、バランスをよく考えてあって、イタリアの田舎にある街一番の高級店のような感じ。味も量もすばらしい。考え抜いたんだなあ、とすぐわかるメニュー。よいお店だった。

Hanako 編集長の北脇さん、いつも姉御い広瀬さん、昔からの友達のようなすごく知ってる感じの松尾たいこさん、そしていつもながらエロい蝶々さんと女子トーク炸裂。それぞれのタイプが違いすぎて、それぞれの言ってることがそれぞれにとってなんの参考にもならず面白かった。

それにしてもこういう、女子ばかりの畑違いの集いは面白い。こういう仕事も実に楽しい。

「自分の彼氏にはいちばん会わせたくない女だな〜」と松尾さんが美しい顔でおっとりとつぶやかれたのには、ううむ、さすが大御所、全てを集約しているなあ、とうなった。そうか、蝶々さんをひとことで言うと、そういう色っぽさかもね。会わせたけど。ロルフィングも受けちゃってたけど。

蝶々「ヒロチンコさんは腕は一流なのに、トークがへたすぎ！　営業がへたっぴ～！」

言っておきます……。

そのあとは蝶々さんと舎弟とちょっとだけ飲んだ。

舎弟は素直で礼儀正しく素質も才能もあり、これからの人だというのに、聞けば女性問題でものすごく苦労している。彼を見ていたら、これまで彼といた女子が彼にかぶせた奇妙な夢の重さが透けて見えた。ほとんど虐待《ぎやくたい》。

まだ二十代の青年に、そんないろいろ期待しても、ムリムリ。五歳児に「帰宅したらしっかりとうがいして手を洗って宿題をしてママの手伝いもして」と言うようなものだ。女子もまだ若いんだろうから、もっとのびのび育ててあげればいいのにな～、と思う。蝶々さんといたら、彼も刺激をうけていい男になっていくだろうね、と思う。

11月26日

ものすごく落ち込むことがあり、これまでの、そしてこれから起こるであろう同じようなことの、全てのことが徒労に思えてくる。人を変えることは決してできない。それに変えたくない。人は自分の好きに生きるべき。自分は自分であることを振り切るまでやりぬくしかない。別れの可能性を思うことは、常にとてつもなく淋《さび》しいものだ。そしてどんなに淋しくても悲しくても、人はそれぞれの道を生きることが自然だ。

11月27日

まだまだ体が眠りを欲しているので、早寝したのに昼も一時間くらい寝てみた。起きたら少しだけ体調が改善されている。この調子で行きたいものだ。

フラ、小学校でいちばんリズム感がないと言われた私にこの床にすわる踊りかい？とまたも思う。でもがんばった、足のすり傷から血を出しながら……。

咳をしながらもあっちゃんのお誕生会に西麻布「どてや」へ行く。ほんとうになにもかもがおいしいので衝撃を受けた。おいしい肉をまとめて食べたい人にとって最高の店かも。いわゆる「どて煮」が考えられないくらいおいしかった。コースのみだが、内容を考えるとリーズナブルだし、ホルモンが苦手なはずのあっちゃんもおいしい！と笑顔だった。あっちゃんがにこにこしているともうなにもいらないっていうくらいかわいい。

11月28日

田口ランディさんの「聖なる母と透明な僕」を読む。

この人はどれだけの場所に行って、どれだけのものを見てきたのだろう……そしてその中でもここに書いていることはその中のほんの一部に違いない。そういう感じがひしひしとする。肩の力が抜けているのに、さっと書いた感じなのに、ずっしりとしみてくる。ラストの回には特に感動した。最後まで読んできた自分のいろいろな考えも救われたような感触だ。お兄さんやお父さんやお母さんやお嬢さんを決して美化することなくいつも書いているのに、生々しくておどろおどろしいのに、ランちゃんの覚悟がしっかりしているからフィクションになっちゃっていない、それがすごい。

久しぶりに、ほんとうに二時間だけフリーな時間ができたので、あわてて父の誕生日プレゼントを買いにいく。ちょっとの自由で、お茶をするひまもなかったけれど、決めずに行動できるすきまの幸せをしみじみと満喫した。

11月29日

風邪がぶりかえしてごほごほ。

全くも〜、見事に長引いている。

でもくじけずに実家へ行き、父のお誕生会。

若松さんと安田さんと石森さんがいらして、にぎやかにコロッケを食べた。姉もへとへとで私もよれよれでいっしょにお祓《はら》いでもいくか？　と弱気だが、そう言い合える家族がいるってすばらしいことだ。

若松さんに後から「この四人で暮らしていた時期があったとはす、すごい……」と言われて、ものすごく溜飲《りゅういん》がさがった。ほんとに大変だったんですよ。特に末っ子は、調整役で！　でもまあ甘やかされたけど、その分。

安田さんがものすごくいい話を連発するので、メモを取りたいくらいだったが、失礼だと思い、普通にしていた。こういう贅沢《ぜいたく》さって人生の醍醐味《だいごみ》かもしれない。

両親をマッサージして、はしゃぎが止まらなくて鼻血を出しそうなチビをなんとかなだめて帰る。

今は大変すぎて倒れそう、発狂しそう、と思うこの忙しくて苦しい毎日も、きっと後で振り返ると「人生でいちばん楽しかった時期だ」と思うことは間違いない。みんなそろって生きていて、会えているのだから。もっとゆったりと実感したいものだが、これが人生なのだ。

11月30日

ほんとうに落ち込むと井上雄彦《たけひこ》先生のマンガを一気読みするという最終手段を持っている私……ついに「バガボンド」を今のところまで読み返しだし、感動しておいおい泣いている。あほだな〜。いや、このくらいあほだからここまで生きてこられたのだろう。

ほんと〜うにすばらしいマンガ。歴史に残る作品。これを描く労力を思うと「男の子ってすごいな〜」と思う。私にはこのタイプのことはできない。もっと言えば女にはこういう仕事のしかたは絶対ムリ。それでも本気で読むことはできるので、まず絵のすごさにため息。それから、人物造形の見事さにもため息。とにかくこれを描く労力と、命のやりとりをして生きていた時代の人たちの野性味をもらって、少し元気になる。

まだ三国志も読みきれず「レッドクリフ」を観《み》にいくひまもないのに！

すばらしいことだとは思うのだが、うちのチビは、冷凍ものを解凍したおかずを、見事に残すのである。冷凍は炒《いた》めたごはんがぎりぎりなのである。このことが私のお弁当作りの難易度をあげているのは確かだが、自分がそう育てたかったのだから仕方ない。

夜はタムくんのライブ。タムくん、一皮むけたし、自分の才能のありかをしっかりとつかみはじめていて安心した。これまではあてずっぽうなところがあったのだ。新作も自分の作風を意識しながらも、どこかで新たに飛翔《ひしょう》するところがあるというしっかりしたものだった。ゲストとのやりとりもあたたかくてとてもよかった。

　ゲストで出ていらした谷川俊太郎さんに久しぶりにお会いする。高僧のようなすごい迫力だった。威圧感はなく自然体なのに光り輝いていた。子供でわがままで傲慢《ごうまん》だった頃にしかお会いしていないので、大人になった自分を見せることができてよかった。うちのチビも見てもらえてよかった。

　谷川先生「お父さんはお元気ですか？」

　私「溺《おぼ》れて死にかけて、足腰が悪くなって目が見えなくなり、かなり落ち込んだ健康状態だったのですが、復活しました。そのあと大腸がんを切り、かなり落ち込んだのですが、復活しました。さらに足が壊疽《えそ》を起こし、切るという話までいったのですが、また復活しました」

　言いながら、お父さん、まとめて言うとすごいな〜、と思った。

　もうお一方のゲスト、御徒町凧《おかちまちかいと》さんはなんといっちゃんの高校の先輩だし、タムくんはタムくんだし、楽屋にいる三人をみごとに意味なくつないでいる私……うらむ、いったいご縁とはなんなのだろう。

12月1日

立っているのもやっとくらいの体調だったのに、ヨッシーとレーネンさんとごはんを食べていたら治った。別にスピリチュアルな意味ではなく、ふたりの笑顔がかわいくて、しかもいい人たちなので、なんだか気持ちが軽くなってきたのだった。

なんてことなく街を歩き、みんなでタイ料理を食べ、お金とかもうけ以外の人生の話をすることの普通の幸せがあった。

レーネンさんの人生にあったいろいろなことに比べたら、私は自分を哀れんでいるひまはない、そう思えた。年齢が高い人たちがこうして素直な惜しみない心で人生をシェアしてくれることのすばらしさを、もっともっとかみしめていきたい。

12月2日

「2日から大きな流れが変わる」とレーネンさんが言ったのでわくわくしていたら、ほんとうに少し気分が明るい。

陽子さんと待ち合わせて、ミッドタウンで大内さんのチネイザン二回目のセッションを受ける。大内さんは今は教えるほうに回られていてほとんど個人セッションを取っていないのだが、日本に彼の教えを受けた優秀なセラピストがぞくぞく生まれているそうだ。

今回はますます核心に入り、ますます言い当てられ、ますます考えさせられ「これだけ他人が本気で接してくれているのだから、自分こそががんばって自分の心と体をケアしよう」という、まるっきり夜回り先生に出会った不良やひきこもりと同じ精神状態に。陽子さんもぱっと顔が明るくなっていた。こんなにも大事にされたことがあるだろうか？　という感覚が残るのがチネイザンのいちばんの特徴だとやはり確信した。小説書くの楽しみ！

終わった後瞑想《めいそう》のやり方を聞いてなんとなくおしゃべりしていたら、みんなでずっとこうして幸せにしゃべっていたような感じがした。そう思わせるなんてなによりもほんとうにすごい。流れの中に自然に生きているんだろうな、と思う。

こういう、ヨガとか気功とか太極拳のほんとうにすごい人って、とにかく気の動きが軽いし速いので、街でもすぐわかると思う。まるで武士のように（バガボンドの読み過ぎだ）、そういう人どうしはすれ違っただけでお互いにはっとわかるんだろうな。私は読み取り専門です。ヨグマタさまだって、普通のおばちゃんのかっこうをして商店街を歩いていたとしても、飛び退《の》くくらいはっきり異質さがわかると思う。

そのあとは、来日中のとしちゃんと渡辺くんと合コンミーティングのために、アッキアーノへ。シェフが顔も味もメニューの組み方も大人になっているのを感じた。男の子がいちばん成長する年齢にさしかかっている彼、今後が楽しみだ。ものすごくおいしかったし、日本の冬を知っている人の作る味だ。ここにもまた己を極める武士のような道があるのね……。

としちゃんはいつもスペインにいるのに、会うと昨日別れたような感じがする。一生これが続くといいなと思う。まず信頼があって、お互いを傷つけないという気持ちがあって、初めて仕事がある。そういう感じ。

仕事のいろいろな話は思ったよりも深刻にならず、ほっとした。まあこのふたりの間ではふだん深刻すぎて笑っちゃうような仕事の話がいっぱいあるので、たまにはいいだろう。

12月3日

朝はチビの幼稚園のクリスマス音楽会。チビは今年は旅行に行かず練習に参加できていたので安心。去年は練習なしで舞台に立ってかわいそうだった。ちゃんと歌っていたので、親も嬉《うれ》しかった。みんなのあまりのかわいさおかしさに涙が出るまで笑ってしまった。子供たちってほんとうにおかしいなあ。

ここぺりへ。中国帰りのマリコさんにも今年最後に会えてよかった。

気功や太極拳ではないけれど、命を扱う助産婦さんであるマリコさんも、人とは全然違う気配を持っている。同じ年なので、そのことがいつも嬉しい。

ほとんど寝ていてなにも覚えていないが、こんなに身をゆだねて眠ることができるなんて、それだけでもうすごいというくらいの寝っぷり。関さんが体と対話してくれたので、起きたらまた一段階体がゆるんでいて、やっとかすかに普段の状態を思い出せるようになってきた。あまりにつらい風邪と咳《せき》が長過ぎて、元気とはなんだったか忘れていた。ありがたいことだ。

その足でタムくんと木村くんと居酒屋で魚ばっかりのごはん。みんなでおいしいねと言い合いながら、完全にともだちモードでおしゃべりした。ちょっとだけタイ料理屋さんに寄って、お茶をしたりもした。木村くんの早寝早起き人生（中学生になっても8時とか9時に寝ていたと！）に衝撃を受け、タムくんの締め切り気にならない人生（締め切り前も全くプレッシャーを感じず、締め切り時はわくわくすると！）にも驚く。みんなそれぞれすごいなあ〜！

12月4日

大海先生のおうちにおじゃましてあんこう鍋《なべ》を食べる企画、なにがなんでも実行。風邪をひいていてぐちゃぐちゃだったし、大海先生も腰をいためられていてみんな弱っていたが、そういうときの思い出のほうが後で輝くから不思議だと思う。

あんこう鍋のお店にナビを頼りにむりやり到着。こういうとき、ナビってすごいなあと思う。だって、住所を入れただけで、全く地元の人以外には行きようがないような場所のお店に行けるんだもの。

あんこう鍋も、おさしみも、天ぷらも考えられないくらいおいしい。材料の鮮度が違う。大洗《おおあらい》海岸のあんこう鍋ツアーに行ってもこれほどのごはんは出てこないだろう。よく栃木や茨城の奥に行って、お店がなかったり不便そうだったりすると「どうやって暮らしてるんだろ」と思う都会っ子の私だが、こうやって、ひそかにものすごくおいしいものを食べる楽しみがあるに違いない。

そしてみんなでおいしいものを食べて笑いあう幸せを知っている自分で、ほんとうによかったなあと思った。

12月5日

いっちゃんの名言「ずっとずっとおなかがいっぱいです！」

朝から大海先生のおうちにおじゃまして、茨城のおいしいもの大集合の朝ご飯をいただく。材料がみんな新鮮でお料理のしかたも絶妙、お正月のように豪華であった。

大海先生作のものすごくおどろおどろしい、しかしすばらしいすごろくを見せてもらう。アクシデントカードというのをめくってみると「となりの人にお前はブタだ！と言われ、ブタの鳴き声で鳴いたあとにふりだしに戻る」というような内容で、チビが衝撃を受けていた。

大海先生の面白そうな絵本の出版が頓挫《とんざ》していると聞き、大ショック。過激な内容かもしれないが、そういうものを好む子供にこういう作品をちゃんと与えてこそ、犯罪は減るのだと感じる。自分の中の暗い感覚を押し込めて、きれいごとでかためるから、後々おかしくなるのではないだろうか。自分が大海先生の作品にショックを受けながら大きくなってきたので、そう思う。

犬の風太郎の散歩にみんなで行く。風太郎はちょうどチビを同じくらいの年齢と見なしているらしく、いっしょにたわむれて走って楽しそうだった。

そして殺人の容疑をかけられて自殺したという人の空家の前など通り、放置された車にどきどきして、住んでいるだけでこれはほとんど肝試しだ〜！　と騒ぐ。都会ものはいちいちうるさいのう。

海の見える温泉に立ち寄って、涙の別れ。おふたりの笑顔がありがたく、切なかった。あの静かな場所で暮らして行くのは、楽しいけれど、私だったら淋《さび》しすぎるかもと思う。

帰り、道の駅いたこでおせんべいなど買っていたら、突然に空が暗くなり、ぽつりのあといきなりどば〜っと嵐《あらし》がやってきた。爆弾とか竜巻とかそういうものを感じさせられた。車について、トランクをあけて、おせんべいを入れた、その瞬間のことだった。体がちょうど半分だけびしょぬれになった。あの速度、初めての体験かもしれない。

12月6日

今日もいっちゃんに会えて、チビ大喜び。

蓄積のすばらしさってあると思う。はでなことや盛り上がることはなくても、こつこつと森田さんといっちゃんの来る土曜日を積み重ねてきた。もう、なにかあってお別れしても、しっかりと体によいものが土台としてできた関係性だ。だからこそ続いているのかもしれない。その力のほとんどが森田さんの性格から来ている。森田さんの偉大さはちょっと言葉にできないほどだ。私には決してまねできない地道な力を持っている。こういう才能が世界を支えている。

としちゃんと打ち合わせをかねてランチ。どうして茄子《なす》おやじのカレーってあんなにもおいしいんだろう。魔法がかかっているんだとしか思えない。麻薬でも入っているのだろうか？　としちゃんなんかわざわざスペインから食べに来ているのだ！

お茶していたら、古賀鈴鳴《こがすずなり》くんにばったり。昔、まだ古賀くんの作風が定まらず、どう帯を書いていいかさっぱりわからなくてお断りしたことがある。そのときの彼の誠実な対応にかなり感動して、ずっとなんとなく彼のことを見てきた。「かいものさんぽ　ゴムぞうり」という絵本をもらったが、とってもすてき、荒井良二さんが文だけ書いてるっていうのもすごいことだけど、絵がもうほんとうにすばらしかった。さらっと描いたようだけれど、その中に込めている時間と労力が感じられたし、心が広がっていくような、幸せな本だった。わかるよ！　あの子っていったら、浮かぶのはこの子だよね！

歩いているだけで、絵本をゲットできる、そんなすばらしい街、下北沢。ど真ん中には住んでいないのでインチキ住人だが、歩いて行ける距離でよかった。三茶というほうがいいところに住んでいるのだが、この際下北住人として通していこう……。こうして履歴の詐称《さしょう》は始まるのだな。

夕方は、ソワン・カランというエステに行く。ここまでエステらしいエステにこれまで来たことはなかったのだが、機械があるのも面白いし、かけこめるしで、何回か来ている。技術もしっかり、やる気も充実の澤近さん、美に対する本気度が違うので、いいかげんな私はいつも申し訳ない。でもこういう客もなごむよね〜（笑）。

12月7日

イハレアカラさんが来日中。超美人母子ベティさんとアイリーンさんにも会えた。憧《あこが》れの通訳者大空さんにも会えた。その他にも豪華なホ・オポノポノの面々、さらにはパトリスさんの奥さんの超かわいいユリさんにもばったり。ううむ、豪華。

チビはいきなりアイリーンさんを狙《ねら》っていったので、わかる、わかるよ！　と深くうなずいた。ちょっとだけゲストでクラスに出て「バガボンド」のすばらしさを語りあげた……というのは嘘《うそ》で、クリーニングについて。同じことを勉強した人たちなので、気が楽だった。共通項がないと、話ってほんとうにむつかしい。日本にこんなに熱心な人たちがいるんだなあと思うくらい、キラキラしたクラスだった。

イハレアカラさんはどこにいても変わらない。はったりでそういう人はいくらでも見てきたけれど、常に内面をクリーニングしているのがわかるので、濁っていない感じがほんとうにすてき。それから、一度目に緊張して会ってみんなでいいところを見せ合うより、なれ合いはしないのに、少しだめだめな感じでだらっと過ごすほうが、好きだ。そういうときに人の本質が見えて面白い。

帰りは丸ビルでお買い物などして、あわててフリーマーケットに行く。お手伝いのつもりが、じゃましただけであった……。でも楽しかった。文化祭とか大嫌いだったのになあ。

ワンラブで伊藤文学さんが考えられないくらいのお値段でイカールなどの古いポストカードを大放出していたので、陽子さんといっしょに選びまくる。お得すぎる！そして集めた伊藤さんのセンスがすばらしすぎる。私の趣味とはちょっと違うのでくわしくはわからないが、素人《しろうと》でも「これはすごい」とわかる名作ぞろいであった。

12月8日

一日中ばたばたしてタクシーで爆睡しながらも、なんとか「文学界」のインタビューにかけつける。そして寝起きで頭がぼけながら受け答えをする。誠実なインタビューだったので、他の気をつかわなくてよくって気楽だった。あまりにもやばそうなインタビュアーさんが来ると、その人を見ずに、頭の中でじっと活字になったときの状態を見つめてしゃべることになるので、すっごく疲れるのだ。最近は少ないけれど、インタビュアーとかライターとかいう仕事の人がたっくさんいたバブルの頃はたいへんだった。

夜は「彼女について」打ち上げで春秋へ。

あいかわらずおいしい！　全くにごっていない、食いしん坊大満足の味。宮内さんは天才だ……。かくこさんもお元気そう、息子さんもぴかぴかの笑顔で、ますますいいお店になっていた。お店として育っているのがなによりもすごいと思う。すごいお店というのは、危機のときに質を下げずに思い切った決断（コースのみにするとか、ランチをやめるとか）ができて変幻自在なのだ。そしてお客さんに合わせて、ムリのない範囲で融通がきくのだ。

平尾さんを囲んで、合田《ごうだ》ノブヨさんとヒロチンコさんと組んでいろいろな突っ込みをするが、かなわなかった……！　平尾さんが上司なら、いつでも働きます！　文藝春秋の人たちは仕事熱心で明るくて人間臭くて、いっしょにお仕事をするのがとても楽しい。

ノブヨさん……ノブヨさんは、もしもあの一般受けする見た目でなかったら、もう少しだけ人生楽だったのではないだろうか？　と思う。でもきっとあの見た目でなくては見えない世界もあるのだろうと思うし、近寄りがたさがよく生きる場合もあるので、大きな意味ではいいことなのだろう。それにあの異様な美しさは、自分の内面を決してだれにもゆずらずに育ててきた人だけの持つものなのだろうな……。

彼女にとっては絵なんてその育ててきたもののほんの一部なんだろうな。

そういうところが、大好きだが、ものすごく変わった人だとはもちろん思う。

太刀打ちできずにチビが「この子の名前はなんていうの？」と私に聞いてきたのもおかしかった。「あなたはかわいいＵＦＯです」っていうのも、鋭すぎだ。我が子ながら。

12月9日

「暮らしのおへそ」というムックの取材を受ける。

カメラマンはおじぃこと垂見さん、アシスタントのまりちゃんも来て、現場はもう一瞬でプロ仕様。あの人たちのプロ度の高さにはほれぼれする。

おへそ側のおふたりもかわいくてシャープで話しやすく、女子の会という感じのよいインタビューだったと思う。

そしてその撮影に使ったあるブランドのデザイナー山口さんのおうちというのが、あまりにもすてきでかわいらしく、今はアトリエだが元々は家族で暮らしていたというのを聞いてますますほれぼれした。人が暮らしたことがある家だなとは感じたけれど、その家の中の時間のたちかたに共感できるものがあったんだと思う。私はあんなにセンスがよくないが、いつかどこかを思う存分改装したいという気持ちが高まった。

いろいろ必要なものを買いに、帰宅してからひとり街へ出る。重い荷物を持ってしばしお茶を飲む……こんなあたりまえのことが一ヶ月ぶりくらいだ。そういうことができない生活をしている。自分で選んだ道だからしかたないが、やはりこういう時間は豊かだし必要だと思う。海外ではカフェでぐちっている井戸端会議というのをほとんど見ない。外でのくつろぎの文化が育っているからなのかな。

夜はおじぃとまりちゃんと古浦くんと加藤木さんといっちゃんとりさっぴで、沖縄の打ち上げ。もちろんヒロチンコさんとチビもいっしょ。行きつけの焼き肉屋さんで、思う存分食べる。お店の人たちもいろいろ落ち着いて幸せそうでよかった。長袖《ながそで》、靴下、長いパンツというおじぃのとても珍しい冬姿を見て感動……そうか、この人はずっと東京にいたら業界の人だったんだな、でも、あれだけできすぎると忙しくなりすぎてとてもやっていられなかっただろうな、などと思う。おじぃに沖縄があってよかった。

よくおじぃを「沖縄の人でないのにおじぃと言っていたり、沖縄弁だったりして、それは仕事&モテの戦略だ」みたいなことを妬《ねた》みでいう男の人がいるが、あれだけ沖縄を愛し、つくし、文化を継承しようと決めているのだから、あたりまえのことだと思う。そういう人たちには「引っ越したことないのか？　引っ越してゴミの日とか、町内会とか、周りの風習に合わせたことはないのか？」と聞きたいし、逆に「ひとつのところを愛して一生住むという覚悟をしたことがあるのか？」とも言いたい。

12月10日

たづちゃんのマッサージを受けに「おとなＣａｆｅ」へ。

たづちゃんはいとこであるが、そのポジティブかつシャープな、しかし心優しいエネルギーに触れるだけで価値がある。すっかりゆるんでぐうぐう寝てしまった……。たづちゃんがいればとりあえず大丈夫、みたいな子供の頃からの感じは今も変わらない。かなりおすすめなので、ぜひぜひ行ってみそ。

レンタルスペースとしても、広いし場所もいいしかなりいい感じだ。

外間くんとヒロちゃん、たづちゃんの親友じゅんこさん、ゆみちゃんも立ち寄り「いなにわ」で小さい忘年会。変わらずおいしいお店だが、いったい、いつからあるんだろう。なんかものすごく昔からある気がする、あのお店。はじめていなにわうどんというものを知ったのも、あのお店だったが、いくつのときのことだったか、忘れるくらい昔だ！

みんながみんな久しぶりか初対面なのに、おばちゃんたち飛ばす飛ばす！

帰宅して、急いでいたヤマニシくんをむりやりひきとめて、大急ぎで森先生からいただいたひつまぶしを食べまくる。チビが「こんなにおいしいなんて、気に入った。もういっぱい食べてもいいよ」とものすごく上から目線の感想を述べていて、大人はむかっときた。

12月11日

チビといっちゃんとごはんを食べながら、Macを開いてチビの七五三代わりの写真集の作成。いっちゃんのすばらしい写真でチビの五歳の日々が綴《つづ》られていて幸せ！親にあげるだけなんだけれど、嬉《うれ》しい気持ちだ。神様ありがとう。

そのあと大急ぎでヒロチンコさんへのプレゼントを買い、仕事をもっと大急ぎで片っ端から片付け、フラへ走る……遅刻……。

来年は「遅刻を減らす」を目標にしよう。

踊れるようになる、でないのがすごい。

忙しくて忙しくてもう絶対無理、やめよう、といつも半泣きで思うのだが、行ってしまいみんなの笑顔を見ると「なにがなんでもやめはしない」と素直に思えるすばらしい場なのだ、うちのハラウは。

今日は生のあゆちゃんとカオリンさんを見たので、得した！

そして最悪だと思っていた座る踊りが、踊れないのにすごく楽しくなってきた。楽器ってすばらしいな、人を助けてくれるなんて。鏡を見ると映っているのは「ショートカットでデブの中年！」でもなんかこのフォーマットにも飽きてきたし、どんな変身をしようかしら（できるのかしら）……。

りかちゃんが来週はハワイに行っちゃうので、晩ご飯に乾杯だけ参加していっぱいりかちゃんを見ておいた。

12月12日

幼稚園が今日で終わり、夢のようだ……。しばらくお弁当をつくらなくてもいいし、早起きしなくてもいい。ああ、幼稚園が10時からだったらどんなにいいでしょうか！といいつつ、遅れてクリスマス会に参加した。70本のうまい棒を持って。高級なものばかり食べている世界中のいろんな国の親御さんたちごめんなさい。帰宅して、インフルエンザの予防接種に行ったら、いきなり風邪がぶりかえした。そりゃあそうだろう。

近所のおそば屋さんに行ったら、鴨《かも》かなにかの仕入れ先かつお友達の人が来ていたらしくオーナーさんが接待していた。後から奥様やおじょうさんらしき人も来て、懐《なつ》かしい家族の話をしているのを聞いていたら、心があたたまった。家族の歴史っていいなあと思う。よその家の人なのに自分の家のような気がする共通項がある。若い人の成長をよろこび、年寄りは長生きであれと思いながら、共有している思い出を話している人たちの顔はやはり気持ちのいい顔だ。

12月13日

久々に結子《ゆいこ》のところに行き、お茶したりしゃべったりする。

自分の好きな暮らし方を知ってる人って、気が楽だ。昔から彼女は何かを変えようとかこういうふうになろうとかいうのがない。そんな話ばっかりの昨今、ほんとうにほっとする。だいたいなんでもっとよくなったりていねいになったりしなくちゃいけないんだろう？　今日の自分が自分だし、明日の自分がよくなってればそれは今日の自分がよくやったから自然になるんだろうし、それは楽しいから夢中でそうなるんだろうし。

もっとこうなりたいと思わなかったら、人をねたむことも減るだろうし。

でもそれが人類なんだな〜、私は気楽なのがいいな〜。

昔は年末に棚を掃除するとおそろしい分量の食べてないレトルトとか賞味期限とっくに切れたのりとかはちみつとか出てきたが、今は自然にそういうのがない。冷蔵庫の中も比較的すっきりしている。むりしてないけどそうだ。進歩ってその程度でいいのかも。

12月14日

年末最後の踏まれたい会。

安田さんのところへ踏まれたいギャル（30代後半よりももっと上中心）が集まり、

ぎゃあぎゃあ言いながら踏まれたり、ぼうっとしたりした。

チビは安田さんの偉大さがわかるらしく「ししょう!」と呼んでいて、彼のことが大好きだ。そして私たちは安田さんを偉大に扱わないことで逆に偉大に思ってることを表現している。すてきなメンバー、すてきな一年だった。

不健康だったはずのみんななのに、無事に生きていてただそれだけでよかった。

12月15日

ものすごく風邪がぶりかえして呼吸困難になりながら、那須《なす》へ。

しかし安田さんの力で、最後の線で体が安らいでいる。

いつもの感じのいいしかも激安の温泉宿へ、ヒロパパといっしょに行く。やはり感じがよかったし、お湯もいい。みんなでぐうぐう寝ていて、ふと見ると、ヒロパパが部屋にいて嬉しくなる。

私が忙しくて相手をできないと、チビがどんどん悪くなる。その悪いエネルギーのすごさといったら、男子の先が思いやられる。思春期と同じ質の、でもまだ軽い力だ。きっとこれが核エネルギーや太陽エネルギー(コナンの見過ぎ)と同じようなものになるんだろうなあ……。

ランちゃんの「パピヨン」を読む。今日は一日ずっとランちゃんといた感じだ。装丁もきれいだし、ロスに関する気持ちもほとんど同じ。

以下に関して、私もだがランちゃんはもっとそうだと思う。

異様な環境を耐えた人はみんな「整合性を求めなくちゃ、きちんと明るくしていなくちゃ、だれかがいつも笑顔でいなくちゃ」というがんばりかたをする。春菊さんもそうと言えるかもしれない。それは、理不尽な怒りや程度の低い感情の爆発でまわりがぐちゃぐちゃになるのを何回も見たからだ。自分はそこでだれかに明るくいて助けてほしかったのだ。自分が悪い役になる、それだけはいやだと思うから、過剰にいい人であり、筋道がある人になろうとする。

しかしそういう人たちが集まっていると嘘《うそ》くさいのでたたきこわしたくなる。そこも同じだと思う。自分の中の嘘を外に見たら、それは不快だから。

ランちゃんのお父さんはただ人間だっただけだが、強い人間はまわりをぐちゃぐちゃにする。自分で自分をもてあまし、なにもかも破壊するまで止まらない、そういうタイプの人。最後までかかわり、人間くさく対応したランちゃん……偉大だなあ……。

お父さんがいなくなって、義理の家族に囲まれ、くせのある過剰な性質の人たちを恋しく思うくだりで泣けた。

怒りと恨みでぎゅうぎゅうだった彼女の昔の作品に比べて、全部が透明だった。人は変わるんだ、そう思った。そしてのりこえたからには、これからはもっと重いものを自由自在に書くだろう。

私はそんなランちゃんのおやつ？　お茶請け？　のような存在でいたい。

ランちゃんが実はいちばん苦しんで書いたのは、バリの話ではないだろうか。書くことが楽しいとは思わず書いているような感じだった。あのとき、もしも投げ出していたらきっとこんな透明な世界には到達しなかったと思う。私もふんどしのひもをしめなおして、ランちゃんに恥ずかしくないものを書こう。ランちゃんの描く重い世界に匹敵するファンタジーを描き続けよう。

それはライバルとかではない、妬みでもない。もっと頼もしい関係だと思う。

深く深く掘り下げたら、きっと妬みとか自分にはできないうらやましいこととか、もちろんいろいろ私にもある。そこに焦点をあてて一冊本を書くことができるくらいあるだろう。しかし奥からどろどろ出てくるのはしょせん自分の姿だ。それよりもランちゃんの笑顔が好きだ、書くものが好きだ、そういうことが勝るのだ。

12月16日

SHOZOで心から和み、おいしいコーヒーを飲む。あの広さはやはり都内では実現できないよね〜。ほんと、いいお店。よくぞ思いついた！　と思う。

そしてサファリパークへ行く。

キリンがベロをべろ〜んと窓から入れてきて動揺した。動揺しないのはヒロパパだけだった。さすが草食動物の専門家だ。

トラやライオンはぐうぐうぐうぐう寝ていた。たまにしっぽをぱたぱたするのが猫っぽい。

そしてLa terraへ行き、いつのまにか窯《かま》ができているのに衝撃を受けながら、ピザを食べる。おいしかった〜！

夜は正嗣《まさし》のいちばんおいしい岩曽店にりさっぴと行き、明さんのママのやっているスナックへ行く。スナックってスナックならではの安らぎがある。力を抜いていいんだよ的な。ママはものすごくいい人だった。カラオケでぞろ目を出してはただ酒を飲んでおいてなんだが、この場所で長い間スナックをやって子供を育てながら生きていくってすごく大変なことだったと思う。子供たちはとにかくみんな親をだいじにしてほしいな〜と思わずにはいられない。

12月17日

案の定気管支炎が悪化の一途をたどっている。

夜中に何回も咳《せき》で目が覚めて、呼吸困難になって、体を起こすので、睡眠時間が毎日正味5時間くらい。しかも2時間に一回咳で目が覚める。拷問《ごうもん》だ！　ぜんそくの人たちのつらさがよくわかる。チビも心配して起きてくるほどだ。

しかしくじけずにチビの歯医者に行く。考えられないくらいしっかりと虫歯がいっぱいで一同が～んとなる。しかたないかな、あれだけ甘いもの食べてれば。毎日歯磨きしているんだけれどなあ。

夜は武内くんとアッキアーノでごはんを食べる。武内くんが喜んでたくさん食べてくれたのがいちばん嬉しかった。忙しそうだし、せめておいしいものでも食べてもらわないと……。

昨日はママ、今日は明さんと会っている私、まるでストーカーである。

12月18日

気管支炎はつらくてもおいしいごはんとお酒を飲めたので、満足して寝る。

ほぼ日の人たちのおまねきで、お肌つるつる、神々《こうごう》しいお手手の飯島奈美さんのごはんを食べに行く。

おにぎりと唐揚げとポテトサラダときんぴらとおひたしそして豚汁などなど、ごくふつうのものなのだが、考えられないくらいおいしい。とにかくミラクルだ……。

彼女は「日本人が育ててきた昭和の食とはなんだったのか、日本人の食の豊かさとはなにか？　これからどうなっていくべきなのか？」という大切かつ今ぐっちゃぐちゃになっていることの将来を担《にな》う存在だと思う。

しかも食べた人全員が、自分の家の味をほんのりと思い出すというダブルの魔法がかかっている。ていねいなだけではだめ、見た目だけでもない、食いしん坊マジックがそこにはあった。ポテトサラダの卵やタラの分量なんてもう神業。おにぎりのごはんのかたさなんてもう完璧《かんぺき》。あと、豚汁の油の量も、あれ以上でも以下でもだめだろうという絶妙なポイント。つまり「それぞれの家の家庭料理で二十回に一回くらいたまたまこうなるというベストの味」をコンスタントに再現しているのだろうと思う。

チビはゆーないとちゃんに会えた喜びとアシスタントのうみさんがかわいかった幸せでもう発狂しそうにはしゃいでしまい、いつ鼻血を出すかはらはらした。しかも興奮しすぎてあまり食べられず、後で「かもめ食堂」を観ながら（しかも『これ、いい映画だねえ、食べ物作るところがいっぱい出てきて』などと上から目線で感想を言っていた）後悔していた。ほんとうに男子ってバカだ。

あとの人たちはもくもくとおいしがって食べた。

最後のプリンもぺろりと食べた。カラメルの濃さも絶妙。これ以上行くと失敗の域に入るよ、というぎりぎりの線のところに快楽があるって、飯島さんは知っているんだね。

12月19日

またも咳で眠れず、ヒロチンコさんも何回も起きてしまい、家族の疲労は極限。それでヒロチンコさんがうっかり日にちを間違え、仕事上の大きな失敗をしてしまった。ふたりともくやしくて本気で泣いた……家族で何かを乗り越えていくってほんとうに大変だ。チビのことも動物のことも家のこともなんとか分担してもどうしても持ちきれず、人に頼んでもぎりぎりいっぱいだ。

でも、生きていくしかないのだ〜。

だめなところは反省し、素直にあやまって、体をなるべく健康に保ちながら乗り越えていくしかない。ここで逃げるのは簡単だが、結局また同じ課題がやってくるのがこれまた人生。

気持ちを切り替えてお昼を食べに行って、少し元気になった。迷惑をかけた人も快く許してくれて、足を向けて寝られない思い……と言っても、ヒロチンコさんのミスなので私は関係ないのだが、家でぐっすり眠れない環境を作り、チビをあずける時間が長くなってしまったのは私の問題。仕事に穴をあけていないが、家庭の状態はかなりがたがた。健康管理は最優先の課題だなあと心から思う。

そして、家のお母さんが作っている雰囲気、家の感じの大切さ、お母さんの持っている権力の重要性をまたも感じた。仕事しながらとはいえ、それをになっているのは私なわけで、これにこんなにエネルギーを使っているというのは、どうしてもできない状態になってみないとわからないものだ。世の中の母さんはえらいぞ！

昔は嫁派だったが、いまや姑《しゅうとめ》派に！　簡単に宗旨替え！

夕方は、少し先にもしかしていっしょに働くことになるかもしれない人と、お茶をしながら相談。世の中のことをなんでも見てきた感じの頼もしい人であった。

心を新たにして今日は心から好きな人たちとの忘年会。

結子、ハワイから直行のちほ、けいこさん、陽子さん、うちの家族三人でいつもの居酒屋さんでのんびり飲んだ。ハワイから直行のちほは日本的な味に飢えていたので、その視点で選んだかなりいい感じのおいしいものをたくさん頼んで、おいしいね〜と言い合いながら食べた。でも、心に残る話題は「藤竜也《ふじたつや》がしぶくなった」ということと、「家でヤドカリを飼うのはむつかしい」ということだけで、なんだかもっと深い話をしたはずなのになぜ？　とみな帰り道、ただ首をかしげた。

12月20日

恵さんと晩ご飯。

ビザビに行く。ああ、きっと橋本さんはこのお店をもうたたもうとしているんだな、という雰囲気が随所にあふれている。でもおいしいし、心のこもった接客も変わらない。さびしい。ひとつの時代が終わり、この財産のようなひとつの味がもう味わえない。そう思って、味を刻みつけようとしたけれど、よく考えてみたら十五年も食べているんだから、この店の味はもう私の舌に刻まれている。

予告編で見たアンデスの飛行機墜落ドキュメンタリー、生きるために食べられちゃった人の子供が「両親はあなたたちの中で生きている」と言っていたのを思い出すほど、橋本さんの味は私の一部になっている。

これが人生だ〜！

でも橋本さんとさっちゃんが倒れて辞めるのではないのがいちばん嬉《うれ》しい。驚きすぎてひっくりかえるようなすごい話もいっぱい聞いた。楽しかった。あの人たちに会えてよかった。見城さん、石原さん、ありがとう。

恵さんとはしみじみと気の合う話をして、しみじみとお互いの異端ぶりを確認しあい、もうほとんど秘密クラブのような友情である。お互いにすがりついているというくらいの、考え方の偏《かたよ》りである。

12月21日

タイラさんのお皿を買いにヤマニシくんと文化村に行き、一瞬美しい吉田家の人たちに会い、酵素をいただく。

吉田さんちのチビをからかっていたら泣かせてしまい、うちのチビのものすごいうたれ強さを思い知る。タイラさんは今日もすてきだったし、優しいミントンくんにも会えた。タイラさんのお皿を超ふだん使いにしているが、良いマナが宿っている感じで、大好きなのだ。安くてアバウトな感じも確かにあるのに、なぜかそこらの皿と違って奥が深いのだ。

帰りにヤマニシくんちに寄って闘病中のカブをはげました。あまりにも競って動物たちが寄ってきてくれるので、もてているのかと勘違いするほど。単に珍しいだけなんだろうけれど！

ヤマニシくんから餃子《ぎょうざ》をもらい、山口さんちの手作りゆずこしょうを使い切りながら食べる。陽子さんもいっしょにばんばん食べた。冬のビールとゆずこしょうと餃子ってなんでこんなにハッピーなんでしょうか。

12月22日

まだ気管支炎で、必ず夜明けに起きてしまいゲロを一回吐くので、喉《のど》がおかしい……。しかし、負けない、だんだん治ってきているし。

くやしがりながらも、とにかく夕方カメを病院に連れて行く。くちばしもけずってもらい、少し健康になってきたので嬉しい。なんとか冬をのりきってほしいし、生きてほしいなあと思う。でもそんな私の気持ちを知らず、カメは栄養のある葉っぱの部分を避けて果物ばっかり食べている。刻んで混ぜても実に上手によけるのでこれもくやしい。

12月23日

今度こそiTunesが表示されなくなり、Macのサポートの人たちもお手上げとなった。代替案があまりにも大変そうだったので、あきらめた。しかしあのお仕事、ほんとうに大変だと思うな。三時間しゃべりっぱなしだった。彼氏とだってそんなに長電話したことないのにい！

へろへろになって実家へ。安田さんに来てもらい、姉と父のケアをしてもらい、お礼にロルフィングを受けてもらった。そしてみんなで鍋《なべ》を食べた。安田さんが来ると家族がみんな笑顔になる。チビもまとわりつき、ヒロチンコさんもなんとなく楽そうだ。

平和な風景をありがとう、安田さん！

しかし、お姉ちゃん、どうしてこの人数で鍋が二個なの？　しかも種類が違う鍋なの？　その上最後にはしっかりぞうすいを作らないと気がすまないの？　おいしいからいいけど！

安田さんの言うことがあまりにも的を得ていたので、しかも自分ではいまいち気づかないことだったので、そうだったのか！　と感動した。その後、夜にたまたまがんから生還した人たちの本をじっくりと読んで、さらにジェリー・ロペスのすばらしい自伝を読んだ。全部が同じ内容だったので、自分がすべきことがはっきりとわかった。

そうしたらなんと体調が回復しだした。

12月24日

クリスマスイヴだというのにひとりで「永遠のこどもたち」を観《み》て、どん底まで落ち込む。両隣の多分スペイン好きの女性ひとり客たちも、同じくらいどん底に落ち込んでいたのが伝わってきた。

が、すばらしい映画だったし、自分があの状況にあっても全く同じ行動をとるだろうとはっきりと思った。かなりすごい実力のある監督だ。こんなパンチのきいた映像を久々に観た。ぐるぐるっと巻き込まれ、同じスペインの母子つながりでも「アザーズ」にはなかったノックアウト感に打ちのめされた。

イタリア人は家族を中心に考えるが、スペイン人にとっての絶対は「母と子」なのだということが、これまでに観た映画からなんとなく推測できる。

にしても……家宅捜索、もっと真剣にお願いします！

あまりに落ち込んで、カッシーナで高いシャンプーを買って、スプマンテを一気飲みしてしまったよ。そして年末で忙しいというのに、幼稚園が休みでありあまってうるさいチビに対して、意味なくものすごく優しくなってしまったよ。

夜は、お姉さんのお店最後のクリスマスイヴを過ごす。このお店が大好きだった。建物ごとなくなるのではしかたがない。建物にたくさんのありがとうを言い、いつもの味、いつものおいしいごはんを堪能《たんのう》した。ありがとう、吉澤さん、森山さん。ありがとう、レ・リヤン。

12月25日

クリスマスなのだが、もうぜんと掃除をして、仕事もばりばりとやる。

そして、いっちゃんにチビのインフルエンザ注射をたくし、自分は年末の買い物へ。デパートに行っただけで、かなりへろへろになる。いつもいちばん疲れるので後にまわす化粧品の買いだめもしっかりと行う。どうして化粧品を買うとあんなに疲れるのか、それはやっぱり化粧に興味があまりないからだろう。生まれながらにしてお肌が強い人はなにを塗ろうがやっぱりきれいなのだという結論と共に、やっぱりオーガニック的なものよりも、デパートの一階的なもののほうが効果は高いという結論を持っている私だ。

ただ、すべてはライフスタイルだと思う。

毎日海に行く、山に行くという人たちの求めている健康的なお肌と、毎日夜レストランに行くという人の求めている透明なお肌は絶対違う。それによって塗るものもそのコンセプトも、いわゆる波動も違う、そういう感じがする。

夜はチキンと、素パスタと、サラダの簡単なクリスマスディナー。

ケーキもちょっぴり食べて、デルピーちゃんとイーサン・ホークの、恋人たちがなんとかという映画の続編をなんとなく観る。前と全く同じで、前半はもうほとんど舞台みたい。後半になってだんだん面白くなって演技合戦になってくるところも同じ。よくできているな〜！ と感心してしまうところも同じだし、このふたりが「ちょっといやなんだけど、妙に心に残る生きたキャラ」なのも同じ。すごいなあ。

12月26日

今年最後の太極拳。悔いがないように、集中してやったので太ももがぱんぱんになった。じゅんじゅん先生、ありがとう。いつも体調がすぐれずあまりよい生徒ではなかったが、全く向いてないことをここまでがんばれたのは先生のおかげだと心から思った。

ヘキサゴンカフェで大好きなうしちゃんの笑顔を見ながら最高においしいポークジンジャープレートを食べて、マルタンマルジェラのセールに行き、壁に思い切り字を書いて、セーターを買い、ロルフィングを受ける。意外なところが意外につまっていたり、そうかと思えば新しく落ち着いているところもあり、人間の体は海のようなものだなあ、つまりは全体の汚染度や様子、そしてバランスにつきるんだろう。

海で思い出したが、姉は本気で海賊になりたかったそうだ。しかもバイキングとかあっちのほうの国で。「万祝《まいわい》」を一気読みさせてあげよう……。「芸術新潮」であっちの国の教会美術を特集していてあまりのすばらしさに震えた。あの大胆な省略と、美をぐっとつかむ力はすごいと思う。きっと大胆な人たちだからだろう。

デンマークで泊まらせてもらった家の人は、ものすごくおいしい繊細な味の紅茶をわき水で飲んでいたが、風呂《ふろ》には入らず、猫を飼っていたが増えると困るし、と子猫はすぐに安楽死、ロイヤルコペンハーゲンの二階では失敗した絵付けの作品をやす～く売っていた。その不思議な大胆さと繊細さがあの国の魅力だった。うちの猫は私の枕《まくら》もとのコップからそうっと水を飲むが、そこの家の猫はコップをば～んと手で倒してから、床に落ちた水を飲んでいた。そういう違い？

気温が3度くらいだったのに、薄着の自分がどんどん森にわけいってしまうくらい景色が美しかったのも衝撃だった。

極めつけはあの、ラース・フォン・トリアー監督のこわいドラマ「キングダム」に出てきた「キングダム」が、町のど真ん中に普通にあることだろう。病院を舞台にした霊や医療ミスでいっぱいの不吉なドラマを思いっきり現役の国立病院で撮影！　そして人々は普通に「そうそう、あれキングダムだよん、私もあそこで子供産んだ〜」などと言っているのだった。

夜はくろがねで根本さんとおじょうさんと楽しくおいしいごはんを食べる。根本さんが自分を貫いていく道はまさに武士道だ。合わないことをきっぱりとしりぞける態度にはいつもほれぼれ。でもおじょうさんには「どうせ合わないからってカラオケみたいな感じでぶんぶんやっちゃったんでしょう」と言われていた……。根本さんのカラオケでの歌は、一生忘れられないものすごいど迫力なのである。

弁護士さんになられたおじょうさんもどんどん賢くかわいく美しくなっていて、この会の幸せをしみじみと感じた。法律や法廷について質問をした。民事の事件はみんな家裁で扱っていると思っていた頭の悪い私に、おじょうさんは親切にいろいろ教えてくれた。

あまりの寒さにチビが「こんなに寒いなんて！　こんなのチビちゃんははじめてです！」と言っていておかしかった。インフルエンザの注射は「毛をきゅうっとゆっくり抜かれるみたいな痛さだった」と語りあげていた。

12月27日

いっちゃんと森田さんに幸せに見送られ、レーネンさんとゆりちゃんとお茶をしにいく。いっぱい仕事をしてへとへとなはずのレーネンさん、なぜかさっと回復していてすっかり元気な様子だった。この人に会っていると、サイキックであることとモンゴルのルーツがあることの強烈さが、彼を生きにくくさせてきたのだなあとしみじみ思う。あまりにもつらいことがたくさんあった彼の人生、だからこそ彼は心底優しい。そして爆発的にダイナミックだ。

ゆりちゃんといると、すんなり甘えている自分を感じる。それは彼女が真に偉大だからだろう。ゆりちゃんのセッションを受けたり、教えを聞いたりしていて、どちらもすばらしかったので、ほんとうはものすごく尊敬していてそういう態度をとることもできるけれど、ともだちっぽくいるほうが幸せだとふたりは決めた、そういう感じがする。それはゲリーも同じだし、えりちゃんもそうだ。

夜はちほちゃんを囲む会。HALE海'S。行ってみたいと思っていたし、予約も困難なのをじゅんちゃんががんばってとってくれた。ハワイのことをしみじみと語り合おうと思っていたら、後ろの席の人が怒鳴り合うくらいの大声で話しているので、じゆんちゃんの声がぜ〜んぜん聞こえなかった。ごはんはかなりおいしかったし、調理もしゃきっとしていて接客もまじめだが、混んでいる店特有のかたくるしさは否《いな》めず。もっと空《す》いてきたらすごくいいお店になるだろうと思った。コースにデザートとコーヒーがついていないのはいかんだろう。ちほちゃんといっしょに来たたかちゃんがすんごくかわいかったのでチビがむちゃくちゃになって、ほんとうに冷や汗が出た。ちほちゃんのパンチのきいた裏話をいっぱい聞いて、満足して帰宅したが、チビはおねえさんたちに会った興奮で全然寝なくて、朝まで起きているんじゃ？　と思うほどだった。

「大人になったら、ほんとうに朝まで起きていていいの？　そんなすてきなことってあるんだ！」とか言っていた。いいから寝なさいって。

12月28日

大内さんがおうちに来て、チネイザンのセッション。

チネイザンを受けると毎回、自分を大事にしよう、と思う。おろそかにしていた内臓たちが、ここにいますよ、と訴えてくる感じ。それを大内さんがまじめに聞いてあげていて、放っておいて聞いてあげなかった自分が申し訳ないような感じ。

セッション中あまりにも何回も犬とか猫が間に入ってごろりと寝るので、間違ってタマちゃんやゼリちゃんにセッションしてしまいそうな勢いだった。陽子さんもセッションを受け、みなでお茶しながら和み、幸せな午後を過ごす。なんか大内さんの持っている空気の感じが私が子供の頃の空気に似ているので、世代だなあと思う。あの時代を体験している、今50から55くらいの人たちといると、ほっとする。

癒《いや》しとは、新しい自分になることではない。自分の中にいるほんとうの自分にぐっと近づくことで、それは瞑想《めいそう》にも通じるものだと思う。

夜は実家の忘年会&姉のお誕生会。

いつもの上野ひょうたんにて、懐《なつ》かしい前田くんにも会え、久しぶりに原さんの笑顔も見て、よかったなあと思う。石原さまや渡辺くんも少し痩《や》せて元気そうだ。チビはりょうこちゃんとDSで対戦して喜んでいた。両親は遠くにいてあいさつもできなかったが、とにかく生きてなんとか座っていた。セリちゃんはしっかりとママになっているし、みんな無事に年越しができそうでよかったものだ。

12月29日

昼は髙島屋の「てきざん」で念願のりゅうきゅう丼《どん》を食べる。おいしいんだよね〜。

で、実家への買い物やとりおいてもらった靴をピックアップして、「WALL・E」を観に行く。子供もいっしょだったが、自分がいちばん泣いた……。

この映画を創っている世代は、ほとんど私と同じ。なにをよしとして、なにを夢見たか、痛いくらいにわかる。そしてなにをだめとしてきたかもいっしょだ。なにを絶対的に、それがたとえ夢物語でも、とにかくある要素を排除しようと決めたのか、その志がぐさっと突き刺さってくる。そのある要素は、人生から絶対に排除できない要素なので、作品ではせめて夢を見ようと決めないと、絶対に描いてしまう種類のものだ。

人類がどうあってほしいのか、そのことに対して同じ夢を見た楽天的でありたい世代なのだ。

スピルバーグのほうが偉大だとわかっているし、芸術的にも優れているとわかっている。でもあえて叫びたくなった。「A.I.」なんてくそくらえ！　こっちが俺たちの決めたことだ！

いつまでも、そういう夢見るおばかさんの一員でいたい。

帰宅したら、飴屋《あめや》家の人たちが寄ってくれて、年内に会いたかったのでとても嬉《うれ》しかった。彼らの子育てに対する本気ぶりを見ていると、自分の凡庸さにびっくり！

でも凡庸なうちを選んできたうちの子と、本気であのパパとママとやっていこうとやってきたコドモちゃんはそれぞれ正しい道の上にいると思う。コドモちゃんがかわいすぎてくらくらしてしまった。みんなで「レインボーマン」を観てショックを受けながら、お茶やワインを飲んで、じわっと幸せな時を過ごした。

12月30日

年末の挨拶《あいさつ》をしに、あちこちを回り、チビとけんかまたけんか。どうやったらこんなに生意気になれるんだ？　というくらい生意気だ。

育児って、深く考えたらいけない、体の言葉だけが勝負だという感じがすごくする。それでも蓮沼《はすぬま》さんのところでカーペットを買う頃にはすっかり仲直りしていたのでよかった。にこにことお茶を飲むことができた。

近所の人たちにあいさつをして終わる年、なんだかすばらしい。眠りが足りているので時間の粒粒がよく見える。

森先生のブログに勝手に連載しようとしていた「小説の書き方」、もう先方が終わってしまいそうなので、ここで軽く書いてみる。

今日、お榊《さかき》を買ってきて神棚に供えた。榊とは不思議なもので、すぐ枯れていくが一本か二本ぐらい、強いのがいて生き残る。そうするとその榊は根を生やして半年から一年生きているのである。ただし、毎日水を換えないとだめ。そのへんが多分、信仰をためすのにちょうどよくて抜擢《ばってき》された植物なのでは、と思うほど。

このことを、いろいろな視点から見ることができる。

「榊族の繁栄と衰退、精霊たちの戦争の話」「地道な信仰が奇跡を呼ぶ話」「植物と交流できる人についての話」「せっかく永らえたものを踏みにじる残酷さの話」「榊に興味がなくて富を逃がす話」「神棚がある人とない人の生き方の違いの話」「榊を売ってくれた花屋の兄さんとの恋愛話」もうなんでもいい、とにかくいくらでも話はできる。

問題は、どの視点を自分はいちばん得意とするかにつきる。そしてどの視点なら自分はオリジナルでありながらも、一般に理解できる説明ができるか、につきる。

たいていの人は、榊が枯れたショックを勢いで書こうとするか、あるいは自分と榊の密な感情や、信仰についての思いを訴えようと思うし、それがオリジナルであると思ってしまう。

しかし、それは感情に過ぎない。

感情ほど他人に伝わらないものはないというのを、恋愛などで経験しているのに、なぜ自分の職業にしようとしている小説業でそれをしようと思うのだろうか。

勢いで斬《き》り込んでいく侍も、ノリでロングシュートができると思うバスケの選手も（井上雄彦《たけひこ》の読み過ぎだ）、失敗するに決まっている。地道な練習も実は意味はない。地道な練習がもたらすのは、一瞬の自信が必要なときに「これだけやった」と潜在意識に裏付けができるということだけだ。

大事なのは、集中力と客観性そして自分を信じる心だと思う。この、最後のやつがいちばんくせもので、永遠に終わることのない厳しい戦いとなる。

私なら、ここで「榊と自分にしかない交流を大事にしようとした頑固な人の話」を選んで、地道に書くだろう。感情抜きで。感情抜きなのが、最大の愛情である場合は多いのだと思う。

じゃあ携帯小説はなんで勢いで書いているのに、面白いの？　と思う人はたくさんいると思うけれど、それは、せいぜい数作だから。コンスタントに同じクオリティのものを打ち出さなくてはいけないプロではない場合が多いから、だと思う。子供の絵や文章はほとんど天才だが、それを本にしてしまうと、続ける困難であとで本人が苦労する、それと同じだと思う。佐内くんの文章と絵なんてほとんど子供のままだが、あれは大人が子供の部分をひっぱりだしてコンスタントに質も高く書いているのだから、実は大人の、やはりプロの仕事なのだ。

12月31日

りえちゃんやてっちゃんやみゆきさんにも挨拶をし、トロワでしっかりとコーヒーを飲み、bisで花を買い、下北沢全体に挨拶をして、寒い中、しみじみとてくてくいっぱい歩いて家に帰った。寒いけれどチネイザンやちょっとした瞑想、そして一年間のケアのおかげで腹のあたりはそれほど寒くない、すごい進歩。

そして実家に行き、家族でおそばを食べた。

全員がそろっておそばを食べることができた幸せで胸がいっぱいで、来年も一瞬一瞬を悔いなく生きようと心から思ってしまった。

チビは包丁に失敗してはじめてのケガ。チビちゃん死んじゃうかも～と泣いていたが、すぐに血も止まり、ほっとした。子供が血を流すと痛いのは親だ。弟を思う吉岡兄の気持ちがなんだかわかるわ（今日もまた『バガボンド』の読み過ぎ）。姉が冷静に手当をしてくれたので、ありがたかった。

来年は長編二本というシビアな年なので、細かい仕事が全くできそうにない。たくさんの不義理をするだろう。でも、しかたない。今年は後半体調を崩し、忙しさの中で発狂寸前の精神状態になってしまったのが後悔&反省しているところが、おかげで謙虚になり、たくさんの同志と仲間ができた。家族だけではなく、そのすばらしい人たちがどこからともなくやってきて助けてくれたのだ。

希望を持って、改善していこう。

「彼女について」読みました。最近、エッセイや日記などをまとめ読みしていて、勝手に親近感を覚えていた自分を横殴りする、新しいばななさんの境地だと感じました。でもきっと、これまで私が頼りにしてきたすべての作品の根底に、すでに今回描かれたような世界があったのですね。自分の読み手としてのうかつさを痛感するとともに、厳しい荒涼とした世界と対峙するためにいかに苦しい戦いを日々ばななさんが強いられてるか、それを乗り越えて私たちに作品を届けてくださっているありがたさに感じ入るばかりです。今、これまでの作品をすべて読み返しています。何度も読み返したはずなのに、また新たな世界が展開してきて、毎日鼻血が出るほど興奮しています。

質問は、今回あえて舞台裏というか、今まで言葉にはしてこなかった（と、私には感じられる）ところまで、踏み込んだきっかけはなんだったのでしょうかということです。

今までもこれからも、ばななさんは私にとって、本当に大切な存在です。どうぞお身体ご自愛ください。私も日々、自分をごきげんに保つためのメンテナンスを怠らず、がんばっていきたいと思います！

(2008.11.25―ゆき)


いやあ、ここまで言ってもらえると、ありがたくて、頭が下がる思いです。

ありがとうございます。

今回は、踏み込んだというよりも、地を出しただけです〜。

あとは、時代の雰囲気に必要と感じたのです。

お互いにごきげんにいこう！

(2008.12.07―よしもとばなな)

の袋に入ったままのばななさんの本があり、「いざとなったらこれがあるから大丈夫。これを開いたらなんとかなる！」と自分に言い聞かせ、本当にその通り無事にその夜を過ごすことができました（しかも本は開かずに枕元に置いて触っているうちに眠ってしまいました）。

その節は？　ありがとうございます。おかげさまで今では楽しく元気に暮らしています。

話は変わりますが、ばななさんと対談の本も出されている、故・河合隼雄先生が、ご自身の著書の中で、「人生の前半と後半では生きる意味が違ってくる」というようなことをおっしゃっていました。私は今38歳で、これからその後半部分を生きようとしています。

そこで質問です。ばななさんご自身は、このような変化を受け容れた経験はありますか？　もしありましたら、それはどのようなものでしたか？　教えていただけたら嬉しいです。

(2008.11.29―ちくわぶ)


そうやって大事に読んでもらえて、光栄です。ありがとうございます。

後半……まず体力ががたおち、意味なくデブるなどなど、面白いほどの肉体的変化がおそってくるのですが、逆に気楽になる部分もあり、余裕もでてきて、新しいモードで戦っていくのだな、と思いました。若いときは体力と気力だけでなんとかしてきた気がします。

(2008.12.07―よしもとばなな)


こんにちは。これまで人生のあらゆる転機で、どれだけばななさんの作品に助けられてきたかわかりません。

れしかったです。

ばななさんのおかげで、本当にすばらしい出会いでいっぱいの1日になって、すごく感謝しています。

質問ですが、自分の仕事を一生懸命真剣にして、それが世の中とか、人の心を深く癒したり、幸せにしている……という人（私にとってそれは、ばななさんや、タム君、河瀬監督、助産所の先生です）が世の中にはたくさんいらっしゃいます。私もそんな人になりたいのですが、自分にできる事って一体なんなのか、自分の力ってなんなのか、未だにわからないでいます。

どうすれば見つけていけるのでしょうか。

もし応えていただけると嬉しいです。

これからも応援していますし、ばななさんの本を大切に読んでいきたいです。

(2008. 10. 28— nana)


ありがとうございます、生きていってください、読んでもらってほんとうにありがたいです。

私は奈良が大好きなので、河瀬さんのしていること、ほんとうにすばらしいと思います。

とにかく、周りの数少ない人を、幸せにすること、そのために幸せでいること、それにつきると思います。

それを実行できれば（楽なことではありません)、世界は変わると思います。

(2008.11.05—よしもとばなな)

はじめまして。もう数年前になりますが、
私には「このまま一晩持ちこたえられるかどうか分からない」不安な夜がありました。でもその時、私の手元には、まだ書店

両親には、裏表がないことのすばらしさを教わったことを感謝しています。

もし、自分の親が、戦争はいけないといいつつ、兵器をつくる会社に働いていて、矛盾を感じていなかったら？　と想像すると、そういうこと（生活と言ってることと行動がずれてる）がたったひとつもなかったうちの両親に感謝してやみません。

（2008.10.25―よしもとばなな）


ばななさん、こんばんわ。

私は今年奈良にお嫁にきた25歳の主婦です。

思春期の頃から、深く傷ついたときや、どうしようもなく孤独を感じたとき、いつもばななさんの本に救われてきました。

つらくて苦しいのは私だけじゃない、大丈夫、生きていける、そう思わせてくれます。

先日奈良のイベントで、河瀬監督とタム君に会いに行ってきました！

タム君は、舞台の上でも全然じぶんを大きく見せようとしてなくて、すごく自然体で、一瞬で大好きになりました！

アニメーションもすごく素敵で、今もふとした瞬間に、物語の印象やサウンドを思い出して、気持ちがほっとしています。

そして河瀬監督ですが、一つ一つの立ち振る舞いや、空気感、そしてなにより、あの真実を見つめる澄んだ眼に一目ぼれしてしまいました。

今まで映画は作品の存在感が一番で、監督のことなんて考えたことなかったのですが、河瀬監督は、この人が撮った映画なら観なければ！　と強く思わされる人です。

最後に握手をしてもらったのですが、手を握ってくださって、私の眼をしっかりと見てくださって、私はそのことが本当にう人が多いなあと感じずにはおれません。

かといっていいとこどりだけだと効果もなかったりするので、ふだんの体力を高める、予防に力を注ぐしかないんですよね。

私は、今はクラシックのホメオパシーの考え方に共感しているので、基本的に一種類のレメディしかとってないんですよ。いろいろと興味深いです。

(2008.10.10―よしもとばなな)


ばななさん、はじめまして。

今日は日記にびっくりして質問です。

それはわたしが心にしみている漫画のひとつがモジャ公だからです。

だからばななさんの小説が心にしみるのかと思ってしまいました。

まだ自分で漫画を選択できない子どもの頃に父が買ってきてくれたもので、兄弟３人ともモジャ公が大好きで心に残っているのです。

３人とも親に対してモジャ公を買ってくれたことに一番感謝してるくらいです。

そこで質問です。ばななさんは親がしてくれたことで、生んでくれたこと以外になにか感謝していることってありますか？

これからもばななさんの小説を読めることをずっと楽しみにしています。

(2008.10.14―ミカ)


だからですよ!!!

あんなすごいまんがはないですよ！

価値観を支えているマンガです。

ましたが、作品がウルトラマンなどの影響を受けたりする気がしてしまい、なんとなく気疲れしました！

(2008.07.25—よしもとばなな)


こんにちは。

ばななさんはたまにホメオパシーのレメディを出してもらっているようですが、私もホメオパシーを日常使いしています。

といっても普通に病院もかかるし、酒も肉もチョコもコーヒーも普通に好きです。要するにバランスなのだと思ってます。最近は慣れたのですが、ホメオパシーとか（フラワーレメディもたまに使ってます）を知っているとマイノリティの苦しさを感じることはありませんか？

人生をストイックにさせず、楽しいものにするために西洋医学と代替医療が協力できる日が近づくといいなぁと思います（ちなみにあたしはずれてるかもしれない世間と働きすぎる日本のサラリーマンがすきです)。

ではでは、キラキラした小説これからも楽しみにしてます。

(2008.09.27—さかな)


私のまわりは、もはや私が普通に子供に予防接種させたり、病院行ったり抗生物質飲ませたりすると驚くような人ばっかりなので、そういう意味では少数派で、自分で考えることが多い感じはします。

結局、民間療法とか代替医療というのは「それで死んでもいい」という気持ちがないとなかなか全てをまかせきれませんよね。私は現代医学を信じています。医者に関してはあまり信じてない人が多いですが。

人間をケアすることにかけては、代替医療のほうが優れているいましたが、今回の事件では「識者の人たちに任せていてはいけない。自分も何かできることをしていかねば」という強い思いに駆られるのです。

でもどうしたらいいのかわからないんですよね。私がせいぜい思いつくのは、自分とかかわりのある人たちを大切にするということの他には、エレベーターで乗り合わせる子どもたちにちゃんと挨拶することくらい。人との「つながり感」が持てるということが大事なんじゃないかと思うので。

ばななさんは昨今の殺伐とした日本の現状に、作品を書くこと以外に何かできることで心がけておられることはありますか。

(2008.06.11—案山子)


いつ死んでもいいように覚悟して生きることです。

毎日できなくて挫折してばっかりですが、それしかないです。

あとは、自分のまわりにそういう人が出てこないように、なまけないことを心がけています。つまり案山子さんと同じことだけです。お互いに、ほんとうにがんばろう。

(2008.06.25—よしもとばなな)


ばななさん、こんにちは。

ばななさんは、小説を書くとき、家のどこで執筆されていますか？　私は、パソコンで物を書くとき、TVや家族のいるリビングで書くか、自分の部屋で書くか、いつも迷います。

最近は、受験勉強はリビングでした方がいいっていいますよね。

ばななさんは、どこでいつも執筆されていますか？

(2008.07.11—パセリ)


自分の机です。子供がもっと小さいときはリビングで書いていが、スルーしてはいけないような気がして、私なりに答えました。「君が死について考えるのは変な事ではない。それはママも小さい頃怖かったことだし、今でもたまに考えて怖い事があるよ。でも今は大人になったし、いろいろ知識もあるから、君ほど怖くないし、君も今に大人になれば怖くなくなる日が来るよ、大丈夫だよ」。

でも、よく考えると、私のこの答えでは彼の今抱えている本当の恐怖感や悩みを解いてあげていないなと思うのです。

ばななさん、もしチビくんが同じような質問をしてきたらどういう風にこたえてあげますか？

母親として、素敵な言葉を紡ぎだすばななさんの表現を是非盗みたいのですが……。

(2008.05.16— mamanoko)


ママも死ぬのがこわいけど、ママが君を好きなことは死んでも消えない、です。

あと、前に担当の根本さんから聞いたお子さんに対する最高の答えは、

「君が死ぬ頃には、パパとママも含めて、向こう側のほうに好きな人が多くなっているから、安心だよ」です。

すばらしい！　と思いました。

(2008.05.31—よしもとばなな)


「キッチン」以来のばななさんファン、40代の未婚女子です。

先日の秋葉原の事件、自分でも思いのほかショックを受けていて驚いています。今までも通り魔殺人などの嫌な事件が増えていくことに日本の将来が心配になったり、自分が巻き添えにならないで生きていくにはどうしたらいいかということは考えて

るのでしょうか。私の主人も子供の頃から仮面ライダーを見てきた人なのですが、カブトは今まで見た仮面ライダーの中で最高だ！　と言っています。ぜひぜひ、ばななさんの感じたカブトの魅力を教えてください。

(2008.05.13―ロシコ)


なんてすばらしいご主人でしょう！

まず、主役がとてもはまっていて、白倉プロデューサーの描くヒーロー像の真骨頂だったと思います。

映画はあまり好きでなかったですが、TVでやっていたほうは最後まで感動し続けて観ました。

今でも主題歌を聴くと涙が……（バカ）！

人はなにをかっこいいと思うか、私にとってなにがヒーローなのか、考えることの多い作品でした。

デザインもすばらしかったし。

あといちばん愛する人が異形の存在であるというのも、萌えでしたね……。

(2008.05.31―よしもとばなな)


ばななさん、こんばんわ。

ほぼ毎日このサイトを開き、ばななさんの言葉に触れてほんわかしたり、考えてみたり、いろんな刺激を与えてもらっています。ありがとうございます！

ところで。私は小学生の子供２人の母親なのですが、最近下の子供である６歳の息子が、夜眠くなると「ママ、死についてどうしても考えてしまう僕がいやなんだけどどうしたらいい？(もちろんこんな言い方ではないのですが、要約すると)」と言ってきます。忙しいし、難しいし、うまく答えられないのです

（2008.04.30―よしもとばなな）


ばななさん、初めまして。いつも大切に読ませていただいております。

先日、息子が小学校からもらってきた文科省からのリーフレットにばななさんの手書きで「生きる力」の言葉が載っておりました。

今の生きにくい世の中を「生きていく力」とは一体どんな力だとばななさんはお考えですか？

きっとこれから先、子どもたちはいろんな、親にも言えないような状況に陥ることも出てくるかもしれないと、予想しています。そんな時、何が彼らを助けてくれるでしょうか？

ばななさんのお考えをお聞かせください。

（2008.04.25― chiezou）


体の感じることに正直でいる力だと思います。

眠いときは寝る、殺されそうと思ったら近づかない、いじめられたらその程度により学校を休むかやめるか続けるかを体で判断できる……つまり、自分にとって大事な楽しいことを知っていて、それを基準に考えられる、そういうことだと思います。

お互いそれを支えられるようにがんばりましょう。

（2008.05.11―よしもとばなな）


ばななさん、こんにちは。ばななさんのエッセイを、妊娠中からずっと私の参考書のように読ませてもらっています。

質問ですが、仮面ライダーカブトのことをとても絶賛されていますが、他の仮面ライダーと比べて、どんなところに魅力があ

(2008.02.25—よしもとばなな)


11歳の娘が文藝春秋の「はじめての文学」シリーズのよしもとばななさんを今夢中で読んでいます。

私自身はばななさんと同年代ですが、ばななさんの愛読者になったのはここ数年のことです。もっと若い頃に出会っていればよかったなと思う事もしばしばだったので、娘が喜んで読み始めたことをなんとなくうれしいような気持ちでいたのです。

書店になかったので注文し、私は内容を見ないまま娘が読み始めたのですが、さっき内容を見て、ミイラやおやじの味など11歳には早いかなと感じるセックスについての話があって、悩んでしまいました。

ばななさんは何歳くらいの「若い読者」を想定して選ばれたのでしょう。親が不安だからといって、嬉々として読み進めている本を途中で取り上げるのも気がひけて。

同年代の親として、また作家としての立場でお考えをお聞かせいただけますか？

(2008.04.13—みかづき)


がんばれおじょうさん、ちょっとアダルトすぎるところもあるけど、読んでくれて嬉しいです！

「わからないけどこういう世界はあるかな」って感じで。

今の世の中コンビニもネットもエロ画像でいっぱい、でもそれは昔も同じ。

問題は、性が作品の中でどう扱われているかということ。それには自信があります。

私ははっきりと12歳を想定して選びました。

あとはおやごさんにまかせますどすえ。

私の思うプロとは、仕事をいちばんにしていることです。

これまではそうでしたが、今は違っていて家族全員の世話が優先なので、半引退状態です。

私のロングは、単にフラをやっているからです。

切っちゃいけないんだって、ほんとうは。

そしてロングが嫌いな男性ってけっこう多いですよ。

(2008.02.25―よしもとばなな)


こんにちは。

ばななさんの日記を毎日楽しみにそして心の支えにしております。

ばななさんの日々の言葉は、自分の中であいまいにしている思いを掘り起こし足元を見るきっかけとなっております。それは時には厳しい気持ちになることもあります。

また、お姉さまの料理のくだりは楽しみにしていて、今日はどんな料理を何人分作られたのかな？　とわくわくしています。

私は国家試験の受験生だったので図書館にこもり、思いつめたように勉強していたのですが、合間に手に取ったばななさんのかつてのエッセイ（確かリトルモア社のものでした）での、お姉さまのエピソードに、ストレスがふっとび、ものすごく幸せになってしまいました。

今後、お姉さまのエピソードが詰まったような本を出される予定はありますか？

まだまだ寒いですので風邪などひかれませんように。

(2008.02.20―ぷりんこ)


小出しにしてごまかさないと殴られるので、まとめる予定はありません！

ばななさん、こんばんは。

1月28日の日記を拝見して、そんな大事な覚悟を決めないといけない時期なのに、無料でサイトを継続してくれるなんて……読者感激！　ばななさん、なんて大きなひとなのでしょう！とうっとりしました。その愛、ほんと〜っうにありがとうございます。

ひとつ目の質問です。

その日の日記で「元プロ」とご自身のことを表現されているのを目撃（？）して、ぎょっ！　と目をまん丸くしました。ばななさんの小説が読めなくなるのか？　いや、期待を込めてそれはまだ大丈夫だと思いたい。そこで、「元」の真意は何であるのかお聞きしたくなりました。

ばななさんの思うプロとは何でしょうか？

図々しい質問でごめんなさい……。

もう一つの質問は、女性の髪型についてです。

私はセミロングからショートにしたところ、「女性性を捨て始めた。でもいいよね、結婚しているから」という内容のことを言われて考えてしまいました。「ただ好きで短くしただけなのになぁ、確かに男性にはうける髪型ではないけど、男性うけを狙った人生じゃないし、既婚者かどうかでなんて考えてなかった」のが私の正直な気持ちです。髪の毛の長いばななさんは、何かを意識してロングスタイルを保っておられるのでしょうか？

欲張って一度に2つの質問をしてしまいました。

これからもばななさんの全ての言葉を学びにしていきます。それでは！

(2008.02.14—そうら)


いえいえ、楽しんでいただければ！

ばななさん、こんにちは。高校一年生のときにばななさんの作品に出会い、いつも寄り添うように生きています。本のすばらしさを知り、現在は司書をしています。

ところで、最近私は趣味で詩を書き始めました。想いを文章にすることは、ある意味心が解放される作業だと思うのですが、同時に、その書いた言葉の力によって、自分が引きずられることもあることを知りました（たとえば、明るい詩をかけばどんどん明るくなる、暗い詩をかけばナーバスになるなど)。文章のプロであるばななさんは、このような言霊の力によってご自分の私生活に影響があることはありますか？　また、暗い場面を書かなければならない場合、気をつけている心の持ち方などがあれば教えてください。

ばななさんが現代日本で作品を書いていて下さっていることに本当に感謝しています。これからも応援しています！

(2008.01.22—ぷちぷりん)


どんなものごとも、十と一を全く同じ分量だけ持っています。

とんでもなく暗い話を書く場合、私は切り替えにものすごく注意を払います。

自殺しかねないことがあるからです。

そのくらいの覚悟がないと、架空の人たちとつきあうことはできないということだと思います。

(2008.01.28—よしもとばなな)

Q&A

あとがき

とにかくとろい私は、今頃になってやっと子供がいるということに慣れてきました。

遅いなあ。

子供にもはじめてのことがいっぱいな日々なせいか、私にもはじめてのことがいっぱいおこりました。近鉄特急で名古屋から奈良に行ったというレベルの細かいことから、死にかけたかもしれない、という大きなことまでです。

そのことを全部は書けなかったけれど、実は人生はいつまでたってもはじめてのことの連続なのだということにも、やっと気づきました。

遅いなあ……！

そして、毎日ひとつずつアップされて読む文章と、それをまとめて読むということは、おなかいっぱい度数も違うんだということにも、今はじめて気づきました。

遅い！

改善して、進化していきます。

新潮社の古浦郁さんをはじめ、この本に関わってくれた全《すべ》ての人たちに感謝します。私のサイトというのは、つまりスタッフの鈴木喜之くんが全てなのですが、彼がいなくなる日がきたら、多分この日記もいったん終わると思うのです。永遠に続くわけではありません。なので、なれあわずにしっかり書いていきます。

読んでくださって、ありがとうございます。

美人秘書の長井杏沙さんが関わってくれるのはこの刊が最後になります。りさっぴ、ありがとう。おつかれさまでした。

山西ゲンイチさんもいつも内容以上に内容を表した絵を描いてくれてありがとう！どんどんうまくなっていくので、負けずにがんばろうと思います。

よしもとばなな

２００９年１月

本書は新潮文庫のオリジナル編集である。

はじめてのことがいっぱい
—yoshimotobanana.com 2008—

新潮文庫 よ-18-22

平成二十一年四月一日発行

著者 よしもとばなな
発行者 佐藤隆信
発行所 株式会社 新潮社
郵便番号 一六二—八七一一
東京都新宿区矢来町七一
電話 編集部(〇三)三二六六—五四四〇
読者係(〇三)三二六六—五一一一
http://www.shinchosha.co.jp
価格はカバーに表示してあります。

印刷・錦明印刷株式会社 製本・錦明印刷株式会社

ISBN978-4-10-135933-5 C0195